작가를
짓다

작가를
짓다

최동민

문호와 명작을
만들어 낸
보이지 않는 손

민음사

당신이라는
위대한 건축가에게

링 밖에 선 이들을
위하여

복싱 경기의 시작은 그것을 잘 알지 못하는 사람이 보더라도
'불끈'하는 마음을 갖게 한다. 글러브를 낀 두 주먹을 서로
마주하는 순간, 그 짧은 한 장면은 특히 그렇다. 그 장면을
볼 때면 "나도 글러브를 끼고 상대와 주먹을 마주해 보고
싶다."라는 생각이 들 때가 있다. 물론 호전적인 기질이라고는
아무리 뒤져 봐도 찾을 수 없는 인간이지만……

　　그래서 내가 할 수 있는 것을 시작해 보기로 마음먹었다.
예컨대 글 쓰는 일 같은 것을. 언뜻 생각해 보니 복싱처럼
멋진 시작 장면을 연출해 낼 수 있을 것만 같았다. 무하마드
알리, 조지 포먼, 마이크 타이슨, 매니 파퀴아오 같은 복싱
영웅만큼이나 문학이라는 경기장에도 수많은 영웅이 있으니까.

제임스 조이스나 안톤 체호프 같은 선수가 너무 멀게 느껴진다면 레이먼드 카버와 조지 오웰 같은 이들도 있다. 그리고 더 가까이에는 줄리언 반스, 스티븐 킹도 링 위에 서 있다. 그러니 펜이든 노트북이든 글러브를 대신할 만한 것을 손에 쥐고 링 위의 영웅과 마주하면 복싱 경기처럼 보는 이를 '불끈'하게 하는 장면을 연출해 낼 수 있을 것 같았다.

정말 그럴까? 한번 살펴보겠다. 지금부터 여러분이 마주할 문학이라는 경기의 첫 장면은 놀랍도록 형편없을 것이다. 문학의 링 위에 선 작가들은 경기를 알리는 종이 울리는 순간, 일제히 손톱깎이를 꺼내 든다. 그들은 빨리 깎는 데엔 관심도 없다는 듯이 느긋하게 손톱을 하나씩 자른다. 바로 이것이 여러분이 마주할 문학이라는 경기의 첫 장면이다. 혹시 이 장면을 보면서 '불끈'하실 분이 계실까? 되도록이면 아니길 바란다.

정말이지 김샐 만큼 싱거운 데다 멋이라고는 찾아볼 수 없는 시작이다. 심지어 복싱과 비교하면 어디 숨어 버리고 싶을 정도로 민망한 시작처럼 보인다. 어쩔 수 없지만 그게 현실이다. 작가의 시작점은 아쉽게도 겨우 그 정도다.

소설가 무라카미 하루키는 작가의 이름으로 링에 오르는 일 자체는 어렵지 않다고 말했다. 그럴지도 모른다. 복싱의 링에 오르자면 최소한 그럴듯한 글러브라도 있어야겠지만 작가의 링은 겨우 손톱깎이면 충분하니까. 문제는 그다음이다. 다시 한 번 무라카미 하루키의 말을 빌려 보자. 그가 말하길, 작가의 링은 오르긴 쉬우나 버티기는 매우 어렵다고 한다.

몇 가지 이유가 있으리라. 일단 작가라는 스포츠에는 라운드나 제한 시간이 정해져 있지 않다. 이를테면 데뷔와 은퇴까지 고작 한 경기만 할 뿐이다. 또, 특별히 싸울 상대도 없다. 그저 링에 올라 멀뚱히 앉아 백지를 바라보는 것, 그게 전부다. 이런 규칙뿐이기에 승리 혹은 패배가 기록되질 않는다. 그래서 작가가 서는 링 위에서는 적당히 누군가가 올라오면 또 적당히 누군가가 내려가는, 몹시 특별한 시합이 펼쳐지는 것이다. 정리하자면 작가라는 스포츠는 이기는 자가 아닌 머무르는 자를 위한 스포츠다.

이토록 서로 다른 복싱과 작가의 스포츠에도 비슷한 점은 있다. 바로 링 밖에 선 이들이다. 그들은 선수와 한 발짝 정도의 거리를 두고 있다. 들어가려면 못 할 것도 없지만 결코 들어가지는 않는, 그야말로 작가와 가장 가까운 사람인 것이다. 그들은 로프 뒤에서 경기 내내 소리를 지른다. "레프트, 라이트, 가드를 올려! 다리를 멈추지 마!" 그들의 이런 외침은 응원이 아니다. 간절히 승리를 기원한다는 점에서 응원과 다를 바 없지만 그래도 응원은 아니다. 그들은 그저 작가에게 신호를 보내는 것일 뿐이다. 링 밖에 내가 있다, 당신이 원하면 언제든 조언을 해 줄, 당신이 원하면 언제든 땀을 닦아 줄, 당신이 원하면 언제든 함께 퇴장해 줄 내가 링 밖에 있다. 이런 신호를 보내는 것이다.

그들의 존재와 외침과 신호는 링 위의 선수들에게는 매우 특별하다. 특히 작가의 스포츠에서는 절대적이다. 생각해 보자. 링 위에 앉아 상대도 없는 허공을 향해 주먹을 내지르는 것, 그건 말처럼 쉬운 일이 아니다. 세상에서 고독을 가장 잘 견딘다고 하는 작가들이라 해도 말이다. 그렇기에 작가에겐 홀로 머물러 있지만 홀로 머물러 있지 않다는 감각이 필요하다. 그런 감각이 무뎌지거나 사라질 때면 작가들은 어쩔 수 없이 의자에서 일어나 로프 주변을 빙빙 돈다. 정말 홀로 남은 건 아닌지, 천천히 한 바퀴를 돌며 확인하는 것이다. 그러다 마침내 홀로 남겨졌다는 사실을 알아채는 순간, 그들은 아무에게도 인사를 건네지 않은 채 링을 빠져나간다. 경기는 그렇게 끝이 나 버린다. 몹시 쓸쓸해 보이는 장면이지만 이를 바꿔 말하면 이러하리라.

"링 밖에 선 이의 신호가 멈추지 않는 한 작가들은 언제까지고 경기를 이어 나갈 것이다."

이 책은 바로 링 위에 선 이들 그리고 링 밖에 선 이들의 신호를 담고 있다. 작가의 대단하지 않은 시작을 외면하지 않았으며, 그들이 언제까지고 링 위에 머물 수 있도록 소리쳐 주었던 사람들의 목소리를 담고 있다. 어떤 작가에게는 가족, 어떤 작가에게는 동료, 또 어떤 작가에게는 친구나 연인의 모습이었던 그들. 작가라는 존재, 수많은 독자들이 찾고 또 찾는 문호라는 집을 지어 준 이들의 이야기를 담고 있다. 부디 이 이야기가 독자 여러분을 작가의 집 앞, 혹은 지금도 작가가 경기를 치르고 있는 링 가까이로 데려다주었으면 좋겠다.

덧붙여 『작가를 짓다』의 문을 열어 준 팟캐스트 「책 읽는 라디오」의 제작진과 청취자분들께 감사의 인사를 전한다.

건물을 오르는 계단은 좁고 높았다.
복도에는 허름한 건물에 어울리지 않는
화려한 카펫이 깔려 있었고,
칠이 벗겨진 문마다 서너 개의 이름이 새겨져 있었다.
문 틈새로 이름마다 다른 목소리가 흐르자
이내 복도에 가득 찼다.
건물은 어느새 빈틈없이 화려해졌다.

로맹 가리와
새벽의 약속,
니나 카체프

로맹 가리
Romain Gary

어머니를 감싼 두 팔 사이로
아무것도 들어오지 못했다.
비웃음과 손가락질 그리고
경멸의 시선까지.
그 무엇도 들어오지 못했다.
그 사이에는 오직 새벽의
약속만이 있었다.
오래전, 둘만의 비밀처럼
손가락 걸었던 새벽의 약속만이 있었다.

**"그녀는 훌륭한 배우였습니다. 적어도 제겐 그랬어요. 그녀는
제가 설 무대를 위해 열정적인 몸짓을 멈추지 않았죠."**

니나는 무대의 구석진 자리에 올라 주연 배우를 돋보이게
하는 몸짓을, 그녀의 목소리에 합을 맞추는 노래를 불렀다.
사람들의 시선이 니나에게 닿는 일은 거의 없었다. 심지어
실수를 할 때에도 마찬가지였다. 무대의 시선은 주연의
것이었다.

넘치는 끼와 품위 있게 마른 나무 같은 몸 그리고 그 가지
사이를 날아다니는 아름다운 새의 목소리. 니나는 그 모든 것을
가지고 있었다. 그랬기에 그녀의 꿈은 언제나 무대 위에서
펼쳐졌고 배우라는 이름으로 완성됐다. 그러리라 믿었다.

하지만 드넓은 무대를 한 품에 안기에 세상은 너무 넓었고 눈은 깊이 쌓여만 갔다. 16살, 집을 나선 그때부터 지금까지 니나의 삶은 피곤하게 쌓이고 있었다. 눈밭 위로 유랑 극단의 마차 바큇자국이 남으면 그뿐, 찰나의 시간이 흐르면 다시 덮여 버리고 말았다.

그런 니나를 주연으로 만들어 주는 시간은 그와의 짧은 만남뿐이었다. '카체프'라는 성을 제외하고는 모든 것이 지워진 남자, 그와 나누는 짧은 시간이 전부였다. 그는 잠시 동안 니나를 무대 중앙에 올려놓고는 홀연히 사라져 버렸다. 자신의 성을 이을 아름다운 눈을 가진 아이만을 남긴 채.

모스크바의 눈길은 여전했지만 그녀 뒤에 더 이상 유랑 극단의 마차 소리는 따라붙지 않았다. 함께하는 건 작고 얇은 담요에 쌓여 하늘을, 아니 어쩌면 자신을 바라보는 로맹 카체프의 눈빛뿐이었다. 니나는 걸었다. 얼마나 길어질지 모를 그 길을 걸었다. 뒤로는 과거의 발자국이, 앞으로는 눈에 파묻힌 부츠가 보였다. 니나는 고개를 들었다.

"미래를 보아야지, 눈부신 미래를."

니나의 걸음은 모스크바를 떠나 빌노로 향했다.

"눈을 들어 하늘을 봐 달라고…… 어머니는 몹시 힘이
들 때면 제게 부탁했습니다. 그녀는 제 눈에서 용기와 새로운
행복을 길어 냈습니다."

빌노에 발을 딛는 순간, 스포트라이트가 쏟아지리라
기대하지는 않았다. 하지만 현실은 그보다 더 참담했다.
꿈을 포기하는 것은 당연했다. 무대에 오르는 일만큼 수지가
맞지 않는 일도 없었다. 그 시간에 삯바느질을 하고 남의 집
청소를 해야 했다. 그렇게 근근이 돈을 벌어 로맹한테 바쳤다.
로맹에게는 부족함이 없어야 했다. 부족한 것은 아버지로
족했다. 그 외에는 어떤 것도 허락할 수 없었다. 하지만 다짐의
시기도 잠시, 로맹이 학교에 갈 나이가 되자 자신이 한 약속을 깨
버릴 수밖에 없었다. 유대인 아이에게 따뜻한 시선은 사치였다.
그래서 니나는 직접 학교가 되기로 결심했다. 가르쳐야 할 것은
너무나 많았다. 러시아적인 것을 익힌 후에는 폴란드적인 것을
가르쳤다. 그것은 과거를 담고 현재를 살기 위한 가르침이었다.
이제 미래가 필요했다. 러시아나 폴란드는 로맹을 담을 수
없는 그릇이라고 니나는 믿었다. 이 푸른 눈의 아이를 어떠한
우아함도 찾아볼 수 없는 땅에 뿌리내리게 할 수는 없었다.
로맹을 품을 수 있는 곳은 오직 프랑스뿐이었다.

니나는 프랑스어를 가르쳤다. 겨우 발음을 익히자마자
로맹은 프랑스 국가를 외워야 했다. 국기가 없음에도 벽을 보고

계속해서 프랑스 국가를 불렀다. 그것이 니나의 가르침이었다. 눈을 감고도 프랑스 국기를 떠올릴 정도가 되자 니나는 빅토르 위고의 시를 읽혔다. 빅토르 위고, 그는 위대한 작가 중에 매독에 걸리지 않고 단명하지 않은 유일한 작가였다. 니나는 로맹에게 그런 대문호의 시를 읽혔다. 그뿐만이 아니었다. 니나는 로맹에게 손을 뻗어 사교계의 춤도 가르쳤다. 상류 사회의 일원이 될 로맹에게 사교춤은 필수적인 교양이었다. 바닥을 <u>끄</u>는 스텝의 마지막 박자가 멈추면 해가 저물었고 로맹은 배운 대로 니나의 손에 입을 맞추었다. 니나는 그 짧은 여운에 피로와 행복을 맞바꾸었다. 빌노에서의 저녁은 늘 그러했다.

"부족한 것은 하나도 없었습니다. 단 하나도 없었어요."

니나는 빌노에 풀었던 짐을 다시 싸기 시작했다. 빚쟁이들의 독촉 때문이기도 했지만 조금 더 가까워져야 했다. 로맹을 프랑스에 조금이라도 더 가까운 곳으로 보내야 했다. 니나는 폴란드 바르샤바로 방향을 잡았다. 무대 위에서는 우아한 점프와 암전이 이어지면 시간과 공간이 원하는 대로 바뀌었지만 현실은 현실일 뿐이었다. 그러니 무슨 수가 있겠는가. 그저 걷는 수밖에.

바르샤바에서도 니나는 수많은 잡일을 하며 돈을 벌어야 했다. 하지만 쉬지 않고 일을 해도 로맹에게 번듯한 학교를 제공해 주기에는 턱없이 부족했다. 그래서 니나는 로맹을 저렴한 교육 기관이었던 김나지움에 보냈다. 마침내 로맹은 처음으로 학교라는 곳에 발을 내딛게 되었다. 긴장되는 순간이었지만 로맹의 발걸음은 가벼웠다. 그의 가방 안에 든 빵과 초콜릿이 든든한 친구처럼 함께 문턱을 넘어 주었기 때문이다. 니나는 피곤에 절어 감기는 눈과 부르튼 손가락의 대가로 그것을 마련했다. 자신의 능력이 아닌 다른 조건 탓으로 기를 죽일 필요는 없었다. 장차 프랑스의 대사가 될 아이라면 더욱이 그랬다.

로맹으로서는 처음 받는 정식 교육이었지만 뒤처지지 않았다. 특히 언어에 관해서라면 폴란드인보다 뛰어난 폴란드어 실력을 과시했다. 그뿐 아니라 연극과 같은 과외 활동에서도 로맹은 월등했다. 그런 모습을 보일 때면 니나는 외쳤다.

"넌 위대한 예술가가 될 거야. 너의 어머니인 내가 말하는 것이니 틀림없단다."

명백한 과장이었다. 그럼에도 불구하고 로맹은 책가방에 그 말까지 담았다. 그것은 보답이었다. 니나의 투쟁에 대한 최소한의 보답. 로맹은 알았던 것이다. 자신이 눈을 뜰 때나 혹은 감을 때, 꿈을 꿀 때나 빵을 씹어 넘길 때, 어머니는 어떤 순간에도 자신을 위해 삶의 최전선에서 투쟁을 벌였다는 사실을. 오롯이 자기만을 위한 그 투쟁에, 로맹은 조금이나마 보답을 하고 싶었다. 지금은 그저 단어를 외우고 문장을 쓰고 좋은 성적표를 가져다주는 것, 그것이 그가 할 수 있는 전부였다. 아니한 가지 더, 로맹은 시를 읽었다. 어머니에게 물려받은 아름다운 목소리로 완벽하다고 불리는 세상의 시들을 읽었다. 니나는 감격했다. 바이런, 푸시킨, 빅토르 위고까지……. 알고 있는 모든 위대한 시인의 이름을 로맹의 가슴에 붙여 주었다. 하지만 두 사람의 눈에만 보이는 그 명찰들은, 두 사람을 지켜 주지 못했다. 차별과 갈등, 러시아에서 온 유대인의 우체통에 든 것이라곤 그것이 전부였다. 그리고 그런 위험한 것들로부터 니나를 지키기에 로맹은 너무나 어렸다. 니나는 천천히 담배를 한 대 피우고는 곧장 일어났다. 그리고 그 길로 프랑스 영사관에 갔고, 공무원들은 몹시 연극적인 몸짓과 말투로 두 사람의 프랑스행을 결정지었다.

"원망스러웠습니다. 어머니를 저토록 일하게 하는 세상이."

프랑스 남부 지방. 니스의 따뜻한 햇빛마저 두 사람의 부츠에 묻은 눈을 녹여 주지는 못했다. 니나는 여전히 잡일을 해야 했고 로맹은 어머니의 기대를 채워 주기에 아직 키가 작았다. 문제는 니나의 몸 상태가 예전보다 훨씬 악화되었다는 점이었다. 몸을 아낄 새 없이 온갖 일을 해야 했던 그녀였기에 병에 시달리는 건 어쩌면 당연한 결과였다. 특히 당뇨가 점차 심해져 거리를 걷다가 쓰러지는 일마저 생기곤 했다. 니나는 그럴 때를 대비해 항상 입던 회색빛 코트 안쪽에 "저는 당뇨 환자입니다. 제 가방 속에 있는 봉지 설탕을 먹여 주세요."라는 쪽지를 넣고 다녔다. 이 사실을 위대한 존재가 될 로맹이 알 필요는 없었다. 로맹에게 필요한 것은 빵과 고기였지 걱정거리가 아니었다. 그런 헌신의 빛을 받아 로맹은 부족함 없이 학교생활을 이어 갈 수 있었다. 하지만 그것만으로는 부족했다. 그는 모든 부분에서 완벽해지고 싶었고, 트로피가 걸린 모든 대회에서 우승하고 싶었다. 새벽부터 잿빛 코트를 입고 집을 나서는 어머니, 자신을 위해 기꺼이 지팡이를 손에 쥔 어머니에게 줄 수 있는 유일한 선물은 훌륭한 성적표와 우승 트로피뿐이었다. 뚜렷한 목적의식은 결과를 낳았다. 모국어가 아님에도 프랑스어 과목에서 그를 따라잡는 이는 거의 없었고 만점의 언어 성적표를 가져갈 때면 니나는 소리 높여 대문호의 이름을 읊었다. 그녀의 기준에선 노벨 문학상도 이미 로맹의 것이었다. 때로는 탁구 대회의 우승트로피를 집에 가져갈 때도 있었다. 그렇게 로맹은 자신의 손에 쥐인 모든 것을 휘두르며 명예를 갈구했다. 어머니에게 전해 줄 명예를 말이다.

한번은 그에게 테니스 라켓이 주어졌다. 기본 자세를 제외하고는 아무것도 모르는 로맹이었지만 니나의 생각은 달랐다. 니나의 눈에 로맹의 어깨에는 이미 프랑스 국기가 달려 있었다. 프랑스를 대표해 라켓을 휘두르는 로맹의 모습이 보였던 것이다. 그래서 니나는 곧장 테니스 클럽으로 향했다. 동네 운동장과는 다른 곳이었기에 그곳을 통과하려면 입회비가 있어야 했다. 니나에게 그런 돈이 있을 리 없었다. 그녀는 돈 대신 당당하게 편 어깨와 독기 어린 눈빛으로 클럽 운영자를 찾아 나섰다. 용건은 간단했다.

"여기 장차 프랑스를 책임질 선수가 서 있습니다. 이 아이를 받아 주시면 훗날 이 클럽의 명예를 높여 줄 것입니다."

클럽 운영자는 너무나 황당해서 헛웃음이 날 지경이었지만 그녀의 당당함 앞에서는 진지하게 답해야 할 것 같았다. 그는 최대한 예의를 갖춰 설명을 하였지만 니나는 막무가내였다. 옆에 선 자기 아들의 얼굴색이 어떻게 변하고 있는지는 관심도 없었다. 니나로 인해 클럽에 한바탕 소동이 일자, 운영자는 지금 여기에 스웨덴의 구스타프 전하가 와 있으니 제발 조용히 해 달라고 사정했다. 하지만 니나의 귀에는 조용히 해 달라는 간청 대신 구스타프 전하라는 말만 들어왔다. 니나는 고개를 돌려 클럽 안을 샅샅이 훑어보고는 저 멀리에 있는 군주를 향해 뛰었다.

"전하, 제 어린 아들은 테니스에 비범한 자질을 가지고 있습니다. 하지만 저희는 볼셰비키들에게 재산을 몰수당해 입회비를 낼 수가 없습니다. 제발 도움을 주십시오."

클럽 운영자는 안절부절못하며 니나 곁에 섰다. 다행히

구스타프 전하는 니나를 바로 물리치지 않고 조용한 음색으로
말했다.

"저 애가 할 줄 아는 것을 먼저 봅시다."

니나가 할 수 있는 일은 여기까지였다. 이제 라켓을
휘둘러야 하는 것은 로맹의 몫이었다. 하지만 독기 어린
눈빛이 실력을 채워 주지는 못했다. 테니스 라켓을 잡은 지
일주일도 지나지 않은 그였다. 로맹은 처참한 모습으로, 되는
대로 라켓을 휘둘렀고 결과는 참담했다. 니나는 그런 로맹을
보고도 훌륭하다며, 처음 라켓을 잡은 아이의 스윙으로는
볼 수 없는 경지라며 엄지손가락을 치켜들었다. 니나가 그
정도의 반응을 보이자 처음에 어이없이 쳐다보던 이들도
하나둘 인정의 고갯짓을 했다. 구스타프 전하 역시 로맹의
실력 때문이 아닌, 니나의 모습에 감동하여 로맹의 입회비를
대신 내주기로 결정한다. 뛸 듯이 기뻐하는 니나 옆에서 세상의
모든 부끄러움을 끌어안은 채 로맹은 고개를 숙였다. 로맹이 그
클럽의 바닥을 본 것은 그때가 마지막이었다.

**"짧은 반바지 차림으로 식탁 맞은편에 앉아 가끔 어머니를
향해 고개를 들 때면, 어머니에 대한 내 사랑을 담기에 세상은
너무 작은 것처럼 느껴졌습니다."**

테니스 클럽의 수모 이후, 로맹은 잘할 수 있는 것에

집중하기 시작했다. 그것이 어머니의 소망을 이루어 주고 두 사람의 보이지 않는 약속을 완성시켜 줄 가장 빠른 길이라 생각했다. 그래서 로맹은 손에 펜을 들었다. 담임 선생님 역시 로맹에게 직접 작품을 써 보라고 권했고, 어머니는 아들의 글에 언제나 위대한 문인의 이름을 붙여 칭찬해 주었다. 이 정도면 도전해 볼 만했다. 결실은 금방 드러났다. 작문 활동에서 1등을 한 것이었다. 로맹은 크게 만족했다. 시작이 이 정도면 앞날을 보장할 수 있을 것만 같았다. 하지만 그런 믿음에는 시간제한이 붙어 있었다. 제로를 향해 달려가는 시간제한이…….

니나가 지인의 도움으로 호텔 메르몽에서 일하게 되면서 두 사람의 생활은 예전처럼 지독한 냄새를 풍기진 않았다. 하지만 그 시기가 조금 늦은 것은 사실이었다. 니나의 건강은 계속 악화되었고, 그 사실을 로맹에게 숨길 때마다 병은 더 깊어졌다. 길가에서 쓰러질지언정 로맹의 앞에서는 결코 쓰러지지 않았던 니나였다. 그러나 그날만큼은 버틸 수 없었다. 호텔 계단을 오르며 일을 하던 니나는 자신을 가누지 못한 채 쓰러지고 말았다. 손가락 하나하나, 몸 전체가 떨려 왔고, 곧 혼수상태에 빠졌다. 다행히 금세 의사의 도움을 받을 수 있었지만 그 모습을 목도한 로맹은 무릎이 꺾이는지도 인식하지 못한 채 주저앉고 말았다. 고작 탁구 대회에서 한 번 우승하고, 작문 시험에서

1등을 한 정도. 거기에 만족하던 자신의 모습이 한심했다. 어머니는 언제나 자신을 향해 빅토르 위고를, 노벨 문학상을, 프랑스 대사를, 레지옹도뇌르 훈장을 외치며 믿음과 헌신을 보여 주었는데, 자신은 그 모든 열매를 받아먹으면서도 입가에 묻은 과즙을 닦는 데에 만족했던 것이었다. 로맹은 그날로 당장 휴학계를 내고 방에 틀어박혔다.

이제 그가 해야 할 일은 톨스토이의 『전쟁과 평화』에 맞먹는 종이를 쌓아 두고 불후의 명작이 될 작품을 쓰는 것이었다. 시간을 남기지 않고 글을 쓰고 있으면 니나가 먹을 것을 가지고 방에 잠시 들렀다. 그녀는 아들의 눈을 보고는 다시 방을 나섰다. 그렇게 완성될 작품에 어울리는 이름이 필요했다. 로맹 카체프로는 부족했다. 니나도 동의했다. 두 사람은 어린 시절부터 틈이 나면 해 왔던 새로운 이름 찾기에 집중했다. 후보엔 여러 이름이 있었지만 결정된 것은 프랑수아 메르몽이었다. 썩 마음에 들진 않았지만 이름이 정해지자 마지막 장을 봉투에 넣을 수 있었다. 로맹은 출판사에 작품을 보냈다. 그러나 작품은 그 상태 그대로 돌아왔다. 다음 출판사도, 그다음 출판사도 마찬가지였다. 로맹과 니나는 생각했다.

"우리의 마음에 들지 않을 정도니 편집자들도 마음에 들지 않겠지."

두 사람은 다른 이름을 생각해 내다가 루시앙 브륄라르라는 이름을 새겨서 다시 출판사로 보냈다. 하지만 니스에는 주소를 읽지 못하는 멍청한 우체부들만 가득했는지 봉투는 자꾸만 돌아왔다.

"그때 정말 덜컥 겁이 났어요. 제시간에 그곳에 도착하지 못할 것만 같았어요."

불후의 명작 위에 먼지만 쌓이자 로맹은 겁이 났다. 작가로서의 성공은 물론이고, 대학에 진학하고 군대에 가고 프랑스 장교복을 입기까지, 그 모습을 어머니에게 보여 주기까지 너무 긴 시간이 필요했다. 로맹은 어머니가 그 시간을 버틸 수 없을 것만 같았다. 그런 걱정을 쏟아 낼 때면 니나는 담배를 비벼 끄며 말했다.

"공부를 마칠 시간은 충분하다. 넌 장교가 될 거야. 훈장을 받는 것도 당연하지. 그때까지 부족한 것 없도록 해 줄 것이니까 걱정할 건 없단다."

그러고는 덧붙였다.

"정의라는 게 있는걸……."

두 사람의 생, 그것을 글자 그대로 무시해 버리는 건 이치가 아니었다. 불명예스러운 일이 이곳 프랑스 땅 위에서 펼쳐질 리 없었다. 니나는 그렇게 믿었고 로맹은 여전히 그녀의 손을 잡고 있었다. 아주 짧은 시간뿐이었다, 로맹이 그녀의 손을 잡고 있을 수 있는 시간은.

엑상프로방스 대학의 법과에 진학한 로맹은 생애 처음으로 니나와 떨어져 지내야 했다. 하지만 그의 가방에는 그녀가 싸 준 소시지와 치즈가 있었다. 어린 시절 김나지움의 문턱을 넘었을 때와 같았다.

로맹은 그곳에서 지나칠 정도로 열심히 공부했다. 친구들은 그에게 공부 벌레 혹은 곰이라는 별명을 붙여 주었지만 그 소리에 웃을 시간조차 없었다. 최대한 빠르고 완벽하게 목표를 이루어야 했다. 게다가 로맹에게는 친구들과 달리 또 다른 목표가 하나 더 있었다. 빅토르 위고가 되는 것이었다. 로맹은 학업 중에 틈틈이 글을 썼다. 장교와 대사가 되는 게 어머니의 명예를 높이는 일이라면, 글을 써서 성공하는 것은 어머니를 예술가로 만들어 줄 수 있는 유일한 길이었다. 그랬기에 로맹은 무엇이든 써야 했다. 작품을 완성하면 곧장 문학지 《그랭구아르》에 투고했다. 하지만 파리의 우체부들도 니스와 다르지 않았는지 봉투는 그대로 돌아오기 일쑤였다. 로맹은 깊은 고민에 빠졌다. 니스에 계신 어머니는 자신의 글만 기다리고 있을 것이 분명했다. 가능하면 어머니가 병원에 입원하기 전에, 잡지를 흔들고 시장을 돌아다니며 행복에 겨워 자랑하실 수 있을 때 성공하고 싶었다. 하지만 마음이 조급하면 조급할수록 글은 점점 엉망이 되었고, 로맹은 결국 한 가지 꾀를 내기로 결심한다. 그것은 바로《그랭구아르》에 실린 글 중 하나를 자신이 필명으로 낸 것이라 속이는 일이었다. 그러면 어머니는 남의 글을 아들의 글인 줄 알고 기뻐하며 잡지를 흔들 수 있을 것이었다. 부끄럽지만 지금으로서는 그것이 최선이었다.

니나에게 전달된 필명이 여럿 쌓이기 시작했을 무렵, 로맹에게 드디어 기회가 왔다.「폭풍」이라는 제목의 작품이 《그랭구아르》한 페이지 전체에 실린 것이었다. 로맹은 그 소식을 곧장 어머니에게 전했다. 어머니의 손에 들린 진짜 로맹의 작품이 담긴《그랭구아르》, 니스의 시장은 한바탕 난리가 났다. 니나는 춤추듯 잡지를 손에 들고 시장을 거닐었고 듣고 싶어 하지 않는 사람에게까지 예의 아름다운 목소리로 낭독을 했다. 오래전 모스크바를 떠난 후 처음으로 무대에 선 것이었다. 물론 공짜 표인 데다 단상도, 조명도 없었지만 말이다. 니나의 억척스러운 아들 사랑과 그간의 시간을 아는 이들은 니나의 목소리에 박수를 보냈다. 그 정도면 충분했다. 온갖 잡일을 하고, 아들만을 위해 살고, 지팡이를 짚고 당뇨에 시달리던 지난날들이 그것 하나로 충분히 보상되었다. 그 대신 니나는 눈물을 흘리진 않았다. 그것은 주인공, 즉 로맹의 몫이었다. 니나는 결코 주연의 역할을 빼앗을 생각이 없었다.

"전쟁이 선포되고 징집령이 떨어졌을 때, 마지막이 될지도 모를 작별 인사를 나눴습니다. 물론 어머니는 다섯 시간이나 택시를 타고 저를 만나러 오셨죠."

로맹과 니나, 두 사람의 무대의 막이 다 오르기도 전에 조명이 꺼졌다. 어리둥절해하는 두 사람 사이로 전쟁이라는 무대가 펼쳐졌다. 일찍이 패배를 경험해 본 프랑스에게 찾아온 두 번째 시련이었다. 상대는 히틀러였고 히틀러의 상대는 로맹이었다. 니나는 그렇게 믿었다. 공군 장교 양성 과정을 마친 로맹은 공중전에 투입됐다. 목표는 히틀러였다. 하지만 히틀러는 탱크를 몰고 와 당당하게 프랑스 영토를 짓밟았다. 하늘에 있던 로맹이 할 수 있는 일이라고는 아무것도 없었다. 하얀 깃발이 올라가는 것조차 지켜볼 수밖에 없었다. 하지만 다행히 로맹은 자신만큼이나 전쟁 의지가 살아 있는 조국 프랑스 땅의 숨결을 기억하는 이를 만날 수 있었다. 그의 이름은 샤를 드골이었다. 로맹이 일찍이 수많은 이름을 지을 때 미처 생각해 내지 못한 완벽한 이름을 가진 자였다. 로맹은 그의 밑으로 들어갔다. 프랑스 깃발의 자리를 되찾으려는 자유 프랑스군의 하늘을 맡은 로맹은 다시금 히틀러를 향해 엔진 소리를 높였다. 그리고 엔진을 쉬게 할 때면 언제나 글을 썼다. 아직 무대 뒤 장막에서 순서를 기다리는 어머니를 위해서였다. 완성까지 얼마큼의 시간이 걸릴지, 마지막 페이지를 누구의 땅 위에서 쓰게 될지

모를, 기약 없는 작품이었다. 그런 작품 위로 정기적으로
어머니의 편지가 도착했다. 로맹이 있는 곳이라면 어디든 편지가
와닿았다. 그것은 어쩌면 기적, 프랑스 땅을 되찾는 것만큼이나
어려운 기적과도 같은 일이었다. 편지에는 어머니의 숨결이 담겨
있었다. 로맹은 어머니의 편지를 받을 때마다 답장을 쓰는 대신
작품을 완성해 나갔다. 한 페이지가 문장으로 가득 채워질 때면
자유 프랑스군의 전투기도 그만큼 프랑스 영공에 가까워졌다.
전투에 패배하거나 글이 써지지 않을 때 로맹은 대화를
나누었다. 그는 자신의 뒤, 낡은 의자에 앉아 있는 니나를 보며
말했다.

"엄마는 위대한 예술가가 될 거예요. 엄마의 작품이 세계
여러 나라 말로 번역될 거예요."

그것은 다짐이었다, 지금 품속에 있는 원고를 작품으로
완성해 내겠다는 로맹의 다짐. 하지만 니나의 지팡이는 원고가
아닌 로맹의 가슴을 향하고 있었다.

"그렇지만 넌 글을 쓰고 있지 않잖아. 아무것도 하지
않으면서 어떻게 그런 일이 생기길 바라는 거니?"

니나의 말대로였다. 원고는 책상이 아닌 로맹의 품에 있을
뿐이었다. 그것만으로는 다짐을 지키지 못할 게 분명했다.
로맹은 지금 참전중이고 자신은 몹시 지쳐 있다고 변명을 해
보았지만 니나의 지팡이는 흔들림 없이 자신을 가리키고 있었다.

로맹은 그제야 변명을 멈추고 품에서 원고를 꺼냈다. 아직은 새벽이었다. 아침이 찾아와 적의 상공을 누빌 때까지는 시간이 많이 남아 있었다. 로맹은 글을 썼다.

『유럽의 교육』은 전쟁 속에 완성되었다. 완성의 기쁨을 제일 먼저 알릴 곳은 당연히 니나가 있는 니스였다. 편지 대신 전보를 보낸 로맹은 출판사에 원고를 보낼 수 있도록 조치를 취했다. 지난 시간, 몇 번이나 원고를 봉투에 넣었는지 로맹은 떠올려 보았다. 그리고 이 봉투가 돌아오지 않았을 때 자기의 모습을 상상해 보았다. 제법 유명해졌을, 그래서 어머니의 이름 역시 예술가로서 세상 사람들의 입에 오르내릴 순간을. 그것은 적기 세 대를 격추한 것만큼이나 짜릿한 상상이었다. 로맹은 그날 하늘에 올라서 적기를 격추시켰다. 그리고 그의 원고 봉투는 짧은 전보로 돌아왔다.

프랑스어로 쓰인 그 책은 영국에서 먼저 알아보았다. 나라가 어딘지는 중요하지 않았다. 자신의 작품을 펴낼 수 있는 곳이라면 언어 따윈 상관없었다. 그렇게 『유럽의 교육』은 프랑스어가 아닌 영어로 먼저 출간되었다. 부지런한 로맹의 전투기 역시 어느덧 프랑스 상공에 다다르고 있었다. 이윽고 그의 전투기가 활주로에 도착했다. 엔진 소리가 멀어지자 로맹의 발은 프랑스 땅을 디뎠다. 로맹의 양옆으로 삼색기가

무수히 흔들렸고 동료들이 줄지어 로맹을 따라 걸었다. 이제
개선문이었다. 그 앞에는 샤를 드골 장군이 서 있었다. 그의
손에 들린 것은 훈장이었다. 누군가의 가슴에 달아 줄 위대한
훈장. 로맹은 샤를 드골 장군이 자신의 바로 앞으로 걸어올
때까지도 예상하지 못했다. 모든 게 꿈인 것만 같았다. 『유럽의
교육』을 세상에 펼쳐 내고, 프랑스를 되찾고, 동경하는 이름을
가진 이에게 레지옹도뇌르 훈장을 받는 이 모든 상황이
꿈으로도 설명하기 어렵다고 느꼈다. 샤를 드골 장군의 손에서
로맹의 가슴으로 훈장이 건네지자 마치 무대 조명이 나간 듯
캄캄한 어둠이 로맹을 집어삼켰다. 푸른빛이 도는 그 어둠
사이로 날카로운 바람이 불어왔다. 키가 반절이나 작아진
로맹은 이불을 둘러쓰고 있었다. 차가운 바람을 피하려고 한껏
이불을 끌어올렸을 때 문 앞에 어른거리는 그림자가 보였다.
어머니였다. 로맹은 잠긴 목소리로 어머니를 부르려고 했지만
차가운 바람을 막고자 금세 문을 닫고 나가 버린 어머니는
로맹의 목소리를 듣지 못했다. 자신을 위해 새벽바람을 맞고
나서는 어머니의 모습을 뒤로한 채 로맹은 다시 잠들었다.

　잠에서 깨자 출판사에서 인터뷰를 요청하는 전보가
도착해 있었다. 아직 갈아입지 못한 제복의 가슴에는 여전히
레지옹도뇌르 훈장이 달려 있었다. 마침 다행이었다. 이대로
어머니를 만나러 가면 될 일이었다. 『유럽의 교육』 한 권과

프랑스의 제복 그리고 레지옹도뇌르 훈장까지. 어머니와 했던 새벽의 약속이 모두 이뤄져 있었다. 로맹은 서둘러 니스로 향했다.

"진실은 누구에게나 잔혹한 법이죠. 저에게도 마찬가지였습니다. 탯줄이 아직 기능하고 있음에도 진실은 잔혹하기만 했습니다."

어머니가 기다리고 있을 병원에 도착한 로맹은 어머니가 있는 곳치고는 너무나 고요한 공기에 의아한 마음이 들었다. 어머니의 시간과 존재는 언제나 춤추듯 격렬했다. 그런 그녀의 보금자리가 이렇게 고요하다니, 로맹은 믿을 수 없었다. 곧 다가올 진실에 비하면 믿지 못할 것도 없었지만.

"니나는 이것을 남기셨어요."

어머니를 돌보던 의사는 그녀의 병실 대신 낡은 공책 몇 권을 먼저 전했다. 로맹은 자신의 상상력을 저주하며 노트를 넘겼다. 전쟁터로 떠난 직후부터 어머니가 남긴 글이었다. 모든 페이지가 마치 하루에 쓴 것처럼 다 똑같았다.

'사랑하는 아들아. 나를 위한 걱정은 하지 말아라. 너는 그저 용감한 사나이가 되거라. 이제 어미와 어미의 지팡이는 필요하지 않단다. 너의 튼튼한 두 발이 그것을 말해 주고 있어. 그 다리로 프랑스에 굳건히 서 있으렴. 그리고 언제나 글을 써라. 아름다운

책을 쓰도록 해. 넌 항상 예술가니까 말이야. 사랑하는 아들아. 용감해야 한다. 언제나 용감해야 한다.'

문장 하나하나 아들인 자신을 향한 염려와 격려 그리고 믿음으로 가득했다. 로맹은 반문해 보았다. 자신은 스스로의 두 발로 충분한가? 이별을 맞을 용기가 있는가? 나의 예술은 어머니를 사치스러울 정도로 화려하고 완벽한 무대에 올려 주었는가? 질문을 할 때마다 코끝이 시려 왔다. 무엇 하나 고개를 끄덕일 수 없었다. 어머니가 저토록 확신에 찬 믿음을 주었는데도 로맹은 고개를 끄덕일 수 없었다. 그저 눈을 감고 그 옛날, 새벽의 시간을 떠올리는 것밖에는 할 수 있는 일이 없었다.

"내가 이렇게 오래 살아남은 것은 어머니의 충만한 사랑 때문입니다."

코카드 묘지, 로맹은 니나가 잠든 그곳으로 향했다. 그녀가 좋아하던 색을 지닌 백합도 함께였다.

"빅토르 위고가 될 거야. 프랑스 대사가 될 거야. 위대한 장군이 될 테고, 레지옹도뇌르 훈장을 받을 거야……."

어머니의 거친 기대와 희망은 로맹에게 연결된 사랑의 탯줄이었다. 그것이 로맹을 살게 했다. 그것이 로맹을 프랑스인으로, 전쟁의 승리자로, 위대한 예술가로 만들어 주었다. 그런 그녀 앞에서 로맹이 이룬 모든 영광은 게으른

지각생이었다. 앞으로 얻게 될 모든 작품과 제복 역시
마찬가지였다. 로맹은 그녀의 무덤 앞에 책과 훈장 그리고
백합을 놓았다. 모든 영광을 그곳에 놓고 나자 로맹은 소년이
되었다. 한심할 정도로 작아진 모습의 로맹은 어머니의 곁에
누웠다. 두 사람의 얼굴에 쏟아진 햇살은 이제야 아침을
가리키고 있었다. 겨우 아침이었다. 약속을 지킬 시간은 아직
충분했다. 로맹은 마지막으로 게으름을 피우기로 했다. 로맹은
조금 더 어머니 곁에 누워 있기로 했다.

가리의 집 앞에 선
당신에게

당신이 했던 최초의 약속은 무엇입니까?

인사를 잘하겠다,
선생님 말씀을 잘 듣겠다,
일찍 집에 돌아오겠다,
……당신을 사랑하겠다.

어떤 약속으로 생의 발걸음을 옮기기 시작하셨습니까?

내가 했던 최초의 약속은 멍처럼 짙은 새벽의 하늘
아래서였습니다.
그 하늘 아래, 잠이 덜 깬 내 눈꺼풀은 몸보다 무거웠습니다.
귓가에는 참새 수십 마리가 지나간 듯 새소리가 높이 울렸고,
배를 덮은 이불은 더없이 따뜻했습니다.

현실보다는 꿈에 가까웠던 새벽의 시간.
두 눈 사이로 어렴풋이 낡은 잿빛 코트를 입은 여자를 봤습니다.
그녀는 누가 깨면 큰일이라도 나는 듯
조심스레 현관문을 열었습니다.
그녀가 연 문밖의 공기는 치유되지 못한 상처처럼 파랬습니다.
여자는 푸른 어둠에 보이지 않을 정도로
작게 한숨을 내쉬고는 고개를 돌렸습니다.
그녀의 시선이 닿은 곳엔, 이불을 뒤집어쓴
아주 작은 몸집의 내가 있었습니다.

"엄마……."
마른입이 떨어지기도 전에 그녀는 차디찬 바람을 지우려고
어둠으로 향했고,
문은 조용히 닫혔습니다.

그것이 내가 했던 최초의 약속입니다.
당신이 했던 최초의 약속은 무엇입니까?

민무늬 벽지 위로 액자 하나 없었다.
마룻바닥은 감당할 만큼의 소리를 냈고,
기둥조차 거추장스럽다는 듯 집의 구조는 단순했다.
몇 걸음을 옮겨 작업실 문 앞에 섰다.
별것 아닌 손잡이가 눈에 띄어 유심히 바라보았다.
필요한 것은 그것뿐이라고 그가 말하는 듯했다.

레이먼드
카버에게
이정표를 제시한
고든 리시

2

레이먼드 카버
Raymond Carver

> "지금 당장 불을 지르기로 마음먹었어요.
> 지금 당장요!"
> 카버는 그가 요청한 작품을 고르기 위해
> 책상 서랍을 열었다.
> 서랍에는 빛바랜 원고가 잔뜩 들어 있었다.
> 카버는 술이 아닌 다른 이유로 떨리는
> 손을 진정시키며 원고를 꺼냈다.
> 불을 지르기엔
> 그것으로 충분했다.

"35달러, 글과 만나는 데 필요한 데이트 비용이었죠."

카버는 원고를 꺼낸 뒤 서랍을 닫았다. 서랍에서는 무뎌진 관절 소리가 났다. 익숙한 소리였다. 어린 시절 카버의 책상 서랍에서도 비슷한 소리가 났다. 그의 서랍에 종이 뭉치가 쌓이기 시작한 것은 열일곱 살의 일이었다. 카버는 신문에서 '파머 글쓰기 협회'의 광고를 보았다. 보증금 20달러와 월 회비 15달러를 내면 매주 글쓰기 과제를 보내 준다는 협회의 광고에 카버의 시선이 쏠렸다. 특별한 목적의식이 있는 것은 아니었다. 그저 갑자기 빠져 버린 뱃살 때문에 허기를 느꼈을 뿐이었다. 카버의 아버지는 일찍 신문을 치워 버리지 않은 것을 후회했다. 제재소 직공의 빤한 월급을 그런 곳에 낭비하고 싶지 않았다. 하지만 자식의 허기를 채워 줘야 하는 것은 부모의 필수 덕목이었기에 카버의 아버지는 '파머 글쓰기 협회'에 회비를 지급했다. 모두 합해 35달러. 카버에게 있어 그 돈은 문장과 처음으로 만나는 데이트 비용이었다.

최초의 작문 수업이 재미없을 리 없었다. 카버는 연애에 능숙한 친구들처럼 매일 밤 작문 과제를 붙들고 밤새 데이트를 했다. 그런 노력에도 불구하고 돌아오는 것은 키스 실력에 대한 칭찬이 아닌, 고칠 점을 지적하는 붉은 사인펜이었다. 물론 그조차도 카버에게는 새롭고 즐거운 경험이었다. 다만 '파머 글쓰기 협회'는 첫인상만 끌리는 매력 없는 상대 수준에 불과했다. 얼마 지나지 않아 카버가 협회의 작문 과제에 싫증을 낸 것은 어쩌면 당연한 일이었다.

'파머 글쓰기 협회'를 탈퇴했지만 카버의 창작 욕구는 여전히 불붙어 있었다. 하지만 불똥이 잘못 튀었는지 카버는 의도치 않은 창작을 하고 만다. 카버가 열여덟 살이 되던 해, 카버보다 두 살 어렸던 여자 친구 매리앤 버크에게 아이가 생긴 것이다. 학교도 마치지 못할 나이에 갑자기 맞이한 이 사건에 두 사람은 어떤 시험 문제보다 오랜 시간을 두고 해답을 찾아야 했다. 카버의 집은 물론이고(카버의 아버지는 여전히 제재소 직공이었고 여전히 빤한 월급을 받고 있었다.) 매리앤의 집 역시 여유롭지 못했다. 두 사람은 양가 모두에게 경제적 도움을 받지 못할 상황이었다. 그런 악조건을 아는지 모르는지, 두 사람의 첫아이는 시각표의 열차처럼 정해진 시간에 도착해 큰 울음을 터뜨렸다. 갑작스레 '부모 탄생 파티'에 강제 소환된 카버와 매리앤은 서둘러 다음 문제인 세 식구가 함께 살아갈 방법을 찾아야 했다. 이제 더는 한가롭게 과제나 하고 있을 시간이 없었다.

"우리는 둘 다 돈이 없었습니다. 불행히도 우리 부모님과 매리앤의 부모님도 마찬가지였죠. 여섯 명의 인간이 일률적으로 돈이 없었던 것입니다. 더욱 불행한 건 그때 당시 우린 둘 다 아무 기술도 없었고 꿈은 많았다는 것입니다. 아이가 생겼을 때, 우리는 아직 꼬맹이에 불과했어요."

꿈을 조각내 팔 수만 있었다면 카버 가족의 시작이 그렇게 형편없지는 않았을 것이다. 그만큼 카버와 매리앤에게는 하고 싶은 것, 되고 싶은 것, 간절히 바라는 것이 셀 수 없이 많았다. 하지만 그것이 전부였다. 그때까지 배운 것이라고는 아침에 학교에 가고 수업이 끝나면 다시 집으로 돌아오는 방법뿐이었다. 두 사람에게는 새로운 기술이 필요했다. 서로의 어깨에 기대는 법을 제외한 새로운 기술이.

카버는 상황을 역전시키기 위해 낮에는 학교에 다니고,

밤에는 돈을 벌었다. 매리앤의 경우에는 낮에 공부할 사치조차 누릴 수 없었다. 두 사람에겐 꿈과 현실의 비율을 지켜야 할 의무가 있었다. 카버가 꿈의 조각을 한 개 먹으면 매리앤은 현실의 조각을 하나 삼켜야 했다. 그것은 두 사람 모두에게 악몽 같은 일이었다. 어쩔 수 없었다. 그나마 성한 이로 조각을 씹어 넘기며 버티는 것 외에는 아무런 방법이 없었다. 그런 노력에도 불구하고 상황은 쉽게 나아지지 않았다. 심지어 첫째 아이가 태어난 후 얼마 지나지 않아 둘째가 생기는 바람에 현실은 더욱 푸석해져만 갔다.

"많은 일을 했죠. 도서관에서는 시간당 2달러를 받으며 일했고, 아버지를 따라 제재소에서 일하기도 했어요. 그중에서 가장 길게 한 일은 병원 야간 관리직이었는데, 이 일엔 어떤 기술도 필요하지 않았어요. 그저 바닥을 박박 밀면 그만이었죠."

카버에게 직업은 돈을 벌 수 있는 수단일 뿐이었다. 그래서 종류는 상관이 없었다. 하지만 시간에는 민감했다. 어떤 직업이든 글을 쓸 수 있는 시간이 제공되어야 했다. 그것이 카버에겐 가장 중요한 조건이었다. 매리앤의 생각도 같았다. 매리앤은 카버가 글을 쓸 수 있다면 자신의 꿈을 조금 더 잘게 조각낼 각오가 되어 있었다. 그런 매리앤 덕분에 카버는 스물한 살이 되던 해, 치코 주립 대학에서 평생의 스승이 될 존 가드너를 만나 문예 창작 수업을 들을 수 있었다. 그리고 집필한 작품이 간간이 대학 잡지에 실리는 경험도 맛보았다. 하지만 이것을 성과라 말하기에 현실은 너무나 매서웠다. 회비만 내지 않았을 뿐, 카버는 '파머 글쓰기 협회'의 과제를 하는 것과 다름없었고 서랍 속에 쌓이는 종이 뭉치는 늘어만 갔다.

카버는 이제 극적인 것을 찾아야만 했다. 그에게는 종이 뭉치를 원고 뭉치로 바꿀 연금술이 필요했고, 통장 잔고와 자동차 엔진 소리 역시 극적으로 바뀌어야 했다. 그러지 못한다면 나이의 앞자리가 바뀌는 일을 유일한 극적 순간으로 맞아야 할 위기였다. 1967년, 카버의 스물아홉 살 시간은 그렇게 다가오고 있었다.

극적이었다. 그의 모든 것이 극적으로 변했다. 첫 번째 파산 신청 그리고 아버지의 죽음. 카버에게 쉴 새 없이 극적인 순간이 이어졌다. 물론 그가 원한 극적인 것은 이런 게 아니었다. "정확히 어떤 극적인 것을 원하는지 말하지 않았잖아?"라며 누군가 카버를 비웃는 것 같았다. 할 수만 있다면 이따위 플롯의 이야기는 세차게 줄을 그어 버리고 싶었다. 하지만 카버에게는 붉은 사인펜이 없었다. 그에게 주어진 것은 무거운 가족의 얼굴과 너무 높이 올라 흐릿해져 가는 꿈. 그것이 전부였다. 카버는 이제 기적을 찾고 있을 여유가 없었다. 자신을 배신하지 않을 새로운 일자리. 그것을 찾는 것이 급선무였다.

실낱같은 희망도 없는 순간에 마지막 운이 찾아온 것이었을까? 카버는 '사이언스 리서치 어소시에이츠'에 교과서 편집자로 취직하게 되었다. 지금껏 카버가 맛본 극적인 비극을 보상하기에는 턱없이 부족한 선물이었다. 하지만 이 직업이 앞으로 카버에게 전해 줄 거대한 행운을 생각하면 지금 이 순간은 그에게 영원히 기억되어야 할 순간이었다. 물론 이때까지는 그저 좋은 일자리에 불과했지만 말이다.

당시까지는 상상도 못 했을 행운의 선물을 차치하고서라도 카버는 교과서 편집자 일을 크게 반겼다. 카버가 처음 맡은 업무는 아이들의 독서함에 포함될 작품을 고르는 일이었는데 그 일을 하기 위해 근무 시간의 반 정도는 각종 단편이나 에세이를 읽어야 했다. 그것은 카버에게 병원 바닥을 청소하는 것보다 훨씬 가치 있는 일이었다.

"처음 만났을 때부터 그는 훌륭했어요. 완벽한 편집자였죠. 물론 독특한 테이블 매너를 제외하면 말이에요."

교과서 편집자 일은 카버에게 좋은 만남의 기회를 주었다. 카버는 출판계에서 활동하는 다양한 이들과 만나 현실의 감을 익히고 자신의 이름도 조금씩 알릴 수 있었다. 그중에서 가장 독특한 테이블 매너를 가진 이가 카버의 인생에 깊이 파고들

줄이야……. 카버는 물론이고 그조차 알지 못했을 것이다. 적어도 그날 저녁 식사 자리에서는 말이다.

그날 카버는 다른 편집자들과 함께하는 식사 자리에 초대를 받았다. 그들을 초대한 사람은 교과서 편집 일을 하던 고든 리시였다. 그는 다양한 음식을 준비했고 사람들이 모이자 식사를 시작했다. 카버를 비롯한 편집자들은 맛있게 음식을 먹기 시작했는데 계속해서 신경 쓰이는 것이 있었다. 그것은 바로 고든 리시였다. 고든 리시는 무슨 이유에서인지 음식이 충분히 있는데도 포크를 들지 않았다. 그는 그저 카버와 다른 편집자들이 식사를 마칠 때까지 이야기를 나누며 기다릴 뿐이었다. 그리고 카버와 편집자들이 식사를 마치자 그제야 남은 음식을 먹기 시작했다. 그가 왜 그러는지 카버는 알 수 없었다. 그와 먼저 알고 지냈던 편집자 역시 이유를 설명해 주지 않았다. 왜냐하면 이유를 몰랐기 때문이었다. 카버는 리시라는 인물 자체에 흥미가 가기 시작했다. 카버가 그를 관찰하려고 눈을 돌리는데 리시는 이미 수많은 편집자 사이에서 카버를 바라보고 있었다. 자신의 이야기를 하는 것을 눈치챈 것이었을까? 카버는 당황한 표정으로 주변을 두리번거렸다. 그리고 그때, 리시가 카버에게 걸어오기 시작했다. 카버는 무슨 말을 꺼내야 할까 고민을 했는데 그것은 쓸데없는 일이었다. 왜냐하면, 리시가 먼저 카버에게 말을 건넸기 때문이다.

"당신의 작품을 읽었습니다. 아주 훌륭해요. 무척이나 마음에 들더군요. 이렇게 만나게 되어 영광입니다." 카버는 그를 이상한 사람이라고 생각했던 마음을 고쳐먹었다. 무슨 상관이랴. 테이블 매너 따위. 능력 있는 편집자가 내 작품이 좋다는데.

서로에게 어떤 통성명보다 강렬한 인상을 남긴 두 사람은 이후 자주 식사를 함께했다. 그때마다 두 사람은 문학적 교감을 나눴는데 리시는 언제나 카버를 비롯한 창작자들을 향해 존경심을 내비쳤다. 자신은 절대 그러한 창작을 하지 못한다는 말을 덧붙이며 말이다. 그러는 중에도 리시는 자신의 야심을 숨기지 않았다. 그는 작품을 보는 눈만큼이나 자신의 능력을 파악하는 눈 역시 뛰어났다. 좋은 작가와 좋은 작품을 선별할 수 있는 능력. 그것은 리시가 스스로 자부하는 능력이었다. 리시는 그 능력을 바탕으로 자신의 계획을 그려 나갔다. 그리고 마침내 계획의 밑그림이 완성되자 그의 발걸음은 빠르고 가벼워졌다. 때로는 발걸음이 너무 빨라 뛰는 것처럼 보이기도 했다. 그렇게 빠른 걸음으로 도착한 곳은 《에스콰이어》였다. 당시 《에스콰이어》가 문학, 특히 소설계에 미치는 영향력은 매우 컸다. 문학계에서 이름을 날리고자 하는 이라면 누구나 탐내는 곳이었지만 모두가 노리기에 그만큼 어려운 자리이기도 했다. 그런 《에스콰이어》에 리시는 직진으로 달려 들어갔다.

그는 자신의 큰 그림을 받아 주려면 그 정도 영향력쯤은 당연히 갖추어야 한다고 말하는 듯 보였다. 마치 《에스콰이어》가 자신을 택한 것이 아닌, 리시 자신이 《에스콰이어》를 선택한 것 같았다.

리시는 《에스콰이어》의 소설 담당 편집부로 들어가자마자 자신의 밑그림을 완성해 줄 퍼즐에 집중했다. 그가 완성해야 할 그림은 '소설'이었는데 미국 내에서 인기가 식어 가던 단편 소설 분야에 다시금 바람을 불러일으키고 싶었다. 리시는 지금껏 모아 둔 여러 퍼즐 조각들을 만지작거렸다. 그중에서 가장 작은 조각 하나가 계속해서 리시의 손을 스쳤다. 리시는 아직 덜 다듬어져 뾰족하기만 한, 그래서 더 반짝여 보이는 퍼즐을 손에 들었다.

리시의 손에 잡힌 퍼즐 조각. 거기에는 '레이먼드 카버'의 이름이 쓰여 있었다.

리시가 퍼즐을 준비하는 동안 카버도 조금씩 서랍 안의 종이 뭉치를 원고로 바꾸어 가고 있었다. 단편 「제발 조용히 좀 해요」가 잡지 《디셈버》에 실리는 행운과 함께 『1967년 전미 최우수 단편 선집』에 수록되었다. 기쁜 일이었지만 그 정도로는 아무것도 변하지 않았다. 카버는 여전히 가난했고, 여전히 자신의 이름이 전면에 박힌 단편집 한 권조차 손에 넣지 못한 작가였다. 그런 작가를 작가라고 부를 수 있다면 말이다. 카버는 점점 불안해졌다. "내일, 극적인 무언가를 기대하기에 너무 늙어

버린 것은 아닐까?" 카버는 자신을 불안하게 하는 생각을 견디지 못하고 술에 의지한 채 생각을 흩날렸다.

술에 취해 있을 때 카버의 시간은 빠르게 흘렀다. 그는 술을 마시지 않을 때 글을 썼고, 술에 취했을 때 아내 매리앤과 별거를 했다. 그리고 두 번째 파산 신청을 하고 나자 술에서 깬 기운조차 찾을 수 없었다. 어느덧 서른여섯 살이었다. 정말이지 술에 취해 있을 때 카버의 시간은 빠르게 흘렀다.

카버의 흘러간 시간을 보상해 줄 이는 없었다. 그의 문학 스승 존 가드너도, 별거한 아내 매리앤도 그것만은 해 줄 수 없었다. 하지만 카버에게는 교과서 편집자 일을 하며 만났던, 독특한 테이블 매너를 가졌던, 그리고 자신의 작품을 인정해 주던 고든 리시가 있었다. 그는 불가능한 선물을 카버에게 해 줄 수 있는 유일한 인물이었다. 그리고 그가 가져온 선물 상자는 카버의 흘러간 시간을 보상해 주고도 남을 만한 것이었다.

카버가 고든 리시의 연락을 받던 당시, 그의 위치는 대단히 높아져 있었다. 타고났다고밖에 할 수 없는 작가를 발견하는 눈. 누가 봐도 과했지만, 결과에 관해선 이견을 달 수 없었던 편집력. 그는 이 두 가지 능력을 양손에 쥐고 자신이 꿈꾸던 문학의 그림을 완성해 가고 있었다. 그런 그의 그림이 완성되면 완성될수록 미국 단편 문학의 흐름과 열기 또한 빠르게 올랐다.

카버가 그런 리시와 미리 만났다는 것. 뉴욕 출판 시장 한가운데서 거침없이 펜을 휘두르는 리시와 미리 만났다는 것. 그것은 카버 자신도 모르게 찾아온 그의 첫 번째 기적이었다. 리시는 언제나 카버를 눈여겨보았고 카버 역시 온갖 불운 속에서도 펜을 잃어버리는 불운만은 피하고 있었다.

리시가 처음으로 주목한 카버의 단편은 「이웃 사람들」이었다. 그는 「이웃 사람들」을 비롯해 몇몇 단편 작품을 《에스콰이어》를 비롯해 다양한 매체에 소개하려 애썼다. 그는 문학인들의 모임이 있으면 "이 사람이 바로 다음 세대 작가 중에서 가장 중요한 목소리가 될 사람입니다."라며 카버를 치켜세워 주었다. 그러는 와중에도 리시는 카버가 자신이 발굴한 작가라는 사실을 거듭 강조했다. 그는 능력만큼이나 소유욕이 높은 사람이었다. 그리고 그런 자신의 소유욕을 행동으로 옮길 줄 아는 사람이기도 했다. 덕분에 카버의 서랍 속 종이 뭉치들은 빠른 속도로 원고가 되었고 잡지에 실렸으며 먼지 대신 사람들의 시선을 쌓을 수 있었다. 카버는 세상에서 가장 유능한 우편배달부를 만난 것이었고 리시는 모든 편집자가 꿈꾸는 완벽한 작가의 시작점을 함께하는 영광을 얻은 것이었다. 더욱 놀라운 점은 지금까지 벌어진 일들이 앞으로 다가올 사건의 시작에 불과하다는 것이었다. 두 사람은 마음의 준비를 단단히 해 두어야 했다. 두 사람이 함께 만든 작품이 미국 문학에 가져올

섬광에, 그리고 독자들의 끝도 없는 사인 요청에.

"지금 당장 불을 지르기로 마음먹었습니다."

전화가 걸려 왔고, 리시가 말을 했다. 카버는 수화기 너머로
그의 이야기를 들었고 통화는 곧 끝났다. 카버는 수화기를
내려놓은 뒤 술이 아닌 다른 이유로 떨리는 손을 진정시키며
책상 서랍을 열었다. 서랍에는 빛바랜 원고가 가득 담겨 있었다.
불을 지르기엔 이것으로 충분했다. 카버는 리시에게 답장을
보냈다. "지금 당장 불을 지르기로 마음먹었습니다." 카버의
답장을 받아 본 리시는 《에스콰이어》에 처음 들어갔을 때의
흥분을 다시금 느꼈다. 그때 잡은 다듬어지지 않은 퍼즐 조각이
자신의 손으로 제 모습을 갖추기 시작한 것이었다. 리시는
'맥그로 힐 컴퍼니'의 편집장 힐스에게 전화를 걸어 소설 출판
기획을 시작하겠노라 전했다.

같은 시각, 카버는 책상에 앉아 자신의 원고를 살펴보았다.
눈으로 직접 확인해 보고 싶었다. 기적을 바라던 지난 시간과
좁은 자동차에 쪼그려 앉아 글을 쓰던 순간들. 그렇게 쓰인
빛바랜 서랍 속 종이 뭉치들. 아니, 이제는 단편집으로 엮어질
원고들. 그 모든 것을 확인하고 싶었다.

모든 원고를 살펴보고 나자 카버는 리시와 자신이 같은
꿈을 꾸고 있었다는 것을 확신할 수 있었다. 나의 펜으로 세상에

이야기를 남기고 싶다는 꿈. 그 꿈의 시작은 화려할수록 좋았다. 그 꿈의 열기는 뜨거울수록 좋았다. 집 한 채가 고스란히 불타 버릴 정도로 뜨거운 것이 좋았다. 카버와 리시. 두 사람이 품고 있는 펜이라면 충분히 가능한 일이었다.

작업은 바로 진행되었다. 「제발 조용히 좀 해요」를 포함하여 여러 단편을 리시가 검토했다. 리시가 1차 편집을 마치면 두 사람은 오랜 논의에 들어갔다. 리시의 편집은 대담했다. 카버는 대부분의 편집을 받아들였지만 너무 과하다고 느껴지는 몇몇 부분은 지적했다. 하지만 리시의 설득에 편집은 그의 펜에서 대부분 결정되었다. 물론 편집 결정의 바탕에는 믿음이 있었다. 리시의 편집은 대담했지만 모든 것을 분해한 뒤, 전혀 다른 파트를 가져와 다시 조립하는 방식이 아니었다. 그는 편집을 할 때면 그야말로 마에스트로였다. 같은 악보를 가지고 어디에 강약을 둘지, 어디에서 어떻게 시간을 배분할지, 어느 시점에 지휘봉을 휘두르고 또 거둬들일지 정확히 판단하고 해석하는 지휘자였다. 리시가 카버의 작품을 믿고 해석했듯, 카버 역시 리시의 능력을 믿고 편집을 인정했다. 그런 서로에 대한 믿음이 둘의 작품을 결론까지 빠르게 달려가게 했다.

'레이먼드 카버', 마침내 그의 이름이 전면에 새겨진

단편집이 출간되었다. 리시의 지휘에 맞춰 편집된 카버의
단편집이었다. 이 단편집은 지금까지의 카버 작품 세계를
총망라한 것이었고, 리시가 미국 문단에 보여 주고자 한 거대한
그림의 바탕이었다. 리시가 작품의 편집 과정에서 가장 중요하게
생각한 것은 절제미였다. 한 문장으로 말할 수 있는 것을 굳이
두 문장으로 말할 필요가 없다는 것이었다. 그런 리시의 편집
철학에 맞춰 출간된 『제발 조용히 좀 해요』의 작품들은 위태로운
분위기와 서늘한 문체, 극도로 간결해진 단어들 속에서 특유의
분위기를 만들어 냈다. 이를 카버의 스타일이라고 규정하기는
어려웠고 리시의 편집 철학 때문에 희생되어야 했던 수많은
단어와 문장들은 "이봐! 날 놓고 갈 셈이야?"라며 불만을 품었을
터다. 하지만 한 작가의 성공적인 출발점에 놓인 호의적인
평가들은 카버에게 전혀 해가 되지 않았다. 이어서 따라온
성공의 전리품 역시 전혀 해가 되지 않았다.

　　『제발 조용히 좀 해요』가 출간된 1977년, 모든 삶이 정상을
넘어 이상 쪽으로 방향을 잡자 카버는 가난만큼이나 오래
자신에게 붙어 있었던 술병을 깨뜨린다. 다른 많은 것들의
자리를 차지하고 있던 술병을 버리고 나니 제자리의 주인이
돌아왔다. 그들의 중심에는 서랍에서 뛰쳐나와 한 권의 책으로
서재에 꽂힌 『제발 조용히 좀 해요』가 있었다. 열일곱 살, '파머

글쓰기 협회'에서 시작된 창작의 결과가 서른아홉 살이 되어서야 비로소 모습을 드러낸 것이다. 어떤 추상적인 대사와 문장보다 그 정확한 사실 하나가 카버를 위로했다. 카버는 이제 술을 마시지 않아도 편안히 잠자리에 들 수 있었다. 지긋지긋하게 반복된 불행을 겪은 카버였기에 비로소 찾아온 행운 역시 반복되리라고 그는 믿을 수 있었다. 카버에게는 여전히 자신을 불타오르게 하는 작품들이 있었고, 그런 작품을 기다리는 든든한 편집자, 고든 리시가 있었다.

"당신을 믿어요. 이제 제 이야기에 근육을 좀 더 붙여 주시면 좋겠어요."

세상은 카버의 다음 이야기를 기다리고 있었다. 그는 희망을 말하는 작가였다. 정확한 문장과 서늘한 분위기 속에서도 그의 작품에는 희망이 담겨 있었다. 일상이라는 단어가 주는 사악한 본성인 권태나 고독, 나태와 배신에 시달리던 당시의 사람들은 카버 작품에 담긴 희망이라는 것의 진짜 얼굴을 보고 싶어 했다. 보이는 것만 믿어야 하는 위태로운 사회에서 카버는 눈에 보이는 희망을 남기는 작가였다.

카버는 서둘러 다음 단편집 작업을 시작했고, 그의 편집자는 당연히 고든 리시였다. 이번에는 더 잘할 수 있을 것 같았다. 독자들에게 보여 주고 싶은 민낯은 얼마든지 있었다.

그 민낯으로 독자들을 위로해 주고 싶은 마음 역시 얼마든지 있었다. 카버는 편집을 부탁하며 리시에게 근육을 붙여 달라고 요청했다. 하지만 리시는 자신의 편집 철학을 지키고자 했다. 그것 하나로 지금 이 자리까지 왔고, 카버의 첫 단편집을 성공시킨 그였으니 당연한 일이었다. 하지만 주변 사람들의 눈에는 리시가 카버의 이야기에 근육을 붙이기도 전에 살점을 베어 내는 것으로 보였다. 카버도 이번에는 그냥 넘어갈 수 없었다. 그도 그럴 것이 리시의 편집은 지난번보다 훨씬 강해졌다. 대다수 작품에서 많은 문장이 베어져 나갔으며(이봐! 또 나를 놓고 갈 셈이야?), 어떤 경우엔 70퍼센트 이상 삭제된 작품도 있었다. 심지어 제목과 결말까지 수정된 일도 있었으니 카버로서는 쉽게 받아들일 수 없었다. 카버는 수락 편지 대신 항의 메시지를 보낸다.

"책이 이렇게 나온다면 나는 견딜 수 없을 거예요. 맞아요. 당신 말처럼 어쩌면 편집본이 문학적으로 나을 수도 있고, 대중의 입맛에도 잘 맞을지 모르죠. 하지만 이건 아니에요. 이건 나를 죽게 할 거예요."

카버는 항의와 함께 가능하다면 출간 자체를 미루고 다시 검토해 보자고 의견을 전했다. 하지만 리시는 자신의 의견을 굽힐 생각이 없었다. 리시의 주장은 그의 편집 방향만큼이나 간결했다.

"레이. 생각해 보세요. 어떤 것이 더 큰 가치를 가지는
걸까요? 작가가 만들어 낸 날것과 그것을 조리해 다시 만들어진
아름다운 것, 둘 중에서 말이에요. 결국, 뛰어난 생산물이 남게
되는 겁니다."

카버는 깊이 고민할 수밖에 없었다. 그리고 헤어진 매리앤의
말을 떠올렸다.

"레이, 지금 당신의 모습이 어떤 것 같아요? 당신은 지금
제도권에 팔려 가려고 애쓰는 창녀 같아요. 아주 엉망이라고요!"

그리고 카버는 그 당시 매리앤에게 대답한 자신의 목소리를
떠올렸다.

"출간을 위해서는 타협을 할 수도 있어. 서랍 안에 작품을
쌓아 놓고 빛이 바래길 기다리기보다는 작품들이 전량 매진되는
쪽이 훨씬 나아."

카버는 이번에도 같은 대답을 할 수밖에 없었다. 그는
붉은 사인펜으로 교정된 원고 뭉치를 쓰레기통 대신 타자기로
가져갔다.

그런 진통 끝에 카버의 두 번째 단편집 『사랑을 말할 때
우리가 이야기하는 것』이, 그의 나이 마흔세 살에 출간되었다.
거대한 첫 성공은 출간 직전까지 카버에게 엄청난 부담감을
안겨 주었다. 거기에 더해 작품의 최종 원고를 마무리할 때까지

무수히 많은 선택의 갈등을 겪은 카버였다. 그는 성공을 확신할
수 없었다. 모두가 카버와 같은 마음이었다. 고든 리시, 그를
제외하고 말이다.

리시는 자신의 편집 철학을 주장하기 위해 끊임없는 설득
과정을 거쳤다. 그는 자신의 편집본으로 작품을 발표하지 않으면
카버의 작품이 사람들의 시선에서 멀어지리라 판단했다. 그렇게
자신이 발견한 원석 중의 원석, 미국 문학에 선풍을 일으킬
마지막 퍼즐 조각을 그렇게 잃을 수는 없었다. 리시는 카버가
그토록 독자들에게 희망의 민낯을 보여 주고 싶다면 자신의
뜻에 따라야 한다고 생각했다. 다행히 지난한 설득 과정 끝에
카버는 리시의 편집에 고개를 끄덕여 주었다. 물론 카버가
자신의 설득에 100퍼센트 동의한 것은 아니라는 사실을 리시도
알고 있었다. 하지만 리시에게 그 점은 중요하지 않았다. 그가
중요하게 생각한 것은 오로지 하나, 뛰어난 생산물을 남기는
일이었다. 리시는 카버가 고개를 끄덕이는 순간부터 확신할 수
있었다. 카버가 연타석 홈런을 쳐 내리라는 것을.

그의 확신은 결과로 나타났을까? 결론부터 말하자면 반은
맞고 반은 틀렸다. 카버의 두 번째 단편집 『사랑을 말할 때
우리가 이야기하는 것』은 연타석 홈런을 쳐 냈다. 하지만 그
홈런은 솔로 홈런이 아닌 그랜드슬램이었다. 리시의 예상이

적중한 것이다. 카버의 두 번째 단편집은 미국 문학계에 바람을 일으켰다는 말로는 감당하기 어려울 정도의 성공을 거두었다. 카버는 이제 미국 문단의 모든 시선을 한 몸에 끌어안아야 하는 작가가 되었다. 그는 태어나 처음으로 자신의 몸이 작다고 느꼈다. 두 단편집이 이룬 성공의 크기는 190센티미터가 넘는 거구의 카버로서도 다 끌어안지 못할 정도로 거대했다.

"『사랑을 말할 때 우리가 이야기하는 것』에 대한 독자들의 반응을 보자 자신감이 생겼습니다. 이제 모든 곳에서 좋은 일들이 일어날 것이고 더 좋은 작품을 쓸 수 있겠다, 이렇게 확신할 수 있었죠."

카버가 처음으로 갖게 된 자신감은 서랍 속 종이 뭉치가 주는 것이 아니었다. 그것은 작품의 외적 폭발력이 주는 것이었다. 셀 수 없이 많은 독자의 환호와 평단의 찬사. 그때까지 카버에게 없었던 것은 작품의 완성도나 메시지 같은 것이 아니었다. 카버에게 없었던 것은 성공의 얼굴, 바로 그것이었다. 리시가 카버에게 선물한 것 역시 바로 그것이었다.

선물을 준비하기 위해 리시가 한 일은 간단했다. 카버의 작품을 인정하고, 서랍에서 끌어냈으며 절대 의심하지 않은 것, 그게 전부였다. 물론 그는 자신의 편집 철학을 바탕으로 카버의 작품을 수없이 재단했다. 하지만 그것은 카버의 작품을

고든 리시
Gordon Lish

의심해서가 아니었다. 그는 카버 스스로가 자신의 작품을 의심할 때에도 끝까지 카버의 작품을 믿어 준 사람이었다. 그런 믿음을 바탕으로 리시의 거대한 퍼즐은 최종 단계에 이르렀다. 카버가 쓰고 리시가 편집한 작품. 리시가 꿈꾼 문학의 새로운 그림, 그 마지막 퍼즐은 그것으로 완성되었다. 그리고 카버는 서랍 밖의 '작가'가 되었다.

"당신은 내가 아는 최고의 편집자입니다. 내가 아는 당신의 실력으로 이 책에 도움을 주길 바랍니다. 이번에는 내 유령으로서는 말고 말입니다."

카버는 다음 단편집 『대성당』을 준비했다. 이번 단편집의 담당 편집자는 리시가 아니었다. 카버는 리시에게 표지 디자인과 작품 배열에 관해 최종적인 결정을 부탁했지만, 본문에 대해서는 모두 자신이 통제하였다. 리시는 카버의 요구를 그대로 받아들여 편집했다. 그는 소설집에 수록될 작품 중 하나인 「내가 전화를 거는 곳」의 편집본을 보내왔다. 짧은 메시지와 함께였다.

"지금 보내는 편집본보다 덜 손댄다면 글쎄요. 그건 당신의 모습을 너무 많이 노출하는 게 될 겁니다."

그는 여전히 만만한 편집자가 아니었다. 그리고 그는 여전히 카버의 작품을 가장 잘 이해하는 편집자였다.

"세상에, 내 잔이 넘치고, 또 넘치고, 또 넘치네."
카버가 말했다.

"그 후 저에게 벌어진 모든 일은 그레이버(graver)였어요."
카버가 말했다.

카버는 인생에 있어 절정의 시간을 맞이하고 있었다.
작가로서 인정받고 많은 돈을 벌었다. 알코올 중독에서
벗어났으며 안정된 인간관계가 이어졌다. 게다가 자신이 하고자
하는 진짜 이야기를 세상은 여전히 기다리고 있었다. 더는 바랄
것이 없었다. 카버는 타자기를 두드리던 손을 잠시 멈추고 책상
서랍을 열었다. 아직 세상의 빛을 보지 못한 원고가 자리를
차지하고 있었다. 카버는 그중 하나를 꺼내 들었다. 문득 불을
지르기로 마음먹었던 그때가 떠올랐다.

"그는 훌륭한 편집자예요. 정말 영리하고 편집에 있어
매우 예리한 사람이었죠. 그래요, 아마도 그는 위대한 편집자일
겁니다. 그리고 확실한 건 그가 제 편집자이면서 친구라는
점입니다. 이 두 사실은 저에게 거대한 행운입니다."

카버의 말처럼 리시는 미국의 많은 작가들에게 있어
영리하고 훌륭하며 위대한 편집자였다. 그리고 카버에게는 그의
문학이 가야 할 길의 이정표를 보여 준 편집자였다. 게다가 그는
편집자이기에 앞서 카버의 열렬한 독자였고 카버의 작품을
정확히 이해하며 열광해 주는 인물이기도 했다. 과하다고 말할

수 있는 편집에도 카버의 작품이 절묘하게 본질을 잃지 않았던 것, 그리고 가능한 최대의 독자에게 다가갈 수 있었던 것. 이 두 가지는 고든 리시이기에 가능한 일이었다.

만약 카버의 문학 세계에 리시가 제시한 이정표가 없었더라면 어땠을까? 확신할 수는 없지만 예측할 수는 있을 것이다. 카버의 삶은 더욱 처참했을 테고 빈 술병만이 바닥을 굴러다녔을 것이다. 그 끝에 남은 것이라고는 서랍 속에 잔뜩 쌓인 종이 뭉치가 전부였을지 모른다. 그렇다면 독자들은 어땠을까? 자신의 옆집에 카버가 산다는 사실조차 모른 채, 일상의 바로 옆에 희망의 문장이 있다는 것도 모른 채 지친 잠자리에 들었을 것이다.

"그게 무슨 의미가 있을까?"

고든 리시는 카버의 삶에서 이 짧은 질문을 삭제한 편집자였다.

카버의 집 앞에 선
당신에게

카버의 집에 기꺼이 짐을 풀어 준 여러분께 감사드립니다.
이곳에는 지나칠 정도로 많은 것은 없습니다.
문과 계단, 벽과 기둥 그리고 열쇠 구멍까지.
무엇 하나 지나친 것은 없습니다.
그것이 가능하다면 훨씬 나을 테니까요.

하지만 지나치게 많은 사람은?
그것은 괜찮다고 생각합니다.
그래서 모두를 환영합니다.

여러분은 이곳에서 텔레비전을 보고, 식사를 하고,
이불을 덮으십시오.
그리고 가끔은 롤빵을 드십시오.
별것 아닌 것 같은 모든 것을 하십시오.

저는 그것을 바랍니다.
그래서 그것을 말합니다.
여러분도 그러십시오.
생각을 행동으로 옮기십시오.

밖에서 한 번도 그러지 못했다면.
카버의 집에서는 그렇게 하십시오.

별것 아닌 것 같지만 도움이 되실 테니.

집은 아직 다 지어지지 않은 듯 곳곳이 비어 있었다.
거실에는 창문 자리가, 안방에는 한쪽 벽이 없었다.
고개를 들면 반쯤 썬 지붕, 발을 구르면
고정되지 않은 마루가 밟혔다.
아직 다 오르지 못한 기둥을 향해 뛰어오는 이가 있었다.
그는 이 집을 완성할 건축가인가?
아니면 이 집을 부술 해체업자인가?
집은 대답을 기다리고 있었다.

제임스 조이스의
마지막
창을 내 준
실비아 비치

/

3

제임스 조이스 & 실비아 비치
James Joyce & Sylvia Beach

> 조끼 단추를 잠그며 조이스는 이질감을 느꼈다.
> 분명 작년에 입었던 조끼였다.
> 손에 익은 동작, 발 딛고 있는 마룻바닥,
> 자신을 비추는 낡은 거울까지.
> 자신의 것이 아닌 것을 찾을 수 없었다.
> 그럼에도 조이스는 낯설었다.
> 세상이 자신을 밀어내는 것만 같았다.
> 이방인은 이곳에 오지 말라며, 제발 좀 꺼져 달라며,
> 자신을 밀어내고 있는 것 같았다.

"아버지와 어머니가 밀쳐 내 버린 더블린의 목소리를 찾아 거리를 헤매기 일쑤였죠."

조이스는 오늘도 집에 들어갈 수 없었다. 자신을 밀어내는 이질감 때문이라고 스스로 생각했다. 하지만 현실적인 이유는 달랐다. 그를 밀어내는 것은 이질감이 아닌 아버지였다. '전형적'이라는 말은 어찌 그리 사악한지 아버지는 일자리를 잃은 가장의 전형적인 모습을 보여 주었다. 아버지는 현실을 잊기 위한 가장 전형적인 방법으로서 술독에 빠지는 길을 택했고, 술독은 접시 위에 담긴 폭력을 대동했다. 그런 아버지 곁에는 전형적인 어머니가 있었다. 어머니는 언제나 기도했다. 사악한 것이 멀어지길 기도했다. 어머니의 기도가

어찌나 간절했는지 모든 것을 밀어내기 시작했다. 조이스도
그중 하나였다. 폭력과 기도 사이의 텁텁한 공기를 견디지
못한 조이스는 거리를 헤매야 했다. 끝내 닿은 곳은 학교와
사창가였다. 학생 조이스는 축복을 품에 안은 학생이었다.
글쓰기는 물론이고 다른 세상의 언어를 이해하는 데에도
탁월했다. 지폐가 아닌 종이는 아버지에게 쓸모없는 것이었지만
조이스의 손에는 자주 상장이 들려 있었다.

수업을 마치는 종이 울리면 다시 거리였다. 조이스는 더블린
거리를 헤매며 어머니가 기도로 밀쳐 내 버린 사악한 것들을
만나고 다녔다. 거리 사람들은 같은 언어를 사용했지만, 리듬이
전혀 달랐다. 그들은 정해진 문구를 정해진 속도로 읽는 기도와
다른 리듬을 가지고 있었다. 언어라면 무엇이든 습득해 내는
조이스였기에 거리의 언어 역시 쉽게 자신의 것으로 만들었다.
그리고 곧 물들었다.

문제는 깊이였다. 깊이가 없는 리듬은 조이스의 눈길을
오래 잡아 두기 어려웠다. 조이스는 일시적인 리듬이 아닌,
그것이 쌓여 굳은 언어의 바위에 몸을 내던지기를 즐겼다.
영어는 당연했고 이탈리아어와 프랑스어 역시 조이스의 눈길을
피하기 어려웠다. 언어를 입에 머금고 혀로 굴리는 재미에 빠진
조이스의 다음 행보는 책으로 이어졌다. 언어의 바위를 갈아
만든 아름다운 석상, 조이스는 그것을 찾아 나섰고 거기에

국경 따윈 존재하지 않았다. 조이스는 하루는 런던으로, 하루는 파리로, 또 하루는 로마로 향했다. 그리고 시간이 남을 때면 노르웨이까지 발을 쭉 뻗었다. 지루함 말고는 아무것도 존재하지 않을 것 같았던 곳에 그 땅의 언어가 있었다. 또 그것을 도구 삼아 만들어진 작품이 꽂혀 있었다.

헨릭 입센, 조이스가 도서관에서 발견한 노르웨이의 위대한 작품. 영어로 번역된 그의 작품에서 조이스는 거리의 리듬을 발견할 수 있었다. 그 리듬은 더블린의 리듬과는 다른 것이었다. 그렇기에 헨릭 입센의 작품을 더블린의 언어로 본다는 것은 부조리했다. 그들의 리듬은 그들의 언어로 봐야 하는 것이었다. 그러지 못한다면 위대한 석상을 덮은 보호 장막을 보며 감탄하는 것과 별반 다를 바 없었다. 조이스는 당장에 노르웨이어를 공부하기 시작했다. 남들 같았으면 노르웨이 동화책을 읽는 데에만도 꽤 오랜 시간이 걸렸을 테지만 조이스에게는 해당 없는 일이었다. 조이스는 곧 헨릭 입센의 작품을 원어로 읽을 수 있게 되었다. 비로소 석상의 보호 장막을 자신의 손으로 걷어 낸 순간, 조이스는 새로운 언어의 리듬에 몸을 떨었다. 조이스는 거듭 그의 작품을 읽으며 생각했다. 헨릭 입센의 작품이 없었다면, 노르웨이어로 빚어진 이 작품이 없었다면 노르웨이어에 무슨 의미가 있을까? 스스로의 질문에 대한 답은 "아무것도"였다. 노르웨이어는 입센의 작품을 완성해 내기 위한 완벽한 도구처럼 보였다. 그렇다면 자신의 도구는 어디서 구할 수 있을까? 조이스는 주변을 둘러보았다. 그곳에 있었다. 조이스의 시선이 닿는 모든 곳에 도구가 있었다.

"제 손에 익은 도구는 역시나 그것이었습니다. 그들이 어떻게 생각할지언정 저는 제 손에 들린 도구를 버릴 생각이 없었습니다."

더블린. 조이스는 자신이 딛고 선 땅과 그 위를 부유하는 사람들, 그리고 그들의 입에서 흐르는 언어를 도구 삼아 글을 썼다. 「스티븐 히어로」라는 제목이 붙은 이 소설에 화사함이라고는 1퍼센트도 찾아볼 수 없었다. 병들고, 어둡고, 참혹한 모습, 그것만이 남아 있었다. 당연한 일이었다. 더블린의 언어로 만들어진 이야기는 더블린의 진짜 모습을 보여 줘야 했으니까. 하지만 그렇게 생각하는 이는 더블린을 모두 뒤져도 조이스뿐이었다. 조이스가 그린, 아니 어쩌면 표현했다고 말해야 정확할 그 작품에 더블린 사람들은 분노했다. 그들의 입장에서는 "과장되었다, 거짓되었다."라고 믿는 쪽이 편했다. 「스티븐 히어로」 속의 더블린, 그리고 어쩌면 자신일지도 모를 그 참혹한 인물들의 이야기가 진실이 아니라며 고개 돌렸다. 더블린과 더블린의 언어는 그렇게 조이스를 배반했다. 그나마 연재를 이어 가던 잡지에서의 작업 또한 순탄하지 않았고 출간은 꿈도 꿀 수 없었다. 어떤 달변가나 문장가가 온다 해도 눈과 귀를 막은 이들을 설득할 재간은 없었다.

조이스는 떠나야 했다. 혼자 눈뜬 세상에서 살 수는 없는 일이었다. 조이스는 취리히로 향했다. 생계는 특기인 언어를 가르치는 일로 이어 갔다. 살림은 넉넉하지 않았지만, 더블린의 언어는 여전히 집 안을 가득 메웠다. 아내 노라 바나클 덕이었다. 노라는 세속적 욕망과 몽상가적 기질 그리고 진심이 담긴 마음으로 조이스를 보살펴 주었다. 물론 작가 대신에 농부나 은행가, 하다못해 넝마주이와 결혼하는 편이 더 나았으리라는 푸념을 보태는 것 또한 잊지 않았다.

아내의 푸념이 꾸준히 이어지는 만큼 조이스의 새로운 작품도 완성이 되어 갔다. 「스티븐 히어로」의 출간 실패를 외면할 생각은 없었다. 몸은 타지에 있지만 더블린의 언어로 더블린의 진짜 이야기를 하는 것, 조이스는 그 목표를 내려놓을 생각이 전혀 없었다. 그렇게 시작한 『더블린 사람들』은 「스티븐 히어로」보다 훨씬 정확한 작품이었다. 문제는 그들의 환부를 들추면 들출수록 더블린은 조이스를 멀리했다. 끝없이 이어지는 항의와 삭제 요구, 그리고 멈추지 않는 고소장들. 조이스의 펜은 이미 그 모든 것을 초월한 상태였지만 책을 출간하기 위해서는 다른 요구들을 품에 안을 방법이 필요했다. 조이스가 택한 방법은 기다림이었다. 조이스는 자신의 목적을 찢을 생각이 없었기에 날아드는 고소장을 성실히 찢으며 출간일을 기다렸다. 그것은 스스로의 신념을 지키는 일이었다. 완벽한 조각을 만들어 내는 데 타인의 시선이라는 불순한 도구가 쓰여선 안 되었다. 물론 대가는 가혹했다. 무려 8년의 시간이 지나서야 조이스의 우편함은 잠잠해졌다. 그제야 조이스의 『더블린 사람들』은 더블린으로 출발할 수 있었다.

"저는 여전히 좋지 않은 소식을 전하는 우체부에 불과했습니다. 그런 우체부를 언제까지고 참아 줄 사람은 많지 않았죠. 더블린에서는 특히나 말입니다."

『더블린 사람들』이 아일랜드 땅을 밟는 기쁨은 찰나였다. 그들은 수비에 지쳐 방패를 잠시 내려놨을 뿐이었다. 방패를 뚫더라도 그들의 품에 안길 수는 없었다. 조이스는 자신을 받아 주지 않는 더블린의 낡은 울타리에서 버텨 낼 재간이 없었다. 조이스는 스스로 울타리에서 벗어나기로 결심했다. 잠시가 아닌 영원을 의미하는 이별이었다.

조이스가 더블린을 떠나는 해, 그는 작별 선물을 더블린에 남겼다. 하나는 『더블린 사람들』의 출간. 다른 하나는 다시 쓰일 「스티븐 히어로」의 이야기. 그리고 마지막 하나는 더블린 사람들조차 상상하지 못했던 진짜 더블린 이야기였다. 하지만 선물이 타국의 땅을 밟기 위해서는 여러 고비를 넘겨야 했다.

『더블린 사람들』로 세간의 주목을 받은 조이스는 출판업계의
요주 인물이 되었다. 좋은 쪽으로든, 나쁜 쪽으로든 모난
돌을 기꺼이 껴안을 이는 많지 않았다. 거기엔 위험이 따랐다.
그랬기에 조이스는 이제 조금 더 영리해져야 했다. 무작정
밀어붙이는 일은 지금껏 경험으로 알 수 있듯이 옳은 답이
아니었다. 그렇다고 조이스답지 않게 펜촉을 뭉뚝하게 다듬을
수도 없었다. 세상을 벨 정도로 날카롭게, 그래서 그 안의 깊숙한
부분까지 들여다볼 수 있게 하는 펜이야말로 조이스의 것이었다.
고심 끝에 그는 박자를 조절하기로 했다. 일단은 구성이나
생각이 덜 정리된 작품보다는 「스티븐 히어로」를 기초로 한
작품인 『젊은 예술가의 초상』을 먼저 마무리하기로 했다.
계획을 세우자 막힘없이 진행되었다. 조국을 떠난 몸이었지만
친절하고 강인한 손을 지녔던 시인 에즈라 파운드의 정신적
조언도 있었다. 그리고 자신의 작품을 거리낌 없이 증오하는
이들이 있는 것처럼, 반대편엔 어떤 조건도 없이 후원해 주는
이들도 있었다. 그들의 금전적 도움은 조이스의 작품 활동에
순풍이 되어 추진력을 실어 주었다. 이제 조이스의 작품을
방해하는 것은 악화되어 가는 눈 건강, 그리고 조이스의 재능을
받아들이지도 못하면서 등 돌릴 배짱도 없는 더블린뿐이었다.
하지만 아내의 보살핌과 타국의 편견 없는 공기를 동력 삼아
조이스는 『젊은 예술가의 초상』을 무사히 완성해 냈다. 물론

무사하다는 말이 출판까지 이어지려면 몇 개의 관문을 더 통과해야 했다. 다행히 이번에는 혼자가 아니었다. 에즈라 파운드의 주선으로 《에고이스트》에 작품을 연재할 수 있었고, 마찬가지로 에즈라 파운드의 도움으로 영국왕실문학기금을 받을 수 있었다. 안정적인 연재처와 생활비, 조이스가 찾던 두 가지 조건이 충족되자 머뭇거릴 필요가 없었다. 수술을 요할 정도로 심각해진 눈 건강도 그의 창작을 막을 수는 없나. 조이스는 도리어 아픈 눈을 꼭 감고 자신 앞에 펼쳐진 절벽을 뛰어넘었다. 그리고 눈을 뜨자 조이스의 앞으로 새로운 세계가 펼쳐졌다. 애당초 더블린 정도에 묶일 수 없었던 그의 재능과 작품이 드러나는 순간이었다. 조이스의 이름은 자신이 하는 언어의 수만큼이나 넓은 곳으로 뻗쳤다. 그러자 후원도 쇄도하였다. 《에고이스트》의 편집장 위버를 비롯해 다양한 나라의 후원자들이 수표를 보내왔다. 항의 편지가 아닌 후원금으로 우편함이 가득 차자 조이스는 생애 처음으로 아름다운 시절을 만끽할 수 있었다.

이제 생활비와 연재처를 고민하지 않게 된 조이스는 이번엔 절벽이 아닌 드넓은 벌판을 뛰어 보기로 했다. 그 정도의 공간은 있어야 채워질 수 있는 작품이었다.『더블린 사람들』이 출간될 때 생각했고,『젊은 예술가의 초상』을 연재하며 머릿속으로 조각했던 그 작품. 『율리시스』의 시작이었다. 구상한 대로 작품이 완성된다면 원고로 벌판을 가득 채우고도 남을 터였다. 조이스는 안정적인 환경을 바탕으로 3개의 에피소드를 빠르게 완성해 갔다. 연재처는 뉴욕의 《리틀 리뷰》와 런던의 《에고이스트》였다. 영미 문학의 중심지에 등장한 『율리시스』는 '제임스 조이스'라는 이름과 함께 연재 내내 화제에 올랐다. 물론 유명세의 대부분은 조이스에게 별 이롭지 않은 것들이었다. 영양가 있는 평론과 토론이 이어지기 전에 '외설'이라는 딱지가 붙어 버린 것이었다. 다행히 《리틀 리뷰》와 《에고이스트》는 어떤 외압에도 연재를 중단하지 않으리라 선언했고, 그게 위안이라면 위안이었다. 하지만 행운이 행운을 불러오는 것처럼 불행은 불행을 데려와 조이스의 현관을 두드렸다. 이번에는 딸 루시아가 조현병 증세를 보인 것이었다. 어쩌면 그것은 너무 늦게 터진 불행인지도 몰랐다. 일곱 나라를 떠도는 생활과 일곱 개의 언어가 뒤섞인 생활, 풍족한 적 없는 저녁 식사, 글 아니면 유흥이 전부였던 아버지의 뒷모습. 그런 것들을 담아내기에 딸의 나이는 너무 어렸다. 조이스에게 국경은 큰 의미가 없었다. 작품을 위해서라면 어디든 상관없었다. 그것이 스위스건 이탈리아건 아무런 문제가 없었다. 아일랜드만 아니면 말이다. 하지만 가족을 위해서는 조금 더 안정적인 땅이 필요했다. 문제는 그것이 작품의 연재처를 찾는 것만큼이나 어려운 일이었다는 점이다. 그런 개인적 문제로 고민하던 조이스를 찾아온 행운은 이번에도 에즈라 파운드였다. 그가 이번에 가져온 행운은 파리행 기차표였다. 그의 말이라면 틀림이 없었다. 지금까지도 그랬으니 앞으로도 그럴 터였다. 그는 관성처럼 에즈라 파운드의 말을 따랐다. 그리고 얼마 지나지 않아 조이스는 파운드의 추천이 얼마나 위대한 제안이었는지 깨달았다. 파리는 자신처럼 사고하는 이들, 밀하는 이들, 그리고 대화할 줄 아는 이들로 가득한 곳이었다. 프루스트, 헤밍웨이, 엘리엇, 앤더슨, 피츠제럴드, 스타인…… 파리에 모인 모든 예술가를 언급하는 데에만도 하루가 부족했다. 파운드는 조이스에게 그들을 적극적으로 주선해 주었고, 조이스의 감성은 더없는 만족감을 느꼈다.

『율리시스』의 원고 진행이 탄력을 받은 것도 당연한 일이었다. 하지만 조이스의 속도를 따라잡기에 세상은 아직 거대한 철창에서 벗어나지 못하고 있었다. 뉴욕에서는 '사회악방지위원회'가 외설적인 내용이 많은 『율리시스』를 연재한다는 이유로 《리틀 리뷰》를 고발하였고, 판사는 이를 받아들였다. 그럼에도 《리틀 리뷰》는 조이스처럼 당당했다. "잡지가 폐간되는 한이 있더라도 작품 연재를 멈추지 않겠다."라며 조이스와 『율리시스』를 온몸 바쳐 응원한 《리틀 리뷰》, 그들은 곧 폐간당했다. 존재를 걸고 싸운 이의 최후가 폐간이었으니 뉴욕은 물론 미국의 어떤 잡지도 『율리시스』를 쳐다보지 않았다. 순식간에 미국을 잃은 조이스가 기댈 곳은 런던의 《에고이스트》뿐이었다. 《에고이스트》에는 『젊은 예술가의 초상』 때부터 연을 맺어 온 위버가 있었고, 그녀는 "조이스의 전 작품을 출간하는 것이 유일한 목표다."라며 조이스에게 무한한 애정을 드러냈다. 하지만 위버는 자신의 애정을 지켜 내기 위해서 두 가지 문제를 해결해야 했다. 하나는 영어권 국가에서 외설로 금서 판정을 받은 『율리시스』를 인쇄해 줄 업자를 찾는 일이었다. 런던에서는 문제작을 인쇄하다 적발되면 인쇄업자까지도 벌금을 내야 했기에, 인쇄업자들은 '제임스 조이스'의 이름만 봐도 등을 돌리기 일쑤였다. 또 다른 문제는 《에고이스트》의 구독자들이었다. 그들은 가족 모두가 읽는 정기 간행물에 『율리시스』는 어울리지 않는다며 끝없이 항의 편지를 보내왔다. 편지에는 구독 중단을 요청하는 편지도 섞여 있었기에 『율리시스』를 연재하면 할수록 《에고이스트》는 무너져 갔다. 위버는 선택을 해야 했다. 자신의 말을 지킬 것인지, 아니면 《에고이스트》를 지킬 것인지. 위버의 선택에 따라 조이스와 『율리시스』의 운명도 정해질 터였다. 《에고이스트》 최후이자 최대의 결정이 될 선택지 앞에서 위버는 전자를 골랐다. 그녀는 《에고이스트》를 이어 가는 대신 직접 출판사를 차리고 『율리시스』를 출간하기 위해 신속히 움직였다.

하지만 『율리시스』라는 대작을 인쇄해 줄 인쇄업자를 찾는 일은
위대한 선택을 하는 것보다도 어려웠다.

**"이제 내 책은 결코 나올 수 없을 거라고, 그렇게
생각했습니다. 그녀를 만나기 전까지는 매일 그 생각으로 몸을
떨었습니다."**

벌판에 펼쳐 내기 위해 시작한 작품이 영미 대륙에조차 발
들일 수 없다는 현실에 조이스는 좌절했다. 늘 그랬듯이 문제가
되는 부분을 편집만 하면 되는 일이었지만 그런 작품이 나온다
한들 조이스에게는 아무런 의미가 없었다. 『율리시스』는 거의
완성되었지만 펴내지 못한 작품은 일기와 다를 바 없었다. 이미
안 좋아질 만큼 안 좋아진 눈 상태는 조이스의 좌절을 부추겼고
빛이 막힌 창문 아래서 그는 고개를 떨구었다. 그런 조이스가
마음이라도 의지할 수 있는 곳은 예술인들의 파티뿐이었다.
7일에 한 번 찾아오는 일요일에도 조이스는 파티에 참석하기
위해 길을 나섰다. 파티장에는 이미 파운드가 있었다. 조이스는
파운드와 이야기를 나누었고 하나둘 사람들이 모여 파티
분위기가 무르익었다. 조이스는 함께 식사를 나누었지만
술을 마시진 않았다. 파운드의 짓궂은 장난에도 그저 잠시
미소를 보일 따름이었다. 조이스는 흥이 오른 거실을 떠나
책장이 천장까지 닿은 방으로 들어갔다. 벽 하나가 타인들의

대화와 웃음을 차단시켜 주었다. 조이스는 책장을 잠시 살피며 책을 고르려 했다. 그런데 그때 누군가가 방으로 들어왔다. 미국인으로 보이는 여자는 이미 자신의 얼굴을 아는 듯했다. 조이스는 의자에서 일어나 그녀에게 인사를 하려 했다. 그런데 그보다도 먼저 그녀가 조이스의 앞으로 다가섰다.

"혹시 위대한 작가 제임스 조이스 씨인가요?"

조이스는 그녀에게 악수를 청했다. 그녀는 이미 조이스를 너무나 잘 안다는 듯 그와 그의 작품을 줄줄이 이야기했다. 앞서 말한 '위대한'이라는 수식어가 진심인 듯 보였다. 그런 그녀에게 호기심이 생기지 않을 수 없었다.

"무슨 일을 하시나요?"

"영미 문학 전문 서점을 운영하고 있어요. '셰익스피어앤컴퍼니'라고 하죠."

그녀의 답은 더할 나위 없이 훌륭했다. 조이스는 급히 가지고 다니던 수첩을 꺼내 서점의 이름을 적고 그 아래 위치를 메모했다. 그리고 깜빡했다는 듯 그녀의 이름을 물었다.

"만나서 정말 영광이에요. 저는 실비아 비치라고 해요."

다음 날, 조이스는 '셰익스피어앤컴퍼니'로 향했다. 이름만으로도 걸음을 서둘러야 할 것 같은 장소였다. 구불구불한 길을 따라 주소가 적힌 곳에 당도하니 서점이 있었다. 비치는 반갑게 조이스를 맞아 주었고 서점 안으로 들어선 그는 모든 것을 눈에 담기 시작했다. 휘트먼과 포의 사진, 블레이크의 그림 그리고 오스카 와일드의 사진까지 살펴본 조이스는 어딘지 모르게 불편해 보이는 의자에 앉았다. 그러자 이야기는 시작되었고 끝이 없을 것처럼 이어졌다. 비치에게 듣는 '셰익스피어앤컴퍼니'의 이야기는 생동감이 넘쳤다. 영미 문학을 프랑스에 소개하려 한 비치의 열망, 그 열망이 빚어낸 이 공간이 아주 작고 아름다운 동화처럼 느껴졌다. 게다가 7프랑만 내면 한 달 동안 이곳에 있는 책을 마음껏 빌려 볼 수 있었다. 조이스는 어쩐지 이곳에 자주 드나들게 될 것 같다는 생각을 하며 곧장 서점 회원으로 가입했다.

스스로 예상했듯 조이스는 이후에도 끊임없이 이 서점을 찾았다. 좋은 책을 빌려 볼 수 있다는 장점 외에도 조이스의 구미를 당기는 부분이 있었다. 그것은 바로 '셰익스피어앤컴퍼니'가 파리 예술가들의 아지트였다는 점이었다. 파운드는 물론이고 헤밍웨이부터 조지 앤 타일까지. 다양한 분야의 예술가들이 그곳을 찾았고 조이스는 자연스레 그들과 교류할 수 있었다. 물론 서점에 그들이 없을 때도 있었지만 문제될 건 전혀 없었다. 그곳에는 언제나 비치가 있었다. 좋은 감각과 순수한 마음 그리고 좋은 질문을 할 줄 아는 그녀가 말이다.

그날도 서점에는 비치 혼자였다. 두 사람은 언제나 그랬듯 주제가 정해지지 않은 이야기를 나누었다. 그러던 중 비치가 『율리시스』의 진행 상황을 물어 왔다. 조이스로서는 생각도 하기 싫은 대답이었다. 이미 미국과 영국에서 연재를 할 수 없게 되었고, 아일랜드는 더 말할 필요도 없었다. 조이스의 이야기를 끝까지 경청한 비치는 아마도 이 서점을 처음 만들기로 결심했을 때와 같은 표정을 지었다.

"저희 '셰익스피어앤컴퍼니'에서 『율리시스』를 출간하는 영광을 누려도 될까요?"

그녀는 조이스에게 가장 좋은 질문을 했다.

"비치 양이 어떤 자본을 가졌는지, 어떤 경험을 갖췄는지는 중요하지 않았습니다. 『율리시스』는 조건이 아닌 열정이 필요했으니까요."

조이스의 걸음걸이는 파리에 온 이후 최고로 속도를 내고 있었다. 묵직한 가방의 무게 따위에는 신경도 쓰지 않았다. 조금이라도 빨리 『율리시스』의 원고를 전하고 싶었다. 그런 조이스의 마음 때문에 비치는 모든 일을 서둘러야 했다. 제일 중요한 것은 인쇄업자를 찾는 일이었다. 조이스의 작품은 영국과 미국에서 그랬듯 파리에서도 위험한 작품으로 여겨졌기에 무엇보다 먼저 인쇄업자를 찾아야 했다. 모든 계획이 완벽해도 인쇄를 하지 못한다면 의미가 없었다. 비치는 여러 인쇄업자를 찾다가 어차피 어려울 일이라면 가장 이름 높은 이에게 찾아가자고 마음먹었다. 대를 이어 인쇄소를 운영해 왔고 프랑스 최고의 인쇄업자라고 소문난 인물, 바로 모리스 다랑티에르였다. 지인의 소개로 만남이 이루어지자 비치는 돌려 말하지 않았다. 감출 것도 없었다. 자신이 위대한 조이스의 작품을 출간하려 하고, 이 작품은 영국과 미국에서 금지될 정도로 위험한 작품이다, 하지만 큰 위험이 따르는 자리 옆에는 늘 작품성의 의자가 함께 놓여 있다는 점을 강조했다. 다행히 최고는 최고를 알아보는 법이었는지 다랑티에르는 비치가 제안한 위험한 모험에 흔쾌히 손을 내밀었다. 단번에 설득이 성공하자 비치는 숨겨 두었던 악조건의 카드를 슬쩍 꺼내 보였다. 열악한 재정 때문에 독자들의 예약 신청이 들어와야만 인쇄비를 지불할 수 있다는 것. 바꿔 말하면 예약을 하는 독자가 없다면 인쇄비를 고스란히 날려야 한다는 뜻이었다. 다랑티에르는 이미 위험 가득한 모험의 길을 선택했으니 물러설 생각은 없어 보였다. 이 작품이 비치의 말대로 위험성만큼이나 뛰어난 작품성을 지녔다면 독자가 없을 리 없을 테니까 말이다.

시작이 좋았다. 비치는 천군만마와도 같은 인쇄업자를 구하고 나서 본격적으로 출간 기획을 짜기 시작했다. 문제는 위대한 조이스였다. 그는 모든 것을 맡기리라 말했던 처음과 달리 책의 사소한 부분까지 자신의 머릿속 수준으로 끌어올리려 했다. 비치를 향한 조이스의 잔소리가 이어진 것도 이쯤부터였다. 조이스는 영국과 미국에서 겪은 실패의 트라우마 때문에 자신의 작품을 온전히 신뢰하지 못했다. 작품성은 차치하고서라도 독자들에게 제대로 전달될 것인지, 혹은 전달받길 원하는 독자가 있을지조차 확신하지 못했다. 그래서 조이스는 초판을 최소한으로 찍길 원했다. 선의로 시작한 일 때문에 금전적 손해를 볼 필요는 없었으니까 말이다. 하지만 조이스의 요청은 출판사 대표가 된 비치에게 통할 리 없는 주문이었다. 최소 1000부, 그것이 비치가 설정한 마지노선이었다. 그것은 손해를 보지 않는 마지노선이기도 했지만 힘겹게 『율리시스』를 출간해 낸 노력에 대한 보상이기도 했다. 물론 1000부 완판을 위한 계획을 따로 짜지는 않았다. 단 하나 마음속으로 생각한 방법은 바로 "최대한 당당해지자."였다. 비치의 생각에 『율리시스』의 원고는 단 한 글자도 책을 벗어나서는 안 되었다. 그야말로 무삭제 완전판, 그것이 비치의 유일한 계획이었다. 독자를 고려하고, 문단의 이목을 신경 쓰면서 『율리시스』를 출간하는 것만큼 자살행위는 없으리라고 비치는 믿었다.

조이스는 자신의 작품보다 담대한 그녀의 계획에 놀라고 말았다. 다른 출판인의 말이었다면 정확해질 때까지 몇 번이고

되물었겠지만, 그녀의 확신에 찬 목소리 앞에 추가적인 질문은
필요하지 않았다. 그녀의 담대함과 '셰익스피어앤컴퍼니'에
반한 이는 또 있었다. 그리스 출신의 뮈르신 모스코스는 스스로
서점과 출판일을 돕겠다며 비치를 찾아왔다. 넉넉한 급여를 주지
못할 것 같다는 비치의 만류에도 소용이 없었다. 『율리시스』의
출간 팀으로 그리스 출신의 여성이 들어오자 조이스는 크게 반길
수밖에 없었다. 이 작품의 기본이 된 호메로스의 『오디세이아』,
그것 역시 그리스에서 탄생한 작품이 아니던가.

　　신이 난 조이스의 표정처럼 비치의 얼굴에도 미소가
올랐다. 『율리시스』 완전판의 출간을 알리고 예약 구매자를
모으자 신청은 물밀듯이 밀려왔다. 초기 예약자의 대부분은
'셰익스피어앤컴퍼니'의 회원이었다. 든든한 예약자 명단을
보니 일을 더 서둘러도 될 것만 같았다. 하지만 비치의 마음과
달리 조이스는 모처럼 찾아온 기회에 단 한 자의 흠집도 내고
싶어 하지 않았다. 이미 완성된 줄 알았던 원고는 너덜거릴
때까지 계속 수정되었고, 겨우 통과했다 싶은 원고마저도 다음
날이면 다시 제자리로 돌아와 있었다. 인쇄소에서는 하루라도
빨리 원고를 받고자 했지만 조이스는 신경 쓰지조차 않았다.
비치 역시 같은 마음이었다. 다랑티에르가 자꾸 이렇게 교정을
늘리면 인쇄 비용이 더 든다고 엄포를 놓았지만 그렇다고
작가의 마음에 들지 않는 문장을 책에 담을 수는 없는 일이었다.

그야말로 가장 닮은 두 사람이 가장 어려운 작업을 시작한
셈이었다. 문제는 비치의 넉넉한 인심과 달리 조이스의 연약해진
눈이었다. 끊임없이 조이스를 괴롭히던 눈병은 하루하루, 한 장
한 장의 원고만큼 악화되었다. 머릿속으로 외울 만큼 들여다본
작품이었기에 수정을 하는 일이 아예 불가능하지는 않았지만,
문제는 반실명 상태로 쓴 원고를 아무도 알아볼 수 없다는
점이었다. 그야말로 해독의 영역에 들어선 조이스의 악필 탓에
비치는 수많은 타자수를 찾아다녀야 했다.

**"아홉 번째 타자수는 원고를 보자마자 던져 버리더군요.
어떤 타자수는 창밖으로 몸을 던지기도 했으니 그야말로
난국이었습니다."**

열 손가락을 다 접을 만큼 타자수가 교체되었다. 누구도
조이스의 원고를 읽어 낼 수 없었다. 하지만 아직 그리스 직원이
가져온 행운이 남아 있었는지 비치는 조이스 못지않은 악필의
타자수를 찾아냈다. 악필은 악필을 알아보는 법. 그는 최초로
조이스의 원고를 어려움 없이 해독해 냈다.

인쇄업자를 구하고, 예약자를 받고, 원고를 옮길
타자수까지 구해진 상황. 비치의 눈앞으로『율리시스』
출간의 영광스러운 순간이 선명히 그려졌다. 그날, 조이스가
'셰익스피어앤컴퍼니'에 찾아오지 않았더라면 그 상상은

분명 현실이 되지 못하였으리라. 하지만 조이스는 여전히 '셰익스피어앤컴퍼니'의 유명한 고객이었고 『율리시스』 출간의 단 한 부분도 놓치고 싶어 하지 않는 고약한 작가였다.

"죄송하지만, 이 색은 아니에요. 표지의 색은 반드시 그리스 블루로 해 주시길 바랍니다."

이번에는 표지였다. 조이스는 『율리시스』의 토대가 된 『오디세이아』가 탄생한 그리스 국기의 색을 표지의 색으로 하고 싶어 했다. 표지의 색 때문에 출간이 미뤄지리라고는 미처 생각지도 못했다. 이쯤 되면 그녀가 모든 것을 엎어 버려도 손가락질할 이는 없으리라. 하지만 안타깝게도 비치는 여전히 조이스와 『율리시스』의 팬이었다. 비치는 다시 한 번 인쇄업자 다랑티에르에게 간곡히 부탁했다. 어떤 대가를 치르더라도 표지에 쓰일 그리스 블루의 종이를 찾아 달라는 부탁이었다. 프랑스 최고의 인쇄업자인 다랑티에르였지만 비치의 이번 부탁은 쉬운 일이 아니었다. 일단 프랑스 내에서는 절대 구할 수 없는 상황이었기에 다랑티에르는 독일로 향했다. 그곳에서 『율리시스』의 표지가 될 그리스 블루 종이를 어렵게 구한 그는 비치에게 기쁜 마음으로 인쇄지를 건넸다. 비치는 문제가 해결되었다는 사실에 기쁜 마음으로 조이스를 찾아갔다.

"좋은 색입니다. 분명해요. 하지만 뭐랄까…… 질감이 이래선 안 될 것 같아요."

비치의 손에서 그리스 블루 종이가 떨어졌다. 조이스의 고집에 두 손 두 발 다 든 비치와 다랑티에르는 결국 마지막 방법을 고안해 낸다.

"조이스 씨. 이게 마지막 방법이에요. 우리는 흰색 마분지를 파란색으로 인쇄해 사용할 거예요. 아시겠죠?"

마지막이라는 비치의 제안에 조이스는 고개를 끄덕였다. 그의 표정에 남은 떨떠름함은 더 이상 비치의 눈에 들어오지 않았다. 그러자 그녀의 눈에 한 권의 책이 비치기 시작했다. 파란 마분지 표지에 인쇄된 1.55킬로그램의 책, 그토록 기다리던 『율리시스』였다.

천신만고 끝에 '셰익스피어앤컴퍼니'에 도착한 『율리시스』. 조이스는 세상의 빛을 받지 못할 것만 같았던 자신의 묵직한 작품을 들고 잠시 감상에 빠졌다. 그 모습을 지켜보던 비치 역시 함께 감상에 젖어 들고 싶었지만 이미 명시해 둔 예약일이 한참 지난 뒤였다. 하루라도 빨리 예약자들에게 『율리시스』를 전달해야 했다. '셰익스피어앤컴퍼니'의 고객들은 드디어 책이 나왔다는 소식을 듣고 서둘러 서점으로 찾아가 기다림의 보상을 받았다. 하지만 파리에 살지 않는 예약자들에게는 배송을 해야만 했다. 조이스는 친히 예약자들을 위해 포장을 하기 시작했고 '셰익스피어앤컴퍼니'의 모든 직원이 함께했다. 그렇게 '셰익스피어앤컴퍼니'와 『율리시스』는 독자의 우편함에

가닿을 준비를 마쳤다. 하지만 들뜬 두 사람과 달리 미국은
『율리시스』를 받아들일 준비가 덜 되어 있었다. 뉴욕 항구,
그곳이 『율리시스』가 닿을 수 있는 미국의 유일한 땅이었다.
하지만 어떤 방법을 사용하더라도 금서 판정을 받은 책이
세관을 넘을 수는 없었다. 두 사람은 『율리시스』를 출간하는
것까지가 어려우리라 예상했지, 그 밖의 일이 어려우리라고는
상상도 하지 못했기에 고심해야 했다. 그리고 그런 둘 앞에 자칭
'셰익스피어앤컴퍼니'의 최고 고객 한 사람이 찾아왔다.

　"기가 막힌 책을 내놓고 그 표정은 무엇이오?"

　'셰익스피어앤컴퍼니'에 찾아온 이는 어니스트
헤밍웨이였다. 이미 『율리시스』를 예약해서 읽은 그는 조이스의
얼굴을 보고 반가이 인사를 건넸다. 하지만 심상치 않은
조이스와 비치의 표정에 웃음기를 거두고 그들의 고민을 듣기
시작했다.

　"그런 일이 있었군. 미안하지만 하루 정도만 시간을 주시오."

　『율리시스』가 미국 땅을 밟지 못한다는 이야기에
헤밍웨이는 하루의 시간을 요구하며 서점을 나섰다. 미국 상륙을
위한 아무런 방법도 찾을 수 없었던 두 사람은 갑작스레 마지막
희망으로 떠오른 헤밍웨이를 기다려야만 했다. 그렇게 하루가
지나고 헤밍웨이는 다시 '셰익스피어앤컴퍼니'를 찾았다. 언제나
그랬지만 특히 더 자신감 넘치는 표정을 보아하니 묘수를 찾은

듯싶었다.

"내 친구가 토론토에 작업장을 하나 만들 겁니다. 그게
완성되면 『율리시스』를 모조리 그곳으로 보내요. 캐나다에서는
아직 금서가 아니니 문제가 없겠죠."

헤밍웨이는 원시적이지만 확실한 밀수 방법을 시도하려
했다. 토론토에 『율리시스』가 도착하면 헤밍웨이의 친구가 매일
바지 속에 책을 한 권씩 집어넣고 미국으로 들어가는 것이었다.
그의 작전은 무사히 성공했지만 진행이 너무 더뎠다. 게다가
세관원들은 매일 토론토와 미국을 왕복하는 헤밍웨이의 친구를
의심스러운 눈초리로 쳐다보기 시작했다. 그러자 헤밍웨이는
한 명의 친구를 더 붙이는 강수를 두었다. 이제 두 명의 남자가
『율리시스』를 두 권씩 바지 앞뒤에 넣고 국경을 넘기 시작했다.
비치가 『율리시스』를 만들던 과정만큼이나 우직한 방법으로
『율리시스』는 미국의 모든 예약 구매자들에게 전달될 수 있었다.

**"그녀에게 받은 성의에 감사를 표현하려면 얼마큼의 원고가
필요할까요? 누구도 그 질문에는 대답하지 못할 것입니다.
심지어 저조차도요."**

작품에 쏟아진 시선과 말 그리고 격찬과 모욕. 그것들을
감당하기에 1.55킬로그램의 책은 충분히 무겁지 않았다.
거기에는 두 사람의 손길이 필요했고, 흔들리지 않는 믿음의

무게가 필요했다. 두 손 중 기꺼이 한 손을 잡아 준 비치와 '셰익스피어앤컴퍼니'는 그토록 위험한 일을 담대히 해냈고, 『율리시스』를 세상에 펼쳐 내 보였다. 『율리시스』가 세상의 빛을 보는 순간, 제임스 조이스라는 작가의 삶에는 깊은 흔적이 남았다. 그와 동시에 더블린의 언어가 완성되었음은 구태여 말할 필요도 없었다. "이것을 어떻게 갚아야만 할까. 눈은 보이지 않고, 아이는 아프고 여전히 독선적이며 여전히 불안한 내가 어떻게 그것을 갚을 수 있을까?" 조이스는 생각했다. 그리고 『율리시스』의 원고를 가지고 '셰익스피어앤컴퍼니'에 가던 그날처럼 가방에 다른 원고를 넣고 집을 나섰다. 이번에 가방에 든 원고는 『더블린 사람들』의 친필 원고였다. 이 원고가 그녀에게 선물이 될지는 미지수였다. 그간의 노력에 대한 보상으로 전해질지도 불분명했다. 그녀라면 그저 이 원고를 가치 있게 간직해 줄 터였다. 그렇기에 겸손한 선물로서 그녀에게 건네는 것이었다. 마지막까지 이기적이고 제멋대로인 모습과 함께.

조이스의 집 앞에 선
당신에게

이 집에 오시기까지 얼마나 많은 고생을 했습니까.
또 이 집에 오시기까지 얼마나 많은 고민을 하셨습니까.
얼마나 많은 고민이 당신을 이곳에 닿게 한 것입니까.

이 집에 들어섰다고 해서 고지식하게 차례를 지키며
책장을 넘길 필요는 없습니다.
손이 미끄러져 두 페이지를 한번에 넘겨도 좋고,
마음이 가지 않아 다시 그리스 블루의 표지를 지켜봐도 좋습니다.
난 당신이 당신의 흐름을 어그러뜨리지 않았으면 하는
바람뿐입니다.

바람이 가는 곳을 향해 창으로,
향기가 머문 곳을 향해 침대로,
가슴이 가리킨 곳을 향해 문밖으로,
그렇게 이 집에서의 짧은 하루를 보내십시오.

그것이 내가 사랑한 도시,
더블린에서 완벽한 하루를 보내는 방법입니다.

두꺼운 철문을 열자 좁은 통로가 미로처럼 이어졌다.
왼쪽과 오른쪽 모두 미로의 복도였다.
그리고 복도의 곳곳에 각기 다른 모양의 문이 있었다.
모든 문의 중앙에는 푯말이 걸려 있었는데
이렇게 적혀 있었다.
'환영'
선택은 자유였다.

스티븐 킹의
완벽한
시작과 끝,
태비사 스프루스

스티븐 킹
Stephen King

> 문은 닫혀 있었다.
> 몇 번이나 손잡이를 잡고 돌려 봤지만
> 열리지 않았다.
> 책에 나오는 것처럼 어떤 주문이
> 필요할 것 같았다.
> 하지만 책에 나온 어떤 주문도 먹혀들지 않았다.
> 그때 어머니가 말했다.
> "너만의 주문을 외워 보렴."
> 킹은 문 앞에 서서 큰 소리로 외쳤다.

"너만의 문 앞에 서서 너만의 주문을 외워 보렴."

보물이라도 되는 것일까? 킹은 노트를 품 안에 꼭 껴안고 방으로 돌아왔다. 책상에는 데이브 형이 또 무슨 일을 꾸미는지 무언가에 열중하고 있었다. 킹은 떨리는 손을 진정시키며 노트를 펼쳤다. 노트에는 며칠 전 읽었던 만화책을 베낀 이야기가 빼곡히 적혀 있었다. 고약한 병에 걸려 학교를 쉬게 된 킹이 즐길 만한 놀이라고는 그것뿐이었다. 책을 읽고 그것을 다시 쓰는 놀이. 보통 아이들이었다면 TV나 마음껏 보며 병가를 즐겼겠지만 킹에게는 TV도, TV를 사 줄 아버지도 없었다. 킹의 아버지는 두 살 때 담배 사러 간다며 나갔다가 영영 돌아오지 않았고 어머니 혼자 힘겹게 자신과 형을 돌보았다. 집은 당연히 가난했고 친구들에겐 당연한 것들, 예를 들면 TV 같은 물건도 킹에게는 당연하지 않았다. 그 대신 킹에게 노트와 펜 그리고 읽을 만한 책은 충분했다. 오늘 그 노트 중 한 권을 어머니에게 보여 주었다. 소중한 노트를 처음 보여 줄 이를 고르느라 고생하지는 않았다. 왜냐하면 노트를 보아 줄 사람이라고는 어머니가 전부였기 때문이다. 물론 지금도 책상에 앉아서 또 다른 사건을 준비 중인 형이 있기는 했지만 그는 언제나 킹보다 뛰어났기에 노트를 보여 줘 봤자 좋은 소리를 듣지 못할 것이 뻔했다.

킹이 노트를 가져가자 어머니는 피곤한 얼굴색을 지우며 노트를 펼쳤다. 그러고는 킹이 쓴 글을 천천히 읽기 시작했다. 한 문장, 한 문장 읽어 나갈 때마다 어머니의 표정이 변했다. 만화책에서 주인공들은 너무 기쁜 일을 맞닥뜨릴 때면 지금 어머니와 같은 표정을 짓곤 했다. 그래서 킹은 어머니가 기뻐하고 있음을 느낄 수 있었다.

"이걸 정말 스티븐, 네가 쓴 거니?"

어머니가 물었다. 킹은 만화책 『컴뱃 케이시』를 옮긴 것이라 말했다. 그러자 어머니의 표정은 더 이상 만화 주인공 같지 않았다. 킹은 자신이 무엇을 잘못한 건가 싶어서 어머니의 눈치를 살폈다. 어머니는 의기소침해진 킹에게 노트를 건네주며 말했다.

"스티븐, 지금부터는 네 얘기를 써 봐. 너만의 이야기를 말이야. 너라면 훨씬 잘 쓸 수 있을 거야."

어머니의 말에 킹의 눈앞을 뒤덮고 있던 두꺼운 커튼이 처음으로 걷혔다. 그러자 커튼 뒤로 무수히 많은 문이 펼쳐진 광경이 보였다. 어느 문을 먼저 열어야 할지, 저 문 뒤에 무엇이 있을지 킹은 전혀 알 수 없었다. 게다가 킹에게는 아직 잠긴 문을 열 열쇠도 없었다. 쩍 벌어진 입을 다물지 못하고 있는 킹에게 어머니의 따뜻한 품이 말했다.

"너만의 문 앞에 서서 너만의 주문을 외워 보렴. 그거면 충분하단다."

킹은 당장 노트를 펼쳤다. 제일 크고 멋진 문을 열기 위해 머릿속에 떠오른 온갖 것들을 쓰기 시작했다. 모험을 하기에는 아직 어린 나이였지만 어머니가 허락한 일이었다. 이야기를 짓고 글을 써도 좋다는 어머니의 허락. 킹은 처음 느끼는 설렘에 몇 번이나 펜을 떨어뜨렸다. 노트 한 장을 채우기까지 몇 번이나 그랬다.

"편당 25센트. 그게 제가 글로 번 최초의 수입이었습니다."

킹은 노트에 세상에 없던 이야기를 잔뜩 쓰기 시작했다. 그중에서도 래빗 트릭이라는 이름의 토끼가 나오는 이야기는 특히 마음에 들었다. 운전을 하고 마법도 쓰는 토끼의 이야기가 마음에 들지 않을 리 없었다. 킹은 이야기를 완성한 후 어머니에게 노트를 들고 달려갔다. 일을 마치고 돌아온 어머니의 얼굴은 그날도 피곤해 보였다. 그럼에도 어머니는 그 자리에서 킹의 이야기를 읽기 시작했다. 킹은 조마조마한 마음으로 어머니의 표정을 살폈다. 자신의 손을 떠난 작품에 작가가 할 수 있는 일이라고는 그것이 전부였다. 어머니는 대부분 진지한 표정으로 글을 읽어 나갔다. '이쯤 되면 웃을 때가 되셨는데.'라고 킹이 생각할 때면 어머니는 합을 맞추기라도 한 듯 미소를 지었다. 성공이었다. 어머니의 얼굴에서 잠시나마 피곤의 기색을 지울 수 있는 것만으로도 킹은 기뻤다. 그렇게 즐거운 표정으로 작품을 마저 다 읽은 어머니는 킹에게 물었다.

"이걸 정말 스티븐, 네가 쓴 거니?"

어머니의 질문에 킹은 고개를 끄덕였다. 그러자 어머니는 책으로 내도 충분할 작품이라며 아들을 칭찬했다. 그것만으로도 킹은 큰 선물을 받은 기분이었는데 어머니는 진짜 선물을 주었다. '25센트'라는 킹 인생 최초의 수입을.

"이 작품을 이모들에게도 보여 주고 싶구나."

한 작가의 작품에 정당한 대가를 지불한 어머니는 들뜬 표정으로 노트를 들고 일어섰다. 킹은 거실에 혼자 남아 손바닥에 놓인 25센트를 물끄러미 쳐다보았다. 자신의 첫 열혈 독자를 위해 후속편을 써야겠다고 킹은 결심했다. 돈을 더 받고 싶은 마음도 없진 않았지만 말이다.

　객관적으로 봤을 때 어머니가 아니라면 어느 누구도
작품이라고 말하지 않을 글이었지만 킹은 꾸준히 썼다. 그리고
그때마다 최초의 독자인 어머니에게 25센트를 받았다. 하지만
이런 식으로는 도무지 독자가 늘지 않았다. 모두 모아 봤자
어머니와 이모 네 명이 전부였다. 킹은 더 높은 곳에 있는
문을 열어 볼 때가 되었다고 생각했다. 문제는 문을 열리게 할
주문이었다. 손이 닿지 않을 만큼 높은 곳에 있는 문이었으니
주문 역시 그만큼 높고 위대해야 했다. 고심 끝에 킹은 「행복
교환권」이라는 제목의 단편 소설을 완성하고 그것을 열쇠 삼아
문 앞에 섰다. 지금껏 25센트씩 모은 돈은 우표와 봉투가 되었고
킹은 그 안에 작품을 넣어 우체통에 넣었다. 봉투가 향한 곳은
《앨프리드 히치콕 미스터리 매거진》이었다. 「행복 교환권」은 꽤
미스터리한 소설이었으니, 그 잡지에 정확히 어울리는 작품이라
생각했다. 하지만 그것은 킹의 생각에 불과했다.《앨프리드
히치콕 미스터리 매거진》에서 돌아온 답장에는 이렇게 적혀
있었다.

　"원고에 스테이플러를 찍지 마세요. 클립을 끼워 투고해
주세요."

　기대와는 전혀 다른 답장이었다. 어머니처럼 감격에 겨운

표정을 짓지는 않더라도 고심하는 듯 입을 내밀고 두어 번 고개를 끄덕여 주리라 기대했다. 물론 답장이 온 것만으로도 기뻐해야 한다는 사실을 깨달은 것은 얼마 지나지 않아서였다. 킹은 투고의 문 앞에서 수없이 주문을 외웠지만, 장기 여행이라도 떠났는지 문 저편의 사람들은 도무지 대꾸할 생각이 없어 보였다. 그렇게 킹은 열혈 독자 한 사람을 포함해 다섯 명의 독자만을 가진 채 소녀의 이름에서 벗어나야 했다.

"형은 슈퍼 막강한 어떤 것이 없으면 하루도 견디지 못하는 사람이었어요. 그래서 항상 일을 벌이곤 했죠. 물론 저를 끌어들인 채 말이에요."

킹이 다섯 명의 독자를 위해 글을 쓰고 있을 때, 형 데이브는 열 배가 넘는 독자를 가지고 있었다. 바로 《삼류》라는 제목의 가족 이야기와 마을 소식을 함께 담은 비정기 신문으로 말이다. 물론 데이브의 글솜씨가 킹보다 뛰어난 것은 아니었다. 하지만 데이브는 직접 사건을 만들어 내는 재주만큼은 누구보다 뛰어났다. 건전지를 사용해야 하는 과학 과제에서 전기 콘센트를 쓰는 바람에 마을 전체를 정전시키는 일은 예사였다. 데이브는 그만큼 극적인 시간을 즐겼다. 《삼류》의 발간 역시 극적인 무언가를 찾던 중에 나온 아이디어였다. 글이 필요한 일이었기에 킹도 당연히 참여했다. 이미 다섯 명의 고정 독자를 가진 작가를 무일푼에 구하기는(심지어 인쇄를 비롯한 잡일까지 시키며) 어려운 일이었으니까 말이다. 킹으로서도 노트에 자필로 작품을 써서 독자들을 찾아다니느니, 보고 있자면 속이 터질 정도로 느린 인쇄기라도 있는 데이브의《삼류》에 기고하는 편이 나았다. 이렇게 서로의 이해관계가 맞아떨어진《삼류》때문에 그들이 사는 마을은 발칵 뒤집혔다. 데이브는 그렇게 믿고 싶었다. 하지만 먼저 발칵 뒤집힌 쪽은 킹이었다. 낡고 느린 인쇄기는 도무지 신문을 뱉어 낼 생각을 하지 않았다. 게다가 인쇄기에서 나오는 물질은 건강에도 그리 좋지 않아 보였다. 데이브도 킹과 같은 고민을 했다.《삼류》를 보다 극적인 신문으로 만들기 위해서는 작업 환경도 누구나 반할 정도가 되어야 했다. 그러던 차에 데이브는 우연히 학교 근처에서 드럼식 인쇄기를 발견했다. 그것 역시 낡고 느린 인쇄기였지만 원래 인쇄기에 비하면 기차만큼이나 빠르고 정확했다. 평소 같으면 사흘 걸릴 일이 이틀이면 충분했던 것이다. 그렇게나 빠른 인쇄기로 데이브는 《삼류》를 찍기 시작했고 소설 코너의 연재를 맡은 킹은 가족을 넘어 한 걸음 먼 곳의 독자들을 만날 수 있었다. 어디까지나 한 걸음 정도 멀리 사는 이들이었지만 말이다.

인쇄기를 벗어날 수 있는 날이면 킹은 영화관을 찾았다. 마을에서 조금 먼 곳에 생긴 작은 영화관은 킹에게 허락된

새로운 문이었다. 그 문을 열고 들어가자 지금껏 종이 위에만
있던 이야기가 화면 가득 펼쳐졌다. 물론 문을 열 때마다
통행료를 지불해야 했지만, 마법 같은 시간을 즐기기 위해서
그 정도는 감당해야 했다. 특히 「함정과 진자」를 보고 나왔을
때는 퇴근한 검표원을 찾아가 팁을 쥐여 주고 싶은 심정이었다.
최초로 본 컬러 공포 영화는 그만큼이나 압도적이고 큰 인상을
남겼다. 왜 아니겠는가? 종이 위에서는 '시체'라는 글자로 누워
있던 그들이 코앞까지 다가왔으니.

　　킹은 영화관을 나와 집을 향해 걸었다. 꽤 먼 거리였으니
몇 번이고 방금 본 영화를 다시 상상할 수 있었다. 학교에 가서
당장 이 이야기를 친구들에게 들려주고 싶었다. 시체들이 빚어낸
역동적인 공포를 하나도 빠짐없이 설명해 주고 싶었다. 그렇게
생각을 이어 가던 킹은 갑자기 걸음을 멈췄다. 머릿속에서
시체가 갑자기 사라져 버렸다. 그토록 강렬한 시체의 얼굴을
밀어낸 주인공은 기차 같은 속도를 자랑하던 인쇄기였다.
《삼류》를 찍었던 바로 그 인쇄기. 킹은 머릿속에서 점점
클로즈업되는 인쇄기를 보며 저절로 입꼬리가 올라갔다. 영화관
문 옆에 놓인 새로운 문, 그것을 열 수 있는 주문이 떠올랐던
것이다.

**"저는 그 걸작을 소설로 집필하기로 마음먹었습니다.
물론 집필만 하려는 것은 아니었죠. 저는 그걸 인쇄기로 찍어
학교에서 팔아 보기로 한 겁니다."**

다른 출판사나 작가들이 이런 일에 얼마나 많은 시간을
필요로 하는지 킹은 알 수 없었다. 킹이 알게 된 것은,
자신에게 이 정도 일은 단 이틀이면 충분하다는 것이었다.
(원래 인쇄기였다면 사흘이나 걸렸겠지만 말이다.) 킹은 《삼류》로
갈고닦은 인쇄 기술을 이용해 마흔 권의 책을 찍어 냈다.
V.I.B.(Very Important Book)라는, 등록도 안 된 출판사 이름까지
붙은 그야말로 진짜 책이었다. 킹은 종이를 아끼기 위해 줄
간격을 줄이고 문단도 모조리 붙여 버렸다. 하지만 표지에는 한
장의 종이를 고스란히 사용했다. 이건 습작 노트가 아닌 진짜
책이었기 때문이었다.

마흔 권의 책을 앞에 두고 킹은 생각에 잠겼다. 책의 가격을
어떻게 책정할지 고민했다. 킹은 이 책으로 주 정부에 세금을
내거나 「함정과 진자」 감독에게 저작권료를 지불할 생각이 전혀
없었다. 그런 점을 감안해서 권당 25센트라는 가격을 책정했다.
자신의 열혈 독자를 포함해 최소한 열 권은 팔 수 있을 것 같았고
그 정도면 극장에서 멋진 영화 한 편을 감상하기에 충분했다.
킹은 부푼 꿈을 안고 가방에 마흔 권의 책을 넣어 학교로 향했다.

분량이 많은 것은 아니었지만 마흔 권이나 되었기에 가방은

제법 묵직했다. 아침에 학교에 올 때도 그랬고, 점심시간이
되었을 때도 마찬가지였다. 물론 묵직한 이유는 달랐다.
등교할 때에는 책의 무게로, 점심시간이 되었을 때는 수많은
동전의 무게로 묵직했다. 스티븐 킹 인생 최초의 베스트셀러를
맞이하는 순간이었다. 킹은 입을 다물 새도 없었다. 쉬는 시간만
되면 소문을 듣고 찾아오는 독자들에게 책을 팔기 바빴다.
하교 시간이 되자 V.I.B. 출판사의 첫 책은 어느새 동이 나고
9달러라는 제법 큰돈이 가방을 채우고 있었다. 물론 그 돈을
서둘러 주머니로 옮기지 않은 것은 킹의 실수였다.

　"이해할 수 없구나. 재능을 왜 이런 데 낭비하는 거니?"

　거대한 팝콘과 콜라를 한가득 품에 안고 영화관에
입성하려는 꿈을 꾸기도 전에 킹은 교무실 문을 먼저 넘어야
했다. 너무 큰 성공이 문제라면 문제였을까?『함정과 진자』를
판 것을 선생님에게 들켜 버린 것이었다. 킹은 선생님의
지시대로『함정과 진자』를 산 아이들에게 다시 돈을 돌려주고
책을 회수했다. 엔딩이 마음에 들지 않는 영화를 봤을 때처럼
기분이 좋지 않아야 했지만 킹은 이상하게도 힘이 났다. 반품된
『함정과 진자』가 잔뜩 든 가방도 그리 무겁게 느껴지지 않았다.
괜한 시간과 종이 그리고 돈을 낭비했지만 그것은 선생님이
자신의 재능을 인정해 준 것으로 충분히 만회되었다. 어린 시절
어머니의 칭찬 이후, 또 한 번의 인정을 받은 셈이었다. 킹에겐

여전히 눈앞에 펼쳐진 무수히 많은 문을 열 자격이 있었다.

　킹은 다음 문을 찾아 나섰다. 그러기 위해서는 선생님의
말을 반은 듣고 반은 무시해야 했다. 킹은 재능 있다는 선생님의
말은 소중한 것을 모아 두는 금고에 모셔 두었고, 그걸 낭비하고
있다는 말은 쓰레기통에 내다 버렸다. 그렇게 재능만이 남은
킹을 원하는 곳은 많았다. 우선 교내 신문《북소리》에서 그에게
편집장 자리를 제안했다. 킹은 재능 있다는 선생님의 말을
받들어 편집장 일을 시작했지만 이내 지겨워졌다. 그래서 킹은
《북소리》를 만드는 일은 미뤄 둔 채《빌리지 보밋(The Village
Vomit)》이라는 이름의 해적판 학교 신문을 만들었다. 해적판
신문이었기에 신문에 담길 내용 역시《북소리》에 담기 어려운
것들만 한가득이었다. 선생님의 별명을 그대로 부르며 풍자
기사를 실은 이 신문은 친구들의 큰 관심을 받았다. 그런데
큰 관심이 언제나 큰 문제를 일으킨다는 법칙은 이번에도
틀리지 않았다. 수업 시간에《빌리지 보밋》을 읽던 친구가
선생님에게 들키면서 킹은 이미 익숙한 교무실 문을 또 열어야
했다. 이번에도 재능과 낭비라는 단어가 잔뜩 들어간 훈계를
받았고, 킹은 더 이상《빌리지 보밋》을 만들지 않기로 약속한 뒤
교무실을 나섰다.
　킹을 가만히 내버려 두면 또다시 재능을 낭비할 것이

뻔하다고 선생님은 생각했다. 그래서 킹에게 지역 신문《리스본 위클리 엔터프라이즈》의 스포츠 담당 기자 자리를 추천했다. 《삼류》부터 시작해《빌리지 보밋》까지…… 신문이라면 이제 질리도록 만들어 봤기에 킹은 기자 일을 하고 싶지 않았다. 하지만 인생에는 강제로 열린 문에 들어가야 하는 경우도 왕왕 있다는 것을 킹은 잘 알고 있었다. 물론 때로는 타의에 의해 결정된 방향이 훌륭한 목적지를 가리킬 때도 있다는 것까진 알지 못했다. 바로 지금처럼 말이다. 선생님의 강요로 스포츠 담당 기자가 된 킹은 그곳의 편집자였던 존 굴드를 만나게 되었다. 이미 몇 번의 성공을 거두었고 열혈 독자까지 거느린 킹이었다. 기사를 쓰는 일 따윈 아무것도 아니라고 으스대며 첫 기사를 써서 존 굴드에게 가져갔다. 존 굴드는 아무런 표정 변화 없이 기사를 읽고는 연필로 글을 수정해 나갔다. 킹은 스스로 생각하지도 못한 곳에서 더욱 완벽한 문장이 만들어지는 광경을 보고 놀란 표정을 감추지 못했다. 정말이지 완벽한 방향으로 수정되어 갔다.

"좋지 않은 부분만 수정한 거야. 괜찮은 기사였어."

수정본을 건네며 굴드가 말했다. "수정한 이유를 설명해 줄까?"라는 질문에는 고개를 저었다. 원고에 그어진 밑줄과 돼지 꼬리 그리고 체크 표시만으로도 이유를 충분히 알 수 있었다. 존 굴드는 킹이 '재능'이라는 말에 스스로 침몰할 가능성을 삭제해 준 것이었다. 킹 역시 그 사실을 모르지 않았고 기사이긴 했지만 존 굴드에게 자신의 글을 보여 줄 수 있는 행운이 찾아온 데에 감사했다.

"어머니는 제게 센 강변의 다락방이 낭만적으로 보이는 건 총각일 때뿐이라고 늘 말씀하셨어요."

학교를 마치고 메인 주립 대학교에 진학한 킹은 여전히 작가가 되고 싶었다. 어머니가 허락한 수많은 문을 열기에 그것만큼 좋은 직업은 없어 보였다. 그런 마음을 버리지 않은 덕에 킹은 종종 작품을 투고하여 원고료를 받기도 했다. 하지만 그 정도로는 부족했다. 그때 머릿속에 어머니의 깊디깊은 충고가 떠올랐다. 어머니는 항상 킹에게 말했다. 작가가 되고 싶다 하더라도 만약을 위해 교사 자격증을 따 놓으라고. 킹은 어머니의 말씀에 따랐다. 그렇게 취득한 교사 자격증은 당장에 도움이 되지는 못했다. 공석의 교직을 찾는 것은 원고료를 받는 것만큼이나 어려웠고 킹은 빈자리가 즐비한 세탁소 일을 해야 했다. 그것은 작가가 되는 일만큼이나 중요했다. 열고 싶은 문은 아니었지만, 어쨌든 그 문을 들락거리면 대학 시절에 만난 아내 태비사와 두 아이를 먹여 살릴 돈이 나오기는 했으니까.

아내도 마찬가지였다. 시인 자질을 갖추고 있던 아내는 킹이 세탁소에서 일하는 동안 던킨 도너츠에서 쉬지 않고 일했다.
그런 생활은 대학 시절에 꿈꾼 미래와는 분명 거리가 있었다.
태비사는 시를 쓰고 킹이 소설을 쓰던 시절. 서로의 작품을 소리
내어 읽고 토론하던 그 시절. 두 사람은 그런 문학적인 삶을
이어 갈 수 있으리라 믿었다. 하지만 아이가 태어나는 순간, 모든
것이 오물투성이 테이블보의 악취에 섞여 사라졌다. 문장은
단어로, 단어는 철자로 흩어져 버리기 일쑤였다. 두 사람은
이제 《뉴요커》나 《에스콰이어》만 들여다보고 있을 수 없었다.
당장 두 사람에게 돈을 주는 것은 그런 잡지들이 아닌, 나체의
여성들이 외설적인 포즈를 취하고 있는 성인 잡지뿐이었다. 킹은
세탁소 일을 마치면 남는 시간을 쪼개어 소설을 썼다. 분량은
매우 짧았다. 아니, 짧아야 했다. 성인 잡지는 킹의 긴 소설을
담을 만한 공간을 배려해 주지 않았다. 그들은 최대한 많은
여성의 나체 사진을 원했고 킹에게 허락된 지면은 한정되었다.
게다가 소설의 내용 역시 나체의 여성 사진과 위화감이 느껴지지
않도록 도발적이고 직설적이어야 했다. 일종의 일관된 주제
의식을 추구한 것이었다. 그들은 도발적이면 도발적일수록 더
큰돈을 킹에게 주었다. 그것은 킹이 글로 벌 수 있는 유일한
수입이었지만 그 돈을 다 합치더라도 생활 보호 대상자를
간신히 면할 수준밖에 되지 않았다. 그렇게 작품으로 적게는
100달러, 많아야 200달러를 벌며 생활하던 킹은 지겹기만 하던

세탁소 일을 그만두고 어머니가 말한 '비빌 언덕'에 올라선다. 바로 햄프턴의 어느 학교에서 영어 과목을 가르치게 된 것이었다. 월급이 들어오는 날은 안정적이었지만 수입 자체는 전혀 안정적이지 않았다. 수업 외에도 학생을 관리하는 일에 너무 많은 시간을 소모해야 했다. 시급으로 치면 세탁소 일과 별반 다르지 않았다. 게다가 일의 강도는 세탁소에 못지않아서 퇴근 후 집으로 돌아오면 녹다운이 되어 펜을 잡을 힘조차 남아 있지 않았다. 글을 쓰는 일은 허영으로 변하기 시작했고 노트는 몇 달이 지나도 그대로였다. 게다가 안정된 월급은 오히려 킹을 늘어진 고무줄처럼 느슨하게 만들었다. 하루라도 빨리 작가가 되고 싶은 마음에 우표를 사서 달리던 어린 시절 모습은 온데간데없었다. 그 대신 킹의 머릿속에 들어찬 것은 노년에 글을 쓰기 시작한 작가도 엄청나게 많다는 신빙성 없는 통계뿐이었다.

   "나를 믿어 주는 사람이 있었어요. 굳이 그렇게 떠들고 다니진 않았지만 확실했죠. 그녀는 그냥 믿어 줬어요. 그것이면 충분했죠."

   어린 시절에는 재능을 인정받는 것만으로도, 새로운 문을 열 수 있는 것만으로도 글쓰기의 가치는 충분했다. 하지만 성인이 된 이상 글쓰기의 의미는 돈으로 환산되었다. 재능과 글의

가치는 돌아오는 원고료의 액수에 따라 정의되었고, 글을 쓰는
데 들인 시간 역시 원고료에 비례해 시급으로 치부되었다. 그런
가치를 생각했을 때 킹의 글쓰기는 그야말로 낭비였다. 골프를
치는 것만큼이나 값비싼 여가 활동, 그 이상의 의미는 없었다.
물론 펜과 골프 클럽의 가격 차이는 상당했지만 말이다. 다만
킹에겐 그런 종류의 '의미'를 고수해 나갈 여유가 없었다. 그리고
머릿속을 떠나지 않는 '예순이 넘어 데뷔해도 괜찮잖아.'라는
생각은 킹의 펜촉을 굳게 했다. 그럴 때마다 태비사는 펜촉을
따듯한 물에 담가 다시 잉크가 묻어날 수 있도록 해 주었다.
그녀는 단 한 번도 킹에게 글 쓰는 일을 낭비라고 말하지 않았다.
지금껏 수많은 위기와 어려움을 겪었지만, 그녀에게 있어
가장 큰 어려움은 킹이 글을 쓰지 않는 것이었다. 그녀는 킹이
언제까지고 글을 쓰길 바랐고 그러리라 믿었다. 그런 믿음으로
지금껏 버텨 온 것이었다. 태비사의 그런 믿음이 킹에게
전해지지 않을 리 없었다. 킹은 태비사가 믿음으로 준비해 준
펜을 다시 잡았다. 생각해 보니 무언가가 되기 위해 예순은 너무
길었다. 스스로에게 그런 종류의 인내심이 있는지 물었지만,
대답은 '아니오'였다.

　　킹은 머릿속을 유영하는 온갖 정보와 소재들을 뒤적이기
시작했다. 이럴 때면 순탄하지 않았던 지난날이 감사하게 여겨질

정도였다. 학교 화장실을 청소하는 일로 대부분의 시간을 보냈던 관리인 시절 역시 감사해야 마땅했다. 당시에는 지루하기 짝이 없는 일이었지만 말이다.

오래전 그날, 킹은 여학생 샤워실 벽에 묻은 녹 자국을 청소하고 있었다. 그저 녹을 제거하면 그만인 사소하디사소한 일이었다. 그런데 이 사소한 기억이 지닌 자력이 또 다른 기억을 끌어당겼다. 이번에는 《라이프》의 어느 기사를 읽은 기억이었다. "지금도 세계 곳곳에서는 유령 소동이 일어난다. 그중 일부는 염력(정신력으로 물체를 움직이는 능력)으로 발생한다." 그 기사에는 이런 글도 덧붙어 있었다. "초경 전후 나이의 소녀들에게서 이런 능력이 특히 더 자주 발생한다."

시간과 거리, 색깔, 스타일. 무엇 하나 어울리지 않는 두 개의 기억이 킹의 머릿속에서 강렬히 부딪혔다. 뇌리에 온통 두 개의 생각만이 가득했으니 써내는 것밖에는 별도리가 없었다. 사춘기의 순수한 잔인함과 염력을 가진 소녀의 이야기를 말이다. 그런데 이상한 일이었다. 예전 같았으면 좋은 아이디어가 떠오르는 순간 막힘없이 완성해 나갔을 터였다. 그런데 이번에는 그러질 못했다. 쓰면 쓸수록 이야기는 깊은 숲으로 킹을 끌고 들어가 길을 헤매게 했다. 겨우 길을 찾았나 싶으면 다시 제자리였고 주인공의 목소리가 들렸나 싶으면 환청으로 흩어졌다. 그러는 사이 노트에는 정리되지 않은 단어가 복잡하게 묶인 실타래처럼 엉켜 있었다. 정확한 이유는 알 수 없었다. 소재가 끌리지 않은 것은 아니었지만, 플롯에서 주제까지 일거에 질주하기에는 기름통에 남은 휘발유가 너무나 적어 보였다. 게다가 엔진을 더 오래 돌릴 휘발유를 살 돈도 없었다. 지금 이 작품을 망친다면 다음 소설이 있는 문까지 달려갈 여력이 없었다. 그렇다고 걸어서 다음 문까지 가기에는 나이 예순도 부족해 보였다. 킹은 이 소설로 최소한의 기름값을 벌어야 했다. 그런 압박이 킹의 온몸을 짓눌렀다. 킹은 반문해 보았다. 이 소설이 기름통을 가득 채워 줄 수 있을까? 인정하기 싫은 대답만 꺼지지 않는 네온사인처럼 번쩍였다. 그렇다면 왜일까? 킹은 냉정히 생각해 보았다. 몇 가지 사소한 줄기를 쳐내며 내려가다 보니 가장 핵심이 되는 뿌리에 그 문제가 있었다. 그것은 절로 고개를 가로젓게 하는 거대한 문제였다.

　길이. 문제는 길이에 있었다. 이 소설은 기존에 쓰던 단편 소설처럼 쓰기에 너무 많은 이야기를 담고 있었다. 제대로 된 분량으로 풀어내지 않으면 성공하지 못할 그런 소설이었다. 문제는 킹이 주로 청탁을 받아 온 잡지사는 그의 소설에 많은 분량을 할애해 주지 않을 터였다. 결국, 노릴 만한 것은 불투명한 투고의 과정이었다. 투고를 위해 우표를 사는 것만으로도 즐거웠던 어린 시절이라면 못 할 이유는 없었다.

그 시절이라면 하고 싶은 만큼 긴 장편 소설을 완성하고 여러 출판사에 투고를 했을 것이다. 실패가 예정되어 있더라도 잃는 것은 우푯값 정도였으니 해 볼 만한 모험이었다. 하지만 지금은 사정이 달랐다. 돈을 벌기는커녕 잃을 가능성이 더 큰 일에 긴 시간을 투자할 여유가 없었다. 우푯값조차 쉬이 낭비할 수 없는 상황이었다. 그럴 바에는 착실히 원고료를 주는 잡지에 짧은 소설을 내는 편이 나았다. 염력을 가진 소녀 이야기 따위 세상에 나오지 않더라도 신경 쓰는 이조차 없을 것이었다. 단 한 사람만을 제외하면 말이다.

"이 소설에는 무언가가 있어요. 어서 나머지 이야기를 들려줘요."

킹은 미완의 소설 원고를 구긴 채 쓰레기통에 버렸다. 버려진 원고 위로 담뱃재가 수북이 쌓였다.

다음 날은 일상이었다. 마음을 다잡고 시작한 첫 원고를 우체통이 아닌 쓰레기통에 넣어야 했던 킹은 실패자의 모습으로 영어 수업을 했다. 물론 아무도 그가 무언가에 실패했다는 사실을 알지 못했다. 그가 성공한 모습을 본 사람 역시 아무도 없었으니까.

업무를 마치고 집으로 돌아온 킹을 맞아 준 이는 태비사였다. 구겨진 원고 뭉치를 들고 있는 태비사. 킹은

태비사의 손에 들린 구겨진 원고 뭉치를 보고는 놀란 표정으로
그녀를 바라보았다. 원고 위로 수북이 쌓였을 담뱃재는 흔적도
보이지 않았고 구김 역시 모두 말끔한 상태였다. 태비사가
그렇게 했으리라. 킹은 원고를 가리키며 실패한 이야기라고
말했지만 태비사는 손에서 원고를 놓을 생각이 없어 보였다.
그녀는 어린 시절 킹이 노트를 품에 끌어안았던 것처럼 원고를
양손으로 꼭 쥐며 말했다.

"이 소설에는 무언가가 있어요."

태비사는 미완의 원고 속 이야기를 단순히 재미있다고
말하지 않았다. 그녀는 그 원고에 제대로 설명하기 어려운
무언가가 있다고 말했다. 그런 태비사의 앞에서 킹은
혼란스러웠다. 저 이야기를 완성하려면 앞으로 짧게는 2주,
길게는 몇 달이 걸릴지 모를 일이었다. 그것은 시간을 거는
도박과도 같았다. 혼자만의 시간이라면 걸어 볼 만했지만 이제
킹은 가족 네 사람의 시간까지 함께 걸어야 하는 처지였다. 그런
도박에 선뜻 나서는 것은 어려운 일이었다. 태비사는 킹이 그런
생각을 하고 있다는 것을 표정만 봐도 알 수 있었다. 그럼에도
불구하고 끝내야만 하는 이야기였다. 태비사는 그렇게 생각했고
그렇게 믿었다. 그녀는 이번엔 말로써 믿음을 전했다, 킹을
믿는다고, 이 이야기를 믿는다고. 그 말 한마디에 킹의 머릿속은
하얗게 변했다. 그렇게 생긴 여백에 버려진 원고 속 이야기를

순식간에 적어 나갔다. 그럼에도 불구하고 채워야 할 빈 자리는 아직 한참 남아 있었다. 그것은 허락이었다. 이 이야기를 계속 써도 좋다는 허락. 킹은 기꺼이 여백을 받아들였다.

『캐리』. 작품의 제목을 쓰고 원고를 묶자 왠지 모르게 근사해 보였다. V.I.B. 출판사의 『함정과 진자』에 버금갈 만한 책이라는 생각이 들 정도였다. 킹은 『캐리』를 친구가 근무하고 있던 더블데이 출판사로 보냈다. 원고가 쓰레기통에 이어 두 번째로 자신의 손을 떠나자 킹은 후련한 기분이 들었다. 첫 실패 후에 맛보았던 일상과는 전혀 다른 기분의 나날이었다. 킹은 아이를 돌보고 수업을 하고 소설을 썼다. 며칠이나 반복되었는지는 세어 보지 않았다. 기다리는 데에 있어서 킹은 이미 베테랑이었다. 그렇게 『캐리』를 떠나보내고 얼마간의 시간이 흐른 어느 날이었다. 수업을 하던 킹을 급하게 호출하는 목소리가 들렸다. 킹은 오늘따라 복도가 지나치게 길어 보였다. 누군가가 몰래카메라를 설치한 것은 아닐까 의심할 정도였다. 킹의 마음속에 알 수 없는 조바심이 올라왔다. 직감이란 그렇게나 강한 것이었다. 일찍이 태비사의 직감이 그러했듯이.

교무실에 도착한 킹은 수화기를 건네받았다. 태비사의 목소리가 들렸다. 킹의 집에는 전화기가 없었기에 이웃집에서 건 것이었으리라. 킹은 두 가지 가설을 세웠다. 아이들이 다쳤거나

『캐리』가 팔렸거나. 또 한 번의 도박을 앞두고 판돈을 걸기도
전에 태비사는 스코어보드에 떠오른 문장을 외쳤다.

'축하. 더블데이 출판사에서『캐리』출간 결정.'

'뛸 듯이'라는 표현으로는 부족했다. 킹은 정말이지
순식간에 운동장을 수십 바퀴 뛸 수 있을 것 같았다. 태비사는
이미 뛰고 있었을지도 모를 일이었다. 전보의 문장 그대로 킹은
축하를 받아야 했다. 태비사 역시 마찬가지였다. 두 사람에겐
그럴 자격이 있었다. 그것은 아무에게나 주어지는 자격이
아니었다. 서로의 모든 것을 믿는 이들에게만 주어지는 성공의
자격이었다. 그리고 자격의 대가는 아직 끝난 게 아니었다.

"근처에서 살 수 있는 가장 좋고 값비싼 물건을 샀습니다. 그때는 그것 외에는 어떤 생각도 들지 않았죠"

『캐리』의 출간이 결정되자 태비사는 자신의 믿음을 더욱
확고히 하며 킹에게 전업 작가를 권했다. 하지만 킹은 이제 첫
번째 출간을 했을 뿐이라며 스스로 냉정해지려 애썼다. 어쩌면
한 번의 행운으로 끝날지 모를 사건에 미래의 전부를 맡길 수는
없었다. 그 대신 킹은 세상이 자신에게 한 번의 확신을 더 준다면
전업 작가의 길을 선택하리라 마음먹었다. 그것은 바로『캐리』의
보급판 출간 계약이었다. 그것이 결정된다면 못해도 지금 교사
연봉의 네 배는 받을 수 있었다. 돈의 액수만큼 시간의 숫자를

버는 일이었다. 희망의 비율이 너무 높게 섞인 바람이었기에 킹과 태비사는 기다릴 수밖에 없었다. 딱 하나, 전과 달라진 게 있다면 이제 전보가 아닌 전화로 소식을 받을 수 있다는 점이었다. 출간의 대가는 그렇게나 호화로운 것이었다.

킹과 태비사는 평일엔 전화를 기다리고 주말에는 다음 주에 걸려 올지도 모를 전화의 내용을 상상했다. 그날도 여느 때와 다르지 않은 일요일이었다. 태비사가 처가에 가 있는 사이, 킹은 거실에 앉아 새로운 소설을 쓰고 있었다. 바로 그때 전화벨이 울렸다. 일요일의 전화는 늘 그렇듯이 드라마틱한 내용 따윈 없었기에 킹은 담담하게 수화기를 들었다. 수화기 너머에 있는 이는 더블데이 출판사의 친구 빌 톰슨이었다. 톰슨은 다짜고짜 킹에게 지금 앉아 있느냐고 물었다. 킹은 이상한 소리를 하는 친구에게 본론을 말하라고 재촉했다. 그러자 톰슨이 말했다. 『캐리』의 보급판 계약이 40만 달러에 성사됐다고. '아뿔싸.' 킹은 친구의 말대로 의자에 앉아 있지 않은 것을 후회했다. 다리에는 도무지 힘이 들어가지 않았고, 머릿속에는 어떤 생각도 떠오르지 않았다. 입은 벌어진 상태였지만 말이 나오지 않았다. 수화기 너머에서 친구는 이 기쁜 소식을 듣고 있느냐고 닦달했지만 그런 친구에게 대답할 말조차 떠오르지 않았다.

"…… 4만 달러라고 했나?"

겨우 입을 열어 한 질문은 형편없었다. 친구는 40만

달러라며 킹의 말을 수정해 주고는 전화를 끊었다. 킹은 리듬과 박자를 무시하며 집 안 곳곳을 둘러보았다. 작디작은 집을 금세 눈으로 훑은 킹은 처가에 전화를 걸었다. 태비사의 목소리가 간절했다. 그녀의 목소리만이 혼돈 상태의 자신을 가라앉혀 줄 것 같았다. 하지만 수화기 너머에 태비사는 없었다. 이미 집으로 출발했다는 것이었다. 킹은 급하게 옷을 챙겨 입고는 집을 나섰다. 문을 나서면서도 킹은 자꾸만 뒤를 돌아 집을 둘러보고는 갑자기 잊고 있던 무언가가 생각났다는 듯 급하게 거리를 내달렸다.

"태비사에게 어머니날 선물을 해 줘야지. 가능하면 가장 값비싼 걸로."

선물을 사기 위해 시내에 도착했지만, 일요일에 문을 연 가게는 많지 않았다. 겨우 문 열린 가게로 찾아 들어가 빠르게 상품들을 훑었다. 그러고는 가장 좋아 보이는 물건을 집어 들고 집으로 출발했다.

숨을 헐떡이며 현관문을 열자 거실에서 노랫말을 흥얼거리는 태비사가 보였다. 그 소리에 킹의 호흡과 머리는 거짓말처럼 차분해졌다. 그런 킹의 모습을 보며 태비사는 어디 갔다 왔느냐며 일상적인 질문을 던졌다. 킹은 대답 대신 손에 든 물건을 선물이라며 태비사에게 건넸다. 헤어드라이어였다. 태비사는 갑자기 선물이라며 헤어드라이어를 주는 킹을 보고 어리둥절한 표정을 지었다. 킹은 그 얼굴을 마주 보며 말했다.

"『캐리』의 보급판 판권이 팔렸어. 40만 달러에."

태비사는 킹이 그랬던 것처럼 작디작은 집을 돌아보았다. 그리고 이내 눈물을 흘렸다.

"그저 고마울 뿐입니다. 사람들 앞에 나서기 전에 지퍼가 열렸다 말해 주는 사람이 곁에 있다는 것이요."

멀리서 환호성이 들려왔다. 박수 소리는 집 앞을 가득 메웠다. 그리고 킹의 바로 곁에서는 태비사의 목소리가 들렸다. 그녀의 목소리는 때로는 질문을 했고 때로는 결정을 했다. 또 때로는 아무 의미 없이 그저 목소리만을 전했다. 따뜻한 믿음과 함께 말이다.

킹은 가장 가까운 곳에서 들려오는 목소리에 북적이는 집 밖이 아닌, 새로운 이야기의 문이 있는 곳으로 몸을 틀었다. 필요한 모든 것은 태비사가 챙겨 준 배낭 속에 담겨 있었다. 그것만으로도 충분했다. 더할 것도 뺄 것도 없이 완벽했다. 킹은 가벼운 마음으로 첫발을 내디뎠다. 생전 보지 못한 풍경과 사람들 그리고 바람이 불어왔다. 갑자기 불어온 바람에 킹은 크게 휘청였다. 그러자 박수 소리가 사라졌다. 또 한 번 바람이 불었다. 이번엔 환호성이 멀어졌다. 세 번째 바람에 다리가 꺾이자 더는 아무 소리도 들리지 않았다. 그럼에도 킹은 미소를

지었다. 그는 의연히 땅을 짚고 일어섰다. 킹은 아직 걸을 수
있었다.

"당신을 믿어요."

가장 가까운 곳에서 들리던 믿음의 목소리가 여전히 킹의
귀에 머물러 있었다. 그것으로 충분했다. 새로운 문을 여는 주문,
믿음을 말하는 그녀의 목소리가 있다면 킹은 여전히 새로운 글을
쓸 수 있었다.

킹의 집 앞에 선
당신에게

환영의 인사를 해야 하는데
일단 저기 날아오는 책은 피하고 봅시다.

잘하셨습니다.
이 집에서 책은 일종의 공격이자 무기입니다.
당신이 피한 책들은 내가 당신에게 던진 벽돌이지요.

피하는 것을 멈추면 안 됩니다.
나는 잠깐의 여유도 허락하지 않고
당신에게 이야기를 던질 테니까요.
방심하면 그 순간 당신의 눈은 시퍼렇게 멍들 것입니다.

계속 이렇게 피하고만 있어야 하냐고요?
당연히 아니죠. 이곳엔 성역도, 성자도 없습니다.
누구든 그저 던지고 싶은 것을 움켜쥐어 던지고,
누구든 받고 싶은 것을 받으면 되는 곳이지요.
그러니 당신도 어서 가장 위태로워 보이는 의자에 엉덩이를
붙이십시오. 그리고 던질 만한 것을 휘갈겨 쓰십시오.
완성되었나요? 그렇다면 이제 남은 것은 단 하나입니다.
모든 힘을 모아 당신의 이야기를 던지세요.

마룻바닥 틈새로 코를 찌르는 소독약 냄새가 올라왔다.
하얀 페인트가 굳은 벽에는 흠집 하나 없었고,
환자의 침대 시트는 눈부시게 하얗고 깨끗했다.
한쪽에 쳐진 두꺼운 커튼을 조심스레 걷자
그가 보였다.
의사의 집에서 무대 단상을 단단히 올리는
그가 보였다.

_____

안톤 체호프의
우체통에 도착한
하나의 심지,
그리고로비치

안톤 체호프
Anton Chekhov

> 아침이었다.
> 아버지의 매가 기다리고 있는 아침이었다.
> 입을 다물어야 했고, 걸음을 멈춰야 했다.
> 그때 글을 쓰는 법을 알았더라면
> 좋았을 텐데.
> 체호프는 생각했다.
> 그랬다면 더 많은 이야기를
> 남겼을 텐데.
> 체호프는 침묵했다.

**"해도 되는 일보다 해서는 안 될 일이 더 많았습니다.
집안에서는 말이죠."**

체호프는 조용히 기지개를 켰다. 아침이었다. 큰 소리를
내는 일은 금지되어 있었다. 형제 중 누구도 예외는 없었다.
아이의 소리는 허락되지 않았다. 모두가 어른이어야 했고,
모두가 어른의 언어로 말하고 어른의 목소리를 내야 했다. 물론
아버지는 그 규칙에서 예외였다. 어른스러운 욕설과 무자비한
아귀힘을 제외하곤 아버지는 어린아이였다. 조금만 기분이
상해도 소리를 지르고 물건을 부수는 그의 모습은 영락없는
어린아이였다. 체호프는 그런 아버지를 원망하지 않았다. 다만
기억할 뿐이었다, 당신의 모습을. 그럴 시간에 조금이라도 덜

맞는 방법이나 주린 배를 견디는 법을 배우는 편이 현명한 일이었다. 아버지의 가게는 체호프의 허기를 채워 주지 못했다. 식료 잡화점엔 간판 말고는 볼만한 것이 없었다. 팔릴 것 같지 않은 채소들이 듬성듬성 있었고 그마저도 체호프의 배로 들어오는 일은 없었다. 타간로크, 그곳은 추위 말고도 싸늘한 것이 너무나 많은 곳이었다. 체호프는 온기를 빼앗겼고, 세월이 억지로 키워 낸 몸집으로 학교에 다녔다. 체온이 떨어질 때면 형제들의 온기가 서로를 채워 주었지만, 그것마저도 오래가지 못했다. 아버지 가게의 간판이 떨어져 나가 버린 것이다. 체호프는 파산을 기록할 시간도 없이 가족과 이별해야 했다. 아버지를 비롯한 가족들은 모두 모스크바로 향했다. 빈민가행 기차표가 역무원에게 건네지고 열차가 출발하자 타간로크에는 체호프만 남았다. 학업을 마치기 위해서는 어쩔 수 없었다. 낡은 구두 끝을 끌며 학교 앞에 도착한 체호프는 가면을 들었다. 어른의 얼굴이 그려진 가면이었다. 체호프는 천천히 가면을 쓰며 결심했다. 졸업을 하리라. 그래서 가족들을 돌보리라.

체호프에게 안락한 학교생활이란 없었다. 멀고 먼 모스크바의 빈민가에 있는 가족들이 체호프의 학비와 생활비를 책임질 수는 없었다. 체호프는 스스로 일을 하며 생계를 유지해야 했다. 몹시도 고단한 가정 교사 일은 자꾸만 학업의

발목을 잡아챘다. 게다가 이제 막 눈을 뜬 소설 창작에도 자꾸만
시선이 쏠렸다. 그런 체호프에게 학교가 줄 수 있는 것은
'낙제'가 적힌 성적표뿐이었다. 갈 길이 바쁜 체호프의 마음만
급히 뛰었다. 그러면 그럴수록 걸려 넘어지는 일이 잦아졌고
졸업은 멀어졌다. 체호프는 어린 시절에 배웠던 유일한 교육,
어른이 되는 법을 떠올렸다. 조급해하고 넘어지는 것은 부주의한
어린아이들이나 저지르는 일이었다. 아버지가 지금 체호프의
모습을 본다면 다시금 회초리를 들 것이 분명했다. 체호프는
매를 피하는 방법을 본능적으로 알았다. 첫 번째는 인내였다.
그것은 도움이 되었다. 견디는 법을 깨닫는 것만이 타간로크의
생활을 완성할 유일한 방법이었다.

**"마음은 이미 모스크바에 있었습니다. 가족들이 있는
모스크바. 그들에게는 저와 제 주머니가 필요했습니다."**

　남들보다 3년이나 늦은 하굣길이었다. 그 대신 손에는 의대
입학증과 장학금이 들려 있었다. 모스크바행 기차에 오르며
체호프는 어른의 가면을 벗었다. 어색함은 없었다. 체호프는
이미 어른이었다. 안도의 한숨이 절로 나왔다. 여전히 가난했고
어른을 필요로 하는 가족들, 그들에게는 어린아이의 가면을 놓지
않으려는 아버지가 아닌 진짜 어른이 필요했다. 체호프는 자신이
그런 어른이 되었음에 안도했다.

체호프는 빠른 걸음으로 넘어지지도 않고 모스크바 대학에 단숨에 도착했다. 처음 할 일은 본명을 적는 일이었다. 체호프는 '안톤 체호프'라는 본명이 적힌 입학증서를 제출했다. 그다음으로 할 일은 가짜 이름을 적는 일이었다. 체호프는 빈 종이에 누구도 가지지 않을 것만 같은 이름을 적었다. 안토샤 체혼테, 지라 없는 사나이, 내 형의 아우, 환자 없는 의사, 쓸개 없는 사나이⋯⋯. 빈 종이에 무수히 많은 이름을 적었다. 그것은 어른이 된 체호프가 행한 첫 번째 유흥이었다. 스스로 적어 낸 가짜 이름 아래 체호프는 지금껏 억압되어 있던 유머와 솟구쳐 나오는 창작 욕구를 토해 냈다. 타간로크에선 냉동해 두어야만 했던 욕구였다. 이제 그것을 녹이더라도 문제가 없었다. 단 며칠이라도 이 욕구를 마음껏 쏟아 내리라, 체호프는 결심했다. 그런 체호프의 창작욕을 받아 주기에 한두 개의 이름으로는 부족했다. 가능하다면 세상의 모든 이름을 끌어오고 싶을 정도였다. 빈 종이는 순식간에 작품집이 되었고 그 안에는 어린 시절, 체호프의 집에서 금지되었던 웃음이 가득 차 있었다.

　체호프는 글을 쓸 때면 어린아이가 되었다. 그런 자신을 나무랄 이는 아무도 없었다. 책상도, 종이도, 펜도, 어서 더 천진난만한 미소를 보여 달라며 아우성이었다. 체호프는 웃었다. 언제나 작품은 그렇게 마무리되었다. 혼신의 힘을 다해 웃고 난 뒤에는 다시 어른의 얼굴이었다. 체호프는 대학을 마치고 의사가 되기 전까지 가족의 생계를 위해 돈을 벌어야 했다. 그래서 모든 것을 운에 맡긴 채 가짜 이름이 적힌 작품을 주간지에 응모하기 시작했다. 체호프는 여러 작품 중 「배운 이웃에게 보내는 편지」라는 작품을 골랐다. 원고는 모스크바의 주간지 《잠자리》로 향했다.

"귀하의 작품을 잡지에 싣고 싶습니다."

체호프의 작품은 오랜 기다림을 필요로 하지 않았다. 집배원의 배달 시간 정도면 충분했다. 체호프는 멈추지 않고 여러 주간지에 기고했다. 남들이었으면 제목을 생각하기도 모자랄 시간에 체호프는 400편의 작품을 완성해 냈다. 도리어 작품을 선별하는 일이 더 어려웠다. 그의 글을 읽은 모두가 천재 작가의 탄생에 박수를 보냈다. 하지만 박수가 체호프에게 닿는 일은 없었다. 체호프는 스스로 박수를 피했고, 원고료를 받을 때마다 부끄러움에 몸을 움츠렸다. 그저 취미로, 원고료라는 속물적인 동기로 급하게 써 내려간 글에 '작가'의 이름을 붙일 수는 없었다. 더욱이 지금껏 읽어 온 러시아의 대문호들, 그들의 작품에 비하면 자신의 작품은 얼마나 짧고 초라한 것인지 되묻지 않아도 답은 뻔히 정해져 있었다.

체호프는 글쓰기를 철저히 부차적인 일로 규정했다. 자신과 가족에게 진짜 필요한 일은 의사가 되는 것이었다. 체호프는 우선 눈앞의 목적을 달성하는 데에 집중했다. 타간로크에서처럼 발목을 잡혀 낙제하는 일은 없었다. 마침내 그는 정규 과정을 무사히 마치고 졸업장과 의사 면허증을 받아 냈다. 잠시 쉬며 다시 한 번 창작의 유혹에 빠져 볼까 하는 생각도 했지만 숨을 가다듬을 시간조차 여의찮았다. 체호프는 금방 가빠지는 숨을 몰아쉬며 학교를 나섰다. 왜 이리 숨이 차는지 의사가 된 체호프도 알지 못했다. 그저 쉬지 않고 달려온 것, 낮에 공부를 하고 밤에는 글을 써 온 피로가 쌓인 것이리라 짐작할 뿐이었다.

"문학이었죠. 제가 돌본 이들의 이름과 삶, 그것이 진짜 문학이었습니다."

병원을 내고 의사 가운을 입자 환자들이 몰려왔다. 대부분 다른 의사들이 꺼리는 어려운 환자였다. 병이 어려운 것은 아니었다. 주머니 사정이 어려운 환자들이었다. 어디에서고 치료받지 못한 극빈층 환자들, 그들은 이 젊은 의사에게 마지막 희망을 걸었다. 체호프는 그들 앞에 앉아 이름을 물었다. 그리고 상처 자국을 세심히 들여다보았다. 그러자 그 안에서 그들의 삶이 들렸다. 그들의 소리에 귀 기울일수록 체호프는 자신이 써 내려간 작품들이 떠올라 얼굴이 붉어졌다. 그저 유머로 범벅이 된 지난 작품들에 대한 부끄러움이었다. 체호프는 그런 감정을 느낄수록 환자에게 더욱 가까이 다가갔고 성심껏 그들을 치료해 주었다. 그것이 의료인의 양심인지 문학을 위한 행동인지는 정확히 알 수 없었다. 그저 부끄러움을 느낄 때면 묵묵히 눈앞의 일을 해내는 것만이 답이라고 믿었다.

환자들이 집으로 돌아간 후 체호프는 병원에 남았다. 그의 하루에 허락된 아주 짧은 창작의 시간이었다. 캄캄한 사무실의 책상에서 체호프는 하얀 무대를 만들었다. 무대 위에 오르는 사람은 낮에 만난 환자들이었다. 바로 그들의 이야기였다. 체호프는 주인공 자리에서 가장 멀찍이 물러나 그들의 이야기를 종이에 옮겼다. 거기에는 진실을 배제한 어떤 것도 오를 수 없었다. 진실한 사람과 진실한 물건, 진실한 병과 진실한 현실만이 오를 수 있었다. 그렇게 진짜를 무대에 올리고 나면 이야기가 시작되었다. 생각지도 못한 대사가 주인공의 입에서 쏟아져 나왔고 예상하지 못한 곳에서 웃음이 터졌다. 뜬금없는 부분에서 눈물이, 막이 내려간 후에도 소란은 계속되었다. 그럼에도 불구하고 무대 위 작품은 부자연스럽지 않았다. 구조와 틀에 갇혀 재단된 가짜 이야기가 아닌 진실한 이야기이기에 그토록 완벽했다. 조금 더 쓸 수 있기를, 해가 떠오르지 않기를 체호프는 바랐다. 그래서 이 완벽한 플롯을 펜을 통해 느끼고 싶었다. 창작의 진짜 의미는 지금 이 순간에만 존재하는 듯했다. 하지만 어린 시절부터 지독히도 체호프를 괴롭혀 온 현실은 어김없이 찾아왔다.

글 쓸 시간이 절대적으로 부족했다. 혼자만의 기쁨을

위해 모든 시간을 그곳에 바칠 수도 없었다. 지금껏 하던 대로 짧은 글을 쓰는 것, 그 정도로 만족해야 했다. 그것이 체호프의 현실이었고 진짜 이야기였다. 환자가 오면 환자를 돌보고 수익이 생기면 가족에게 전하는, 그러다 혹시라도 남는 시간이 있으면 짧은 글을 쓰고 원고료를 벌어 다시 가족에게 전하는, 그래도 시간이 남는 날에는 밤을 새워 가며 새로운 무대를 펼쳐 내는…… 체호프는 그 정도로 만족했다. 투정은 여전히 금지되었다.

그러다 보니 객혈을 했다. 환자의 객혈이 아닌 자신의 객혈. 그것은 단 하루도 자신을 돌보는 데 시간을 쓰지 않았던 이에게 다가온 자연스러운 인과 관계였다. 스스로 상태가 악화되고 있다는 사실을 알면서도 체호프는 인생의 방향을 수정하지 않았다. 덕분에 환자들은 꾸준히 치료를 받을 수 있었고 첫 단편집 『멜포메네의 이야기들』을 출간할 수 있었다. 그러나 체호프에겐 작가의 자존심은 생기지 않았다. 그저 운이 좋았기에, 짧은 이야기였기에 가능한 일이었다고 체호프는 생각했다. 그렇게 작가의 문 앞에서 스스로 둘러쳐 버린 장벽은 체호프에게 출구를 허락하지 않았다. 작가의 집 앞에서 신분증을 제시해 볼 생각조차 않는 이에게 먼저 다가와 문을 열어 줄 경비원은 없었다. 게다가 작가 체호프의 이름이 사라지는 것을 염려하는 사람도 없었다. 스스로 이름을 밝히지 않는 작가를 일부러 찾아 다니기에 러시아에는 이미 수많은 명작이 있었다. 그런데 단 한 사람, 남들과 다른 애정 어린 눈을 가진 이가 있었다. 그는 스스로 천재성을 가두는 이와 그래서 미래 문학의 한 축이 흐릿하게 지워져 버릴 일을 염려한 사람이었다. 그는 체호프에게 불붙은 심지를 보내왔다.

당신에게는 재능이 있소. 우리 같은 늙은이를 능가하는 새로운 세대의 재능을 말하는 것이오. 지금 이 편지를 전하는 것은 오롯이 내 개인적인 신념 때문임을 미리 밝힙니다. 처음 문학에 발을 내디딘 후 예순다섯 지금까지 나는 언제나 문학을 사랑해 왔고 여전히 문학의 발전을 관심 있게 지켜보고 있습니다. 그러다 간혹 마음을 사로잡는 새로운 세대의 글을 발견하면 뛸 듯이 기뻐지죠. 지금처럼 말입니다. 나는 지금 늙은 마음을 자제하지 못하고 당신에게 손을 내밀고 있습니다. 그리고 경고하려 합니다. 더는 바람이 불면 날아가 버릴 글을 남기지 마시오. 당신의 집안 형편이 어떠한지 알지 못하지만, 만약 어려운 처지라면 차라리 굶주리는 길을 선택하시오. 매일 스치는 인상을 단숨에 옮기는 우를 범하지 말고 차분히 간직했다가 영감이 떠오르는 행복한 시간에 종이에 옮기십시오. 그런 작품 한 편이 주간지에 실리는 몇백의 이야기보다 높고 오랜 평가를 받게 될 것이오.

— 드미트리 그리고로비치

체호프의 우체통에 도착한 편지의 끝에는 '그리고로비치'라는 이름이 적혀 있었다. 체호프가 아는 사람이 맞다면 그는 바로 도스토예프스키를 발굴한 원로 작가였다. 그런 그가 자신에게 재능을 낭비하지 말라며 친히 편지를 보내온 것이다. 체호프는 갑작스레 독감이라도 걸린 듯 온몸이 떨렸고 다물어지지 않는 입 끝이 오르락내리락했다. 사무실을 몇 바퀴나 돌고 난 후에도 진정이 되지 않아서 체호프는 편지를 읽고 또 읽었다. 지금껏 부정했던 작가의 재능을 타인으로부터, 그것도 위대한 선배 작가로부터 인정받게 됐으니 더는 뒤로 숨을 핑계를 찾을 수 없었다. 가족의 생계를 책임져야 한다는, 가난한 이들의 병을 치료해야 한다는…… 지금까지 걸치고 있던 핑계의 옷은 순식간에 불타 사라져 버렸다. 체호프는 글쓰기를 더는 주저하지 않았다. 곧장 책상 의자에 앉아 펜을 집어 들었다. 당장에라도 자신의 모든 것을 불태울 만한 작품을 써 내려가고 싶었다. 하지만 우선 해야 할 일이 있었다. 체호프는 서랍을 열어 가장 깨끗한 종이 한 장을 꺼내 들었다.

선생님의 편지를 받고 저는 벼락에 맞은 듯 전율했습니다. 거대한 기쁨에 감격해 눈물이 솟기도 했습니다. 선생님이 보내 주신 이 한 통의 편지가 제 영혼에 얼마나 깊게 들어왔는지는 떨리는 제 몸이 증명해 주고 있습니다. 이 땅의 모든 작가와 작가를 꿈꾸는 이들이 선생님을 어떤 눈빛으로 보는지 알고 계시리라 믿습니다. 그렇기에 선생님의 편지가 제 작가적 자존심에 무엇을 안겨 주었을지도 헤아리실 수 있을 겁니다. 그것은 지금껏 받아 온 어떤 인정이나 자격증보다도 값진 것이며, 신인에게는 미래를 위한 값비싼 보수입니다. 하지만 아직도 이 거대한 보수의 수신인으로서 저의 모습이 적당한지, 저의 재능이 충분한지 판단할 여력이 없습니다. 다만 지금까지 작가 활동에 대해 깊이 생각하지 않았던 점, 경솔하게 글을 쓴 행동은 정확히 기억해 낼 수 있습니다. 하루의 모든 시간을 바친 적도 없으며, 그저 공식에 맞는 이야기를 펼쳤을 뿐입니다. 이 편지지를 끝으로 다시는 그런 글을 종이에 담지 않을 것입니다. 선생님의 말씀 그대로 진실한 글을 남길 것입니다. 현실의 벽에 숨지 않고 작가의 들판에 발을 뻗을 것입니다.

— 안톤 체호프

그리고로비치의 편지는 체호프라는 위대한 재능의 폭탄에 유일하게 부족했던 심지였다. 불이 댕겨진 심지의 끄트머리가 화약에 닿자 체호프는 폭발했다. 여전히 가족과 환자를 돌봐야 했지만, 불붙은 이상 어떻게든 터져야만 했다. 체호프의 책상에는 빠르게 작품이 쌓여 갔다. 겸손 뒤에 숨지 않은 천재 작가의 작품에는 예전과 다른 깊이 또한 담겨 있었다. 1년의 세월이 채 지나기도 전에 체호프는 백여 편의 작품으로 바다를

만들었다. 그 위로 두 번째 객혈이 묻어난 것은 사소한 일에
불과했다. 최악의 상황은 아니지 않은가? 밥을 굶지도, 가족을
잃지도, 환자를 놓지도 않은 채 이루어 낸 백여 편의 작품 앞에
그 정도의 대가는 사소한 일이라 여겨졌다.

　입을 닦은 뒤 다시 책상 앞으로 다가가자 옅은 불빛
곁으로 지금껏 쌓아 온 작품이 보였다. 체호프는 황홀에 젖어
완성된 작품 곁에 오랫동안 서 있었다. 그리고 한 편의 작품을
손에 들었다. 이제껏 지나쳐 온 어떤 선택보다도 어려운
선택이었다. 수많은 필명의 끝에 자신의 진짜 이름을 내걸 첫
번째 작품을 선택하는 일이었기 때문이었다. 고민 끝에 체호프는
「추도회」라는 제목이 붙은 작품을 서류 봉투에 넣었다. 최고의
선택은 아니었다. 어떤 작품을 골랐어도 최고가 될 수는 없었다.
지금이라도 다른 작품을 넣을까 하며 몇 번이나 망설였다.
봉투의 입구를 봉할 때까지 몇 번이나 그랬다. 고민 끝에 봉투
끝을 봉하고 체호프는 다시금 자신의 운을 믿어 보기로 했다.
어차피 작품에 대한 평과 판단은 봉투가 닿을 곳에서 할 일이다.
그리고 운 좋게 작품이 세상에 나오면 그것을 읽어 줄 소중한
독자들이 판단해 주리라. 물론 그중에는 그리고로비치도 있을
터다. 그는 이 작품을 읽고 어떻게 생각할까? 체호프는 상상할
수 없는 질문을 던지며 슬며시 미소 지었다. '역시!'라며 무릎을
친다면 더할 나위 없었다. 반대로 자신의 눈이 틀렸다고 고개를

젓더라도 기쁠 것이었다. 그리고로비치가 체호프의 작품을 읽고
내릴 평가는 결과가 어떻든지 핑계의 벽에 숨지 않고 정면에
나섰기에 받을 수 있는 것이기 때문이다. 체호프는 그가 남겨 준
심지에 고개를 숙여 인사를 올렸다.

"물론 내가 잘나서 상을 받은 게 아닌 것은 분명합니다.
나보다 유능하고 훌륭한 젊은 작가들이 많이 있죠. 저는 그저
의사를 겸하는 작가일 뿐이니까요."

일찍이 도스토예프스키를 알아본 눈은 빗나가지 않았다.
안톤 체호프의 이름으로 발표된 작품에 거대한 찬사가
쏟아졌다. 주간지에 담긴 작품은 물론이고 직접 선별해 담은
두 번째 단편집 『잡다한 이야기들』 역시 문단 안팎의 집중적인
관심을 받았다. 평단은 새로운 작가에 대해 평론을 쓰려고
펜을 들었지만, 체호프는 그걸 기다리기도 전에 다음 작품을
발표한다. 자신의 이름을 내건 두 번째 작품집의 제목은
『황혼』이었다. 평단은 이어지는 체호프의 폭격에 투항을
결정했다.

"푸시킨상을 받게 된 것을 축하드립니다."

단 한 번도 꿈꾸지 않았던 일이었다. 그리고로비치에게
편지를 받는 것만큼이나 꿈만 같은 일이 다시금
찾아온 것이었다. 권위를 따지기도 어려울 정도의 상.

문학가라면 모두가 선망하는 푸시킨상을 수상한 것이다.
그리고로비치로부터 편지를 받은 지 고작 2년 만의 일이었다.
아직 스물일곱 살밖에 되지 않은 자신에게 더할 나위 없는
보상이 주어지자 체호프는 특유의 겸손한 자세로 상을 안아
들었다.

**"아마 그쯤이었을 겁니다. 저와 제 작품에 대한 비난이
심해진 때는요."**

　매사에 겸손했던 체호프의 손에 상이 들리자 그간 그의
작품을 칭찬했던 이들이 돌연 체호프를 비난하기 시작했다.
대부분의 비난은 그의 글에 어떤 정치적 메시지나 신념이
보이지 않는다는 것이었다. 체호프는 강연이나 대담에서 이와
같은 비난을 대면하면 언제나 "그렇습니다. 저는 제 작품에
정치나 이념적 메시지를 담지 않습니다."라고 순순히 인정해
버렸다. 체호프를 비난한 이들이 원하는 것은 인정이 아니었다.
그를 통해 논쟁을 불러일으키고 싶어 했다. 하지만 논쟁을
받아들여야 할 체호프가 반박을 하지 않자 논란은 더 크게
일어나지 않았다. 체호프는 더 나아가 어떤 정치적 활동도 하지
않았고 파벌에 참여하는 일도 없었다. 그럴 시간이 나면 가난한
환자들의 상처를 돌보고 그들의 공간을 찾는 데에 더 열중했다.
체호프에게 유일한 정치적 신념이 있었다면 그들의 이름과

이야기를 경청하는 것, 그것이 전부였다.

그를 비난한 이들은 체호프의 이런 신념을 작품 속에서
눈치채지 못할 정도로 어리석은 평론가들이었다. 하지만 으레
그렇듯 문단의 평가는 그들이 만들어 내는 것이었고, 이대로라면
체호프는 그저 재미로만 글을 쓰는, 가벼운 메시지만 담아내는
작가로 남을 상황이었다. 그리고로비치의 편지를 받기 전의
모습처럼 말이다. 하지만 어찌 된 일인지 그의 작품을 본 이들은
문단의 비난에 동의하지 않았다. 그것은 체호프가 만든 무대의
현실 속을 거닐지 못한 이들의 비난일 뿐이었다. 체호프의
작품을 즐기던 러시아의 서민들은 그의 작품에서 자신의 얼굴을,
자신의 상처를, 자신의 이야기를 보았다. 의사 생활을 하며
극빈층을 돌보던 체호프가 그려 낸 것은 당대의 서민들, 그들의
현실이었다. 그랬기에 독자들은 체호프의 작품에서 극도의
현실성을 볼 수 있었던 것이다. 체호프는 그것으로 충분했다.
작품과 연관되지 않은 이들의 비난에 신경 쓰기보다는 자신이
그려 낼 작품 속 인물 2355명, 그들의 이야기를 쓸 때 스스로
부끄럽지 않은지를 신경 쓰는 것이 더 중요했다.

**"필요한 것이 있다면 좋은 신발과 노트 한 권이겠죠.
그것이면 충분합니다."**

체호프는 짐을 꾸렸다. 한 손이면 충분히 들 수 있을

정도였다. 주위에서 보기에 사할린까지 가는 사람의 짐치고는
지나치게 소박했다. 걱정하는 이들에게 체호프는 단단한 신발을
털어 보이며 이것이면 충분하다 답했다. 기찻길은 매우 길고
의자는 딱딱할 것이었다. 도착할 곳의 공기는 견디기 힘들
정도로 무거울 것이며 그곳 사람들이 날숨 역시 거칠기 짝이
없으리라. 체호프는 그런 모습을 떠올리며 길을 나섰다. 그에게
사람들이 물었다.

"이미 그곳의 이야기는 충분히 듣지 않았소?"

사람들의 말처럼 사할린에 관한 이야기는 차고 넘쳤다.
병원에 틀어박힌 그에게까지 풍문이 들려왔을 정도였다. 그러나
그것은 진실이 아님을 체호프는 알고 있었다. 설령 진실이라
하더라도 자신의 발이 닿고 자신의 눈으로 기록한 것이 아니면
그것은 진짜 현실이 아니었다. 현실을 가공하여 이야기에 걸맞은
빛깔로 채색하는 것은 작가의 일이었지만 원석 자체는 작가가
만들어 낼 수 없는 것이었다. 이 깨달음은, 어쩌면 그날 이후
체호프가 가지게 된 유일한 신념이자 지침이었다. 진실한 글을
써야 한다고 말한 그리고로비치의 편지를 읽은 그 순간부터
이어진 하나의 지침. 체호프는 그의 편지에 다시 한 번 감사의
마음을 되새겼다. 책이 많이 팔리고, 푸시킨상을 받은 감격에
취해 전하는 감사가 아니었다. 진정한 작가의 길, 현실을 당당히
마주해야 한다는 그 단순 명료한 길을 보여 줬음에 바치는

감사였다. 이제 체호프에게 남은 여정은 타오르는 일뿐이었다. 그것이 안톤 체호프라는 이름 앞에 작가라고 적어 넣을 수 있는 유일한 길이라 그는 믿었다.

**체호프의 집 앞에 선
당신에게**

아무것도 아닌 저의 집에 찾아와 주신 여러분.
여러분께 진심으로 감사 인사를 드립니다.

일단 주위를 둘러보세요.
문의 크기를 가늠하고 계단 장식을 즐기세요.
가능하면 벽난로 위에 걸린 낡은 장총에도 눈길을 주면 어떨까요?

다 보셨으면 이제 넓은 커튼이 내려진 무대로 가 보죠.
조금이라도 늦으면 가장 중요한 장면을 놓칠지도 모르니
서두르세요.

자, 다들 모이셨으면 이제 커튼을 열어 보겠습니다.

1,
2,
3!

놀라셨나요?
제가 꾸민 무대에 아무도 없어서 놀라신 건가요?
어쩌면 당연한 일입니다.
나는 내 이야기의 주인이 아니니까요.
나는 그저 이야기를 관리하는 사람,
그 이상도 이하도 아니랍니다.
그러니 무대 위로는 여러분이 올라가셔야 합니다.

완벽한 이름과 진실한 목소리,
넘치는 웃음과 낮은 냉소를 지닌,
그리고 생의 이야기를 지닌 바로 당신이.

참나무로 만든 둥근 문은 흡사 방패 같았다.
벽돌로 올린 벽난로의 노란 불 위로
낡은 주전자가 걸려 있었고,
키 낮은 테이블은 여럿이 둘러앉아도 충분할 것 같았다.
바닥에 올이 풀린 카펫을 들추면 무엇이 나올까?
저기 저 다락의 문을 열면 무엇이 나올까?
흐룸, 흐룸 거기에선 요정이 나온다네.
흐룸, 흐룸 거기에선 내가 나온다네.

J. R. R. 톨킨에게
격려의 나팔을
불어 준
C. S. 루이스

6

J. R. R. 톨킨
J. R. R. Tolkien

"나는 다른 세계가 있다고 믿습니다.
우리가 실재하는
이곳 바로 옆에서도
새로운 세계는 펼쳐질 수 있죠."
톨킨은 연기가 오르는
담배 파이프를 지그시
물고는 옛 생각에 빠졌다.
진짜 오르크 괴물을
만났던 어린 시절 그때를.

"셰어홀은 상상력을 키우기에 최고의 장소였죠."

"힐러리! 어서 도망쳐. 그러다 잡히겠어." 톨킨이 동생
힐러리에게 소리쳤다. 힐러리는 황급히 다리를 놀리며 형에게
달려갔다. 그런 두 사람의 뒤로 온몸에 흰 가루를 뒤집어쓴
매서운 눈매의 오르크 괴물이 쫓아왔다. 괴물은 어찌나 목소리가
큰지 톨킨 형제는 괴물이 소리칠 때마다 몸이 움츠러들었다.
괴물의 본거지인 방앗간을 벗어나 한참을 달리자 괴물의
목소리가 점점 멀어졌다. 녀석의 지구력은 그다지 좋은 편이
아니었다. 하지만 방심은 금물이었다. 괴물의 목소리가 완전히
들리지 않을 때까지 뛴 두 사람은 가쁜 숨을 몰아쉬며 걸음을
멈췄다. 흙과 땀 그리고 방앗간의 밀가루로 범벅이 된 얼굴을

보고 두 사람은 크게 웃었다. 오늘도 성공이었다. 괴물이 사는 방앗간을 지나 산딸기를 따 먹는 모험. 그것은 어떤 장난감도 주지 못하는 즐거움이었다. 톨킨 형제는 웃으며 몇 걸음 더 내디뎠다. 그러자 푸른 초원과 오솔길이 펼쳐졌다. 톨킨은 그 광경이 몹시 좋았다. 무엇 하나 바람의 길을 막지 않고 나무들이 이야기하듯 잎사귀 소리를 내는 곳, 이곳이라면 어떤 걱정도 할 필요가 없었다. 하지만 가끔씩 따가운 햇볕과 건조한 바람이 떠오르는 것은 어쩔 수가 없었다. 아버지와 헤어진 곳에서 불어오는 바람이.

존 로널드 루얼 톨킨. 아버지에게서 선물받은 것은 이름이 전부였다. 남아프리카 공화국에서 은행 일을 하던 아버지는 휴가를 내지 못할 정도로 바빠 가족들의 첫 영국 여행에 동참하지 못했다. 단 한 번이었다. 단 한 번의 여행을 함께하지 못한 것뿐이었다. 그리고 그 한 번이 마지막이었다. 남아프리카 공화국에 혼자 남은 아버지 아서 톨킨은 류마티스열에 걸린다. 이 소식을 들은 톨킨과 가족들은 남아아프리카 공화국으로 돌아가려 채비를 서둘렀다. 하지만 준비를 마치기도 전에 아서 톨킨은 아들과 5000마일 떨어진 곳에서 숨을 거둔다. 절반쯤 찬 짐 가방의 갈 곳이 사라져 버렸다. 짐 가방의 꼬리표에는 아서 톨킨의 이름이 선명히 남아 있었다. 물론 남은 것은 그것이 전부였다. 이때부터 톨킨은 어머니 메이블의 손에 자라게 된다. 그녀는 넉넉하지 않은 가정 형편 탓에 도시가 아닌 영국의 시골 마을 셰어홀로 방향을 정했다. 아름다운 나무가 있었지만 번듯한 학교는 없었던 셰어홀. 메이블은 걱정했다. 아이들을 어떻게 가르쳐야 할지. 흐르는 냇물만으로는 부족할 것 같았다. 한가로운 냇물 소리는 수학 문제를 가르쳐 주지 못했으니까. 그런 메이블의 걱정과 달리 톨킨은 셰어홀을 좋아했다. 네 살부터 글을 읽고 방앗간 아들을 하얀 괴물로 상상하며 노는 것을 좋아하던 톨킨에게 셰어홀은 상상력을 그려 내기에 가장 좋은 캔버스였다.

"용에 대한 열망은 정말 대단했죠. 소심한 성격이어서 직접 용을 만나고 싶지는 않았지만, 용을 상상하는 것만으로도 세상이 더욱 풍요로워지는 것 같았어요. 설령 그로 인해 마을에 불이 나는 불행을 감수해야 하더라도 말이에요."

톨킨 형제의 첫 선생님은 어머니 메이블이었다. 메이블은 톨킨에게 라틴어를 가르쳤는데 그는 또래 아이들보다 훨씬 빨리 라틴어를 익혔다. 재능이 있었던 것이다. 메이블은 톨킨의 영특한 모습에 신이 나서 프랑스어를 알려 주었다. 그리고 형편이 되는 대로 『이상한 나라의 앨리스』, 『보물섬』과 같은 이야기책을 선물해 주며 부족한 교육을 채워 보려 했다. 거대한 상상력에 비해 소심한 성격과 무거운 엉덩이를 가진 톨킨은 이야기책 속의 모험에 마음을 빼앗겼다. 그중에서도 앤드류 랭의 『붉은 요정 이야기』를 가장 좋아했는데 이 책에 나온 용 파프니르를 매일 밤 상상하며 잠에 들었다. 그는 상상력으로 이미 영국 전체를 용의 나라로 바꿀 수도 있었다. 그런 톨킨이 책 읽기를 넘어서 이야기를 직접 쓰기로 결심한 것은 어쩌면 당연한 일이었다. 일곱 살의 나이. 톨킨의 마음속 용은 알을 깨고 글로 탄생했다. 그리하여 셰어홀은 하루는 거대한 용이, 하루는 흉측한 괴물이 또 하루는 빛나는 영웅이 거니는 공간으로 바뀌었다.

그렇게 셰어홀에서의 만족스러운 시간이 흐르는 사이, 톨킨은 키가 훌쩍 자랐고 얼굴도 어머니의 특성을 닮아 길쭉하게 변하기 시작했다. 학교에 갈 나이가 된 것이었다. 하지만 여전히 셰어홀에는 번듯한 학교가 없었고 메이블은 결정을 해야 했다. 아이를 위해 도시로 나서는 결심을.

톨킨의 첫 학교는 아버지의 모교였던 킹 에드워드였다. 여전히 좋지 않은 가정 형편 때문에 톨킨의 가족은 모즐리의 외곽 큰길가에 있는 집에서 생활하였는데, 그 집은 그야말로 끔찍한 풍경들 사이에 자리 잡고 있었다. 거리의 색은 칙칙했고 길을 걷는 사람들의 표정은 어딘지 모르게 우울했다. 그리고 푸르기만 했던 셰어홀의 하늘과 달리 이곳의 하늘은 공장의 검은 연기로 가득했다. 그야말로 처참한 공간이었다. 톨킨의 끝 모를 상상력은 바람 빠진 풍선처럼 쪼그라들어 버렸고 어디에 눈을 두어야 할지, 어디에 마음을 두어야 할지 갈피를 잡을 수 없었다. 의지할 곳을 잃어버린 톨킨에게 그나마 위안이 되어 준 것은 언어였다. 어머니에게 배우던 라틴어와 프랑스어 외에 처음으로 만난 새로운 언어는 그리스어였다. 톨킨의 눈에 그리스어는 그 어떤 것보다 화려하고 아름다웠다. 게다가 오랜 시간을 버텨 낸 그리스어의 역사가 비추는 빛은 톨킨의 눈을 부시게 하기에 충분했다. "이건 나와 가장 멀리 떨어진 고대의 보물이잖아!" 톨킨은 교과서를 펼칠 때마다 감탄을 내뱉으며 새로운 생활에 빠져들었다.

톨킨은 매일매일 새로운 것을 만나고 싶었다. 하지만 하학종은 정해진 시각에 어김없이 울렸고 톨킨은 다 먹지 못한 단어들을 생각하며 입맛을 다셨다. 그런 언어의 허기를 채우기 위해 톨킨은 어머니에게 방학이 되면 독일어를 함께 공부하자고 졸랐다. 하지만 성인들에게도 어려운 고전 작품을 모조리 읽어 버릴 정도의 언어 능력을 자랑하던 톨킨은 이미 메이블이라는 초보 선생님이 감당할 수준의 아이가 아니었다. 그리고 그녀의 몸속에 생겨 버린 병의 조각 역시 메이블이 감당하기 어려울 정도로 커지기 시작했다.

"우울함만이 어둠 속에 가득합니다. 하느님, 저를 도와주세요. 약하고 지친 저를 보살펴 주세요."

1904년. 메이블이 당뇨병으로 세상을 떠난다. 유일한 보호자이자 첫 번째 선생님이었던 어머니를 잃은 톨킨의 상처는 깊었다. 세어홀에서 좋아하던 나무가 아무 이유 없이 베어졌듯이 어머니가 세상을 떠나는 것에도 타당한 이유 따위는 없었다. 사랑하는 존재가 하나둘 떠나자 톨킨은 어떤 아름다운 곳에도 돌아가지 못할 것 같았다. 돌아간다 한들 한때의 시간에 불과하리라 믿었다. 그런 톨킨에게 안식처가 되어 준 것은 영원의 속성을 가졌다고 믿은 언어뿐이었다. 톨킨은 더 깊이 언어에 빠져들었다. 오랜 세월을 견딘 언어들, 그들은 언제까지고 아름다움을 간직한 채 톨킨의 곁에서 사라지지 않을 것만 같았다. 그런 톨킨에게 킹 에드워드 학교의 선생님과 언어 교육은 깊은 위로가 되었다. 특히 교장이었던 로버트 캐리 길슨의 교육은 톨킨을 다른 차원으로 이끌어 주었다. "영어, 라틴어, 그리스어, 프랑스어, 독일어. 이것을 아는 것과 그 언어들이 어떤 형태로 있는지를 이해하는 것은 전혀 다른 문제라네." 로버트 캐리 길슨의 말에 톨킨은 지금껏 자신이 아는 언어의 한계를 느낌과 동시에 또 다른 세계가 아직 존재한다는 걸 깨닫고 몸을 떨었다. 톨킨은 더는 가만히 앉아 있을 수 없었다. 세상은 아직 모르는 언어만큼이나 다양한 모습으로 가득했고 아름다운 것은 찾으면 찾을수록 늘어난다는 것 또한 이제는 알 수 있었다. 톨킨은 자신이 주인공인 모험을 시작하려 했다. 모험의 출발지는 당연히 킹 에드워드였다. 톨킨은 수업 외에도 학교에 남아 여러 활동을 했는데 제일 자주 발길을 옮긴 곳은 도서관이었다. 그곳에서 책만 읽는 게 아닌 마음 맞는 친구를 모아 모임을 결성하기도 했다. 'T.C.B.S.'라는 이름의 모임에서 톨킨은 언어와 문학을 이야기했다. 책에 적힌 문자와 입에서 흐르는 말. 각기 다른 형태의 언어의 즐거움에 톨킨의 머리는 화려하게 폭발하였다.

첫 모험은 그만큼 성공적이었다. 하지만 성공이라는 전리품을 품에 안은 모험이라도 결국 종장이 있다는 것이 모험의 특성이었다. 톨킨에게도 킹 에드워드를 떠나야 할 시간이 다가오고 있었다. 톨킨은 다음 모험을 위한 그림을 그려야 했다. 당장 필요한 것은 모험에 필요한 여비였고 톨킨에게 그것은 대학 입학금이었다. 어머니가 죽고 프랜시스 모건 신부의 후원으로 생활을 이어 가고는 있었지만 지망하던 옥스퍼드 대학의 학비를 충당하기엔 신부의 능력은 역부족이었다. 톨킨은 장학금을 받기 위한 시험을 치렀고 사소한 실패를 맛보지만 결국 옥스퍼드 엑스터 칼리지의 장학금을 받았다.

"그것은 포도주 저장고였죠. 그것도 생전 처음 만나는 종류의 포도주 병으로 가득 찬 포도주 저장고. 저는 흠뻑 취할 수밖에 없었습니다."

당당히 장학생이 되어 옥스퍼드 엑시터 칼리지에서 수업을 듣기 시작한 톨킨은 킹 에드워드 때와는 또 다른 흥분에 취해 있었다. 이번에 톨킨을 취하게 한 것은 바로 핀란드어였다. 옥스퍼드에서도 톨킨의 주요 활동 무대는 학교 도서관이었다. 그곳에서 톨킨은 생전 처음 보는 책을 만나는데 바로 핀란드 문법책이었다. 톨킨은 그 책을 바탕으로 핀란드의 설화시 「칼레발라」를 원어로 읽는 도전을 시작했는데, 한 줄 한 줄 번역을 마치고 음미할 때마다 그는 「칼레발라」에 담긴 신화적 요소에 눈길이 쏠렸다. 그것은 세어홀에서 무수한 상상을 펼치던 톨킨이 간절히 찾아 헤매던 이야기였다. 시의 마지막 줄을 번역해서 읽고 나자 톨킨은 이런 생각이 들었다. "대체 왜 영어로 쓰인 설화시는 없는 거지?" 톨킨의 안타까운 마음 뒤로 작은 목소리가 울렸다. "그러면 네가 직접 쓰면 되잖아?" 이 물음표가 마침표로 변하기까지는 아직 긴 시간이 필요했다.

톨킨은 신화를 만들기에 앞서 언어를 만들었다. 이는 톨킨의 어린 시절 취미이기도 했다. 어린아이들이 곧잘 그렇듯 톨킨 역시 어린 시절 친구들끼리만 통하는 언어를 만들어 쓰곤

했다. 셰어홀 시절에는 사촌 매리와 함께 동물 이름에서 딴 두 사람만의 언어를 만들어 사용하기도 했다. 두 사람은 그 언어를 '애니멀릭'이라고 불렀는데 심지어 노래를 지어 부르고 다닐 정도였다. 그런 과거의 기억 때문인지 톨킨에게 새로운 언어를 창조하는 일은 어떤 지루한 연구 과정이 아닌 즐거운 놀이의 일부였다. 이번에 톨킨이 새로이 만든 언어는 핀란드어를 바탕으로 한 요정어였다. 이 언어들이 훗날 어떻게 쓰일지는 톨킨 자신도 확신할 수 없었는데 신화의 첫발은 종종 그렇듯 작은 순간에서 시작되는 법이었다.

문제는 어떤 화려한 신화라 하더라도 시작 직전에는 항상 먹구름이 하늘을 뒤덮는다는 점이었다. 톨킨의 머리 위로 드리워진 먹구름에는 끝을 알 수 없는 총성이 담겨 있었다. 1차 세계대전이 발발한 것이었다. 톨킨은 아직 배우고 싶은 것이 많았고, 만들어야 할 언어 구상도 줄지어 있었다. 게다가 세 살 연상의 여인 이디스와의 약혼으로 그는 이제 한 가정을 책임져야 할 의무도 있었다. 그런 상황이었기에 톨킨은 입대를 잠시 미루고 학위 과정을 마치려 했고 다행히 마지막 시험에서 '1급 우등 졸업 학위'를 받는다. 그렇게 톨킨은 전쟁 후 머물 곳을 튼튼히 지어 놓고 전쟁터로 향했다.

"『반지의 제왕』에 나오는 샘이라는 인물은 어떤 영웅의 초상화에서 따온 것이 아닙니다. 그 인물은 바로 제가 만난 수많은 사병들, 나보다 훨씬 훌륭한 그들의 얼굴에서 따온 인물입니다."

통신 장교로 전쟁에 뛰어든 톨킨이 마주한 것은 적의 통신 신호나 모스 부호가 아니었다. 그가 마주친 것은 발기발기 찢긴 시체 조각들과 눈뜬 채 죽은 전우의 얼굴이었다. 톨킨은 참호 속에서 시체와 함께 몸을 숨겨야 했고, 하늘 위로는 수없이 많은 포탄이 교차했다. 솜 강에서 벌어진 그 끔찍한 전투는 톨킨의 전부를 흔들어 놓았다. 목숨을 제외한 모든 것을 말이다. 톨킨은 직접 겪은 전투를 모두 기억하려 애썼다. 죽어 가는 전우의 모습과 고통스러운 비명, 포탄에 맞아 쓰러지는 나무와 깊게 파인 대지까지. 톨킨은 기억 속 가장 단단한 곳에 그것을 담았다. 하지만 그것만으로는 부족했다. 할 수 있다면 가장 단단한 금고에 담아야 할 것들이었다. 톨킨은 총을 내려놓고 책상 앞에 앉았다. 그곳에는 빈 노트 한 권이 놓여 있었고, 그것이 톨킨이 가진 가장 단단한 금고였다.

톨킨이 펜을 들자 노트 표지엔 '잃어버린 이야기들의 책'이라는 제목이 쓰였다. 빈 노트 안에는 그가 지금껏 익혀 온 언어와 스스로 창조한 문자가 담길 것이었다. 신화의 얼굴을 한 이야기에는 직접 목격한 모든 것이 스며 있었으리라. 그러한

톨킨의 세계가 그려질 그 책은 훗날『실마릴리온』으로 불릴
터였다. 톨킨은 그 책의 시작과 함께 새로운 인생을 열고 있었다.

**"전쟁은 저에게서 많은 것을 빼앗아 갔습니다. 그중에서
가장 큰 것은 우정이었죠. 좋은 글을 낭독하고 마음을 나누던
작은 사치는 더 이상 허용되지 않았습니다."**

전쟁을 하며 잃어버린 것 중 가장 큰 것은 친구였다.
문학과 언어를 말하고 서로 이야기 나눌 수 있는 친구. 전쟁은
톨킨에게서 무엇보다 소중한 그 친구들을 빼앗아 가 버렸다.
물론 강단에 서면 자신의 낭독과 지식을 들으려는 학생들이
빼곡히 앉아 있었지만, 그것만으로는 치유되지 않았다. 톨킨은
마음 한편의 공허한 구멍을 자주 쓰다듬었다.

그날도 마찬가지였다. 톨킨은 각기 다른 수업 방향으로
대립각을 세우던 영문과 교수 회의장으로 발걸음을 옮겼다. 나올
이야기는 뻔했다. 언어학과 문학 사이의 파벌과 갈등. 그것을
해결할 방안은 전혀 없어 보였고, 설령 있다 하더라도 그것을
자세히 지켜보고자 하는 교수는 찾기 어려웠다. 그런 회의였기에
톨킨은 심드렁한 표정으로 회의장 안에 들어섰다. 그런데 그곳에
처음 보는 인물이 서 있었다. 그는 덩치가 꽤 큰 인물이었는데
그에 비하면 톨킨의 덩치는 4분의 3도 안 되어 보였다. 그는

톨킨과 반대 진영인 '문학' 팀의 새로운 펠로이자 튜터로 선임된 인물이었기에 두 사람은 서로 경계를 하기 시작했다. 주변 사람들에게 '잭'이라고 불리던 그 인물의 이름은 클라이브 스테이플스 루이스였다. 루이스는 톨킨의 날카로운 눈과 창백한 얼굴을 보며 생각했다. "악의는 없어 보이는군. 어쨌든 중요한 건 한주먹거리에 지나지 않는다는 점이겠지." 두 사람의 첫 만남은 그 정도의 인상을 주고 끝이 났다.

언어학과 문학. 서로 진영이 달랐기에 두 사람은 자주 마주칠 필요가 없었다. 하지만 두 사람은 놀랍도록 비슷한 공통점을 가지고 있었다. 바로 북구 신화에 푹 빠져 있었다는 점이다. 청소년 시절부터 노르웨이 신화에 빠져 살던 루이스에게 톨킨은 관심을 가질 수밖에 없었고 반대의 경우도 마찬가지였다. 게다가 루이스는 이야기를 좋아했으니 톨킨에게 그는 더없이 좋은 이야기 상대였다. 루이스가 맥주를 좋아한다는 사실을 제외하고서라도 말이다.

두 사람은 루이스의 사무실에서 정기적인 만남을 갖기 시작했다. 할 만한 이야기가 떨어지면 어쩌나 하는 걱정은 애당초 할 필요가 없었다. 신화부터 언어를 넘어 문학의 경계까지. 두 사람의 관심사는 매우 비슷했고 지식의 깊이 또한 누가 앞선다 말하기 어려울 정도였다. 타인의 작품을 논하는 것으로도 부족해 둘은 서로 창작한 작품을 나누기도 했다.

한번은 톨킨 자신이 쓴 장시 「베렌과 루시엔의 무훈시」를 직접 타이핑해서 보냈는데 루이스는 톨킨의 작품에 크게 감동한다. 곧장 톨킨의 작품으로 이야기를 나누고 싶었지만 그러지 못하자 루이스는 편지를 써서 지금 순간의 감동을 남겼다. "친구의 작품을 읽는 호사를 누리게 되었습니다. 이렇게 즐거운 저녁을 보낸 것이 몇 년 만인 것 같군요."

톨킨 역시 같은 감정이었다. 전쟁 후 이런 즐거운 저녁 시간은 처음이었다. 신뢰할 수 있는 친구와 지적 교감을 나눌 수 있는 저녁 시간. 한때는 당연하다 여겼지만 잃고 난 뒤에는 다시 만날 수 없을 것만 같았던 그 시간을 또 한 번 선물받게 된 것이었다. 게다가 톨킨보다 사교성이 뛰어난 루이스는 톨킨에게 더 많은 친구와의 만남을 선물해 주었다.

톨킨과 루이스, 그리고 두 사람과 함께 이야기 나눌 이들이 매주 화요일 '독수리와 아이' 술집에 모여 앉았다. 모임을 이끄는 이는 당연히 루이스였고 톨킨은 꼬박꼬박 모임에 참석하는 일등 회원이었다. 멤버들이 테이블에 둘러앉으면 "누구 읽어 주실 분 계신가요?"라고 루이스가 물었다. 그때부터 멤버들은 돌아가며 각자 가져온 원고를 낭독했다. 낭독이 끝나면 작품에 관한 비평을 서로 나누었는데 때로는 논쟁의 열기가 지나치게 높아질 때도 있었다. 열기를 돋우는 주범은 대부분 톨킨이었고

C. S. 루이스
C. S. Lewis

루이스도 뒤지지 않았다. 두 사람의 목소리를 시작으로 우정 가득한 음성이 울릴 때면 다른 테이블의 사람들은 '인클링스'라 불린 그들의 모임 이름을 입에 올리며 수군거렸다. 물론 톨킨과 루이스는 그들의 불만 어린 수군거림을 들어 본 적은 없었다. 자신의 목소리를 높이는 데에 더 바빴으니까 말이다.

"땅속 어느 굴에 호빗이 살고 있었다."

새로운 친구들을 만나고 지식과 마음을 나눌 수 있는 루이스와 시간을 보내던 톨킨은, 어느 날 학생들의 학업 능력 평가 시험지를 채점하기 시작했다. 지루한 채점 작업을 하다

보면 운 좋게도 백지를 낸 학생의 시험지를 만날 때가 있다. 그에게도 그런 행운이 찾아왔는데 백지의 시험지를 가만히 쳐다보던 톨킨은 시험지 위에 점수 대신 한 문장을 써 내려갔다.

"땅속 어느 굴에 호빗이 살고 있었다." 무슨 말인지 톨킨 자신도 알 수 없었다. "호빗이 대체 뭐지?" 톨킨은 그 예측 불가능성의 매력에 곧장 빠져들었다. 그리고 새로운 언어를 만났을 때처럼 호빗의 정체가 무엇인지 알아내야겠다고 마음먹었다. 톨킨에게 그것은 창작이 아니었다. 자신이 모르고 있었을 뿐, 어딘가에 있는 존재를 발견하는 일이었다. 마치 고대의 언어처럼 말이다. 그렇게 톨킨은 호빗을 찾기 위한 모험의 첫발을 내디뎠다.

톨킨이 발견한 호빗. 그들은 톨킨 자신과 매우 닮아 있었다. 둘 다 담배를 좋아했고 화려한 조끼를 자주 입었다. 나무와 자연을 무엇보다 사랑했으며 기계라면 질색하는 것 역시 비슷했다. 톨킨의 큰 키를 제외하고는 모든 것이 닮아 보일 정도였다. 게다가 호빗은 대부분 톨킨처럼 수다쟁이였다. 톨킨은 이렇게 호빗의 모습을 하나하나 발견하며 이야기를 써 내려갔다. 그리고 아이들과 '책 읽는 시간'에 직접 호빗 이야기를 들려주었다. 아이들은 아버지가 읽어 주는 이야기에 푹 빠져들었다. 톨킨은 아이들의 반응을 보고는 곧장 원고를 타이핑했다. 당장 호빗의 이야기를 루이스에게 보여 주고 싶었다. 신화를 아는 루이스라면 분명 좋아할 것이었다. 그리고 그의 얼굴에 미소가 오르면 『호빗』은 세상에 모습을 드러낼 수 있을 터였다.

톨킨의 예상대로 루이스는 『호빗』을 읽고, 분명 아이들이 좋아할 만한 이야기라는 확신을 가졌다. 하지만 그것이 전부는 아니었다. 언뜻 동화처럼 보이는 그 이야기 속에서 루이스는 톨킨이 구축하려 하는 세계와 창조적 언어를 발견할 수 있었다. 그야말로 아동 문학과 신화의 위치에서 높은 자리를 차지할 수 있는 작품이었다. 루이스는 『호빗』의 출간을 적극적으로 지지해 주었다. 『호빗』이 출간되자 《타임스》는 "동화를 좋아하는 사람이라면 동화계의 새로운 스타의 등장에 주목하라."라며 칭찬을 했고 《타임 리터러리 서플리먼트》의 고정 평론가였던 루이스 역시 극찬의 서평을 실어 주었다. 지금껏 발견되지 않았던 새로운 종족이 세상에 모습을 드러내는 순간이었다.

평단의 호평을 받은 『호빗』의 초판은 크리스마스에 이미 매진되었고, 『호빗』을 출판한 출판업자 스탠리 언윈은 곧장 톨킨에게 편지를 썼다. "모든 이들이 '호빗'을 이야기하고 있습니다. 그들은 더 많은 '호빗'의 이야기를 원한다며 아우성치고 있어요!" 그의 편지를 받은 톨킨은 오래전부터 써 오던 '잃어버린 이야기들의 책'을 다시금 펼쳐 보았다. 그러자 그 안에서 이야기들이 꿈틀거리며 움직이는 것이 보였다. 톨킨은 그저 발견하기만 하면 되었다. 『호빗』에서 다하지 못한 새로운 세상의 이야기를.

"톨킨, 우리가 좋아하는 이야기는 너무나 적어요. 그러니 우리가 직접 그런 이야기를 써야 할 것 같습니다."

이야기를 향한 톨킨과 루이스의 갈증은 『호빗』을 탄생시켰으며 『호빗』의 탄생은 사람들로 하여금 더 놀라운 신화를 기다리게 하였다. 톨킨은 어린 시절 셰어홀을 뛰놀며 시작했던 상상과 지금껏 익힌 언어들 그리고 그런 언어들로 빚어진 신화를 모두 모아 완전히 새로운 작품을 펴내려 했다. 하지만 톨킨에게 날아오는 시선은 그리 곱지 않았다. '인클링스' 멤버를 제외한 동료 교수들은 어린아이나 읽을 법한 이야기를 써내는 톨킨을 마땅찮게 생각했다. 물론 출판사의 생각은 정반대였다. 『호빗』의 성공을 이어 가기 위해서는 호빗이 잔뜩 등장하는 작품이 필요했다. 그들은 『호빗』처럼 아동이 즐길 수 있는 작품을 기대했다. 하지만 기대에 찬 출판사의 눈앞에 던져진 작품은 『실마릴리온』이었다. 톨킨이 만들고자 한 세계의 정수가 담긴 이 책은 『호빗』과는 전혀 다른 분위기의 책이었다. 언윈은 『실마릴리온』이 뛰어난 작품임을 인정하면서도 출판을 결정하지는 못했다. 『실마릴리온』은 작품성을 떠나서 독자층이 지나치게 좁을 것으로 예상되었다. 게다가 분량 또한 큰 숲의 나무를 모조리 베어야 겨우 감당할 수 있을 정도로 두꺼웠다.
만약 이 작품을 그대로 출간한다면 인쇄비도 회수하기 어려울
것 같았다. 결국 언원은 실례가 되는 것을 알면서도 "호빗이
등장하는 다른 책을 쓰실 수 있길 바랍니다."라며 톨킨에게
편지를 보냈다. 하지만 톨킨은 더 이상『호빗』과 같은 이야기를
쓰고 싶지 않았다. 물론『실마릴리온』을 그대로 출간하고자 한
것은 아니었다. 톨킨은『실마릴리온』에 담긴 세계를 활용하여
진짜 신화를 만들어 보고 싶었다. 그를 위해 작품이 무겁고
어두워져『호빗』보다 덜 팔린다 하더라도 전혀 상관없었다.

톨킨은 상상을 현실로 옮기기 위해 자신이 창조해 낸 세계의
지도를 펴고 시선을 샤이어(호빗이 사는 마을)로 모았다. 그곳에는
나이 든 빌보 배긴스(『호빗』의 주인공)가 있고 그의 생일 파티가
열리고 있다. 축하 연설을 하던 중 그의 손에 숨겨 놓았던 반지가
껴지자 빌보는 순식간에 모습을 감추었다. 그렇게『반지의
제왕』은 시작되었다.

『반지의 제왕』집필은 매우 어렵게 진행되었다.
3장까지 쓴 직후에도 톨킨은 "어떻게 해야 할지 솔직히
전혀 모르겠어요."라며 출판사에 편지를 보낼 정도였다.
호빗의 마을과 흑기사 그리고 반지가 등장하고, 빌보에게서
프로도에게로 반지가 넘어가자 겨우 이야기가 진척되기

시작했다. 간신히 숨을 돌린 톨킨은 새로운 장을 완성할 때면 '인클링스' 모임에서 낭독을 했고 비평을 받았다. 다른 멤버들이 좋지 않은 부분에 대해 비판을 할 때도 루이스는 그러지 않았다. 왜냐하면 루이스는 알았던 것이다. 톨킨은 어떤 지적을 받으면 무시하거나 아예 처음부터 다시 작품을 쓴다는 사실을. 루이스가 생각하기에 이 작품은 그런 방식으로는 완성될 수 없었다. 이 이야기는 뒤돌아보지 않고 쉼 없이 달려야 겨우 완성할 수 있는 작품 같았다. 그래서 루이스는 날카로운 지적 대신 격려의 응원을 보냈다. 지적 같은 것은 다른 대화에서도 충분히 녹여낼 수 있는 것이었다. 집필에 지쳐 있던 톨킨은 루이스의 그런 반응에 몹시 기뻐했다. 인정이라는 것은 자신이 고개를 끄덕일 수 있는 상대에게 받아야 진짜이기 때문이다. 게다가 루이스는 톨킨에게 격려만 준 것이 아니었다. 톨킨은 루이스의 모습에서 작품의 아이디어를 얻기도 했는데, 루이스의 흐흠거리는 소리를 작품 속 나무 수염이 내는 '흐룸, 흐룸' 하는 말투에 사용하는 식이었다.

세상에 새로운 신화를 들려줄 『반지의 제왕』은 천천히 한 장씩 완성되어 갔다. 이대로라면 계획대로 작품을 마치고 발표할 수 있을 것만 같았다. 그런데 톨킨을 괴롭힐 포성이 울리기 시작했다. 전쟁이 다시 눈앞까지 찾아온 것이다. 이번에는 톨킨이 아닌 그의 아들들이 전쟁 속으로 빨려 들어갔다. 아들과 떨어진 공허함과 전쟁의 날카로운 굉음은 또다시 톨킨을 괴롭혔다. 그런 불안정한 상황에서도 『반지의 제왕』은 자비를 보이지 않았다. 『반지의 제왕』은 스스로 정교한 부품과 완벽한 외관을 요구했다. 톨킨의 완벽주의는 그것을 더욱 부추겼고, 스토리의 흐름과 세계관에 맞춘 이름 하나까지 신경을 썼다. 광활한 대지를 표현할 지도도 필요했으며 이야기에 등장하지 않는 연대의 사건들까지 세워야 했다. 하지만 여기까지 하는 데에만도 6년의 세월이 흘렀고, 톨킨의 나이는 벌써 쉰이 넘어 있었다. 톨킨의 심신은 지쳐 갔고, 그의 머릿속에는 작품의 스토리와 직접 만든 요정어 대신 영어로 된 한 문장이 떠올랐다.

"결국 아무것도 이루지 못할 것이다."

"모두 소진되고 말았어. 정신과 창조, 모든 것이 말이야."

톨킨은 몇 달 동안 『반지의 제왕』 원고를 추가하거나 수정하기는커녕 들여다보지도 않았다. 가능하다면 언제까지고 그렇게 있고 싶었다. 그러기 위해서 톨킨이 해야 할 일은 『실마릴리온』을 책장 깊숙한 곳에 꽂아 버리고, 펜은 서랍에 고이 넣어 버리는 것이었다. 출판사로부터 재촉 편지가 몇 장 날아오겠지만 난롯불에 던져 버리면 그만이었다. 그런 톨킨의 상태를 제일 먼저 눈치챈 것은 다름 아닌 루이스였다.

루이스는 진정으로 『반지의 제왕』의 탄생을 기원하고 있었다. 톨킨이 쓰고 있는 이 작품은, 오래전 자신의 사무실에서 신화를 이야기하던 밤들의 결과였고, 진정 좋아할 수밖에 없는 이야기의 탄생이었다. 그런 순간을 맛보기도 전에 불길이 사그라들게 할 수는 없었다. 루이스는 더없이 큰 응원과 격려를 보내기 시작했다. 루이스의 말 한마디에 톨킨은 몸을 일으켰고, 루이스의 편지 한 통에 톨킨은 치워 둔 펜을 손에 쥘 수 있었다. 톨킨은 무엇보다 친구 루이스의 격려에 답을 해야 했다. 그의 말을 듣고 거기에 답하는 것은 전쟁 후 지금까지 톨킨이 가장 즐거워하는 일이었다. 그 즐거움을 놓칠 순 없는 일이었다. 톨킨은 자신처럼 쓰러져 널브러진 프로도(『반지의 제왕』의 주인공)를 일으켜 세웠다. 이제 다시 모험을 떠나야 했다. 모르도르의 불길 속으로 톨킨과 프로도는 함께 걸어 들어갔다.

"오랫동안 목말라 오다가 큰 컵으로 물을 들이켠다면 이런 기분일까요? 당신이 이것을 위해 바친 오랜 세월이 드디어 정당화되었습니다."

1949년, 마침내 『반지의 제왕』 마지막 장이 완성되었다. 톨킨은 정성스레 타이핑을 해서 원고를 루이스에게 보냈고 루이스는 단숨에 읽어 내려갔다. 신화를 이야기하던 두 사람이 마침내 신화를 만들어 낸 순간이었다. 루이스는 곧장 축하 편지를 썼다. 어떤 지적이나 비평도 없는 순수한 축하의 메시지였다. 완성된 신화에 더 이상의 글은 무의미했다. 긴 여행의 끝을 토닥여 주는 손길 정도면 충분했고 톨킨은 비로소 짐을 풀고 다리를 쉴 수 있었다.

루이스는 『반지의 제왕』이 출간되기 전에 책의 추천사를 썼다. 거기서 멈추지 않고 《타임 앤드 타이드》에 서평을 남기기도 했다. 주변에서는 추천사에 서평까지 쓰는 건 너무 지나친 게 아니냐고 말했지만, 루이스는 개의치 않았다. 작품이 출간되기 직전 "출판이 두렵습니다. 어떻게 썼는지 기억도 나지 않고 비판을 들을 준비만 하고 있어요."라며 떨고 있는 친구에게 할 수 있는 모든 것을 해 주고 싶었다. 그 결과 루이스는 몇몇 비평가들에게 비난을 받기도 했지만 그런 비난쯤은 가볍게 넘겨도 좋을 만큼 『반지의 제왕』의 초판은 금세 동이 나 버렸고 독자들은 『호빗』 때와 마찬가지로 『반지의 제왕』의 마지막 장면을 만나기를 간절히 기다렸다. 새로운 신화가 시작되는 장면으로 적당히 소란스럽고, 또 적당히 들뜬 모습이었다.

"내가 그에게 받은 갚을 수 없는 빚은 단순한 영향력이 아니었어요. 그것은 바로 완전한 격려였습니다."

톨킨은 언어와 신화를 사랑한 교수였다. 루이스를 만나기 전까지는 정말 그랬다. 그런 톨킨에게 루이스는 창조자의 역할을 일깨워 주었다. 그때부터였을 것이다. 톨킨에게 있어 개인적인 취미에 불과했던 집필이 그 이상의 의미를 부여받게 된 것은 말이다. 그 결과, 세계는 또 하나의 신화를 선물받을 수 있었다. 그것을 가능하게 한 것은 당연히 톨킨의 노력과 능력이었다. 비중으로 따지면 99퍼센트가 모두 톨킨의 공이라 말해도 무방할 것이다. 그렇다면 나머지 1퍼센트는 무엇일까? 그것은 바로 작가의 지친 손에 힘을 불어넣어 주고, 펜을 쥐게 하고, 세계를 그리게 하는 격려일 터다. 루이스는 그런 격려의 1퍼센트를 톨킨에게 전해 준 인물이었다. 톨킨 스스로 "루이스가 없었다면 『반지의 제왕』을 끝까지 써내지 못했을 것이다."라고 밝혔듯이 루이스가 건넨 1퍼센트의 격려는 톨킨이라는 신화의 마지막 한 조각이었다. 그 한 조각이 없었다면 우리는 단순히 판타지 작품 한 편을 잃어버리는 것 이상의 커다란 상실을 겪어야 했을 터다.

그리고 그 한 조각이 없었다면 우리는,

또 하나의 세계를 잃은 채 비좁은 거리를 헤매고 있었을 것이다.

톨킨의 집 앞에 선
당신에게

땅속 어느 굴, 톨킨의 집에 오신 여러분을 환영합니다.
우선 담배를 한 대 피우시죠.
이곳의 담뱃잎은 워낙에 품질이 좋아서 맑은 연기가 난답니다.
특히 파이프 담배를 입에 물면 없던 여유가 절로 생기기 마련이죠.

자, 담배를 다 태우셨다면 이제 차를 마실 시간입니다.
여기 따뜻한 차를 내왔으니
식지 않을 정도의 속도로 목을 축이세요.
서두를 것은 없어요.
지금 밖에서 열리는 파티는 며칠이고 이어질 테니까 말이에요.

사실 이곳 사람들은 모험을 좋아하지 않아요.
그것을 품위 있는 행동이라 생각하지 않기 때문이지요.
하지만 모두들 이야기하는 것은 좋아합니다.
아무도 모르는 시간,
누구의 발길도 허락하지 않는 공간의
이야기를 하는 것을 좋아합니다.

때로는 각자가 만든 이야기의 세계에 닿기 위해
목 놓아 이야기를 낭독하기도 하죠.

저는 여러분이 이 집의 둥근 문을 지나,
둥근 식탁에 둘러앉길 바랍니다.
그래서 서로가 지은 이야기를 나누며
모험의 시간을 보내길 바랍니다.
그리고 달이 차올라 이야기의 끝이 다가오면
서로에게 격려의 말과 손짓을 나누길 바랍니다.

모든 위대한 이야기는 당신의 따뜻한 손과 눈,
그리고 목소리에서 시작되니까요.

반듯한 외벽 사이로 깊은 문이 있었다.
문 안쪽의 세상에는 어긋남 없이 줄 선 마룻바닥과
잘 재단된 카페트가 놓여 있었다.
카페트에 발을 올리자 어지러운 무늬가 발을 잡아챈다.
반복, 정렬, 균형이라는 단어를 잃은 그 무늬가 말했다.
"그저 흔들리라고, 바로 지금처럼."

헤르만 헤세의
꿈을 조각한
베른하르트 랑

7

헤르만 헤세
Hermann Hesse

> "시인이 되지 못한다면
> 아무것도 되지 않겠다."
> 그것은 헤세가 지키고자 한
> 유일한 규율이었다.
> 영웅만이 걸을 수 있는
> 시인의 길.
> 보호받지 못할 그 길을
> 걷기 위해 헤세는
> 지붕을 뛰쳐나왔다.

"나를 데리고 있으려는 학교는 한 군데도 없었습니다. 단 한 군데도요."

양의 얼굴을 한 아이. 그 순진한 탈 안에 감당할 수 없을 만큼의 지력을 담고 있는 아이. 그런 아이를 바라보는 눈빛에는 무엇이 담겨 있을까? 절반의 경탄, 그리고 절반의 두려움. 그것이었다. 네 살 된 헤세를 바라보는 부모의 눈빛에는 그것이 담겨 있었다. 헤세는 그 눈빛이 싫었다. 자신의 작은 몸조차 감당하지 못하는 그 눈빛이 싫었다. 진심으로 부모를 사랑했지만, 그 눈빛만은 견딜 수 없었다. 또 두려움을 지우려고 정직한 규율에만 의지하던 부모의 모습에 실망했다. 당신들께서 제4계명을 가르치지 않았다면 어땠을까? 헤세는 마울브론

수도원의 개신교 기숙 학교 문을 나서며 그 짧은 질문의 답을 떠올려 보았다. 그랬다면 이 학교를 온전히 마칠 수 있었을까? 헤세는 답을 찾을 수 없었다. 질문과 대답 사이에 무수히 많은 공상과 시어 그리고 반항심이 모여들었다.

헤세는 규율이라 이름 붙은 모든 것을 싫어했다. 잎이 나기도 전에 흔들릴 방향을 정하는 교육을 참을 수 없었다. 그런 교육보다는 나무의 이름을 알고 나비와 새의 날갯짓 그리고 무게를 아는 것이 훨씬 중요하다고 생각했다. 그랬기에 헤세의 가슴은 기숙 학교에서 도망치려 몸부림쳤으나 어린 몸은 붙잡혔고 시작도 못 한 인생은 문밖으로 쫓겨나 버렸다. 헤세의 부모는 난처해졌다. 당신들의 능력으로는 헤세를 정상이라 불리는 궤도에 안착시킬 수 없을 것만 같았다. 그래서 두 사람은 지인이었던 크리스토프 블룸하르트 목사에게 헤세를 보냈다. 아직은 지붕이 필요한 나이였기에 헤세는 그의 집에 들어가지만, 혼돈의 바람은 그곳 지붕이 감당할 수준이 아니었다. 결국 크리스토프 블룸하르트 목사는 14일도 버티지 못했다. 그는 헤세를 정신 병원에 보내야 한다며 헤세의 부모에게 편지를 썼다. 급기야 헤세는 슈테텐에 있는 정신 요양소에 들어가야 했고 이름표 대신 '우울증'이라는 명찰을 달게 된다.

4개월간의 정신 요양소 생활 내내 헤세의 머릿속은 대상 없는 이들을 향한 원망과 시인이 되고자 하는 열망으로 가득

차올랐다. 그나마 자신을 속박하는 것들이 조금 줄어든 건
다행이었다. 그리고 아직은 원망뿐이었지만 부모님과 편지를
주고받는 시간 역시 헤세의 몸을 헤집던 혼돈의 바람을
가라앉히는 데 도움을 주었다. 헤세는 넉 달 동안의 짧은 정신
요양소 생활을 마치고 다시 부모의 품으로 돌아갔다. 헤세의
부모는 또 한 번의 도전을 결심했다. 헤세의 지적 능력을
유지하고 길러 주기 위해서는 불안하더라도 한 번 더 도전하는
편이 낫다고 생각했다. 헤세는 다시 부모의 손에 이끌려
김나지움에 들어갔다. 헤세 자신도 믿고 싶었다. 어쨌든 새로운
도전은 성공으로 이끌어 갈 수 있으리라고……. 하지만 그것은
스치듯 지나는 생각에 불과했고, 혼돈의 바람은 그 생각을
머나먼 곳으로 날려 버렸다. 헤세는 한 해를 버티지 못하고
자퇴해야 했다. 세상의 어떤 곳도 자신의 발소리를 반기지
않는다는 걸 깨닫는 순간이었다. 이제는 그저 아무도 없는
곳에서 머릿속의 생각을 하나씩 꺼내 정리하며 시간을 보내고
싶었다. 그래서 헤세는 긴 시간 찾지 않았던 문 앞에 다가섰다.

**"그곳에 문학 작품과 철학서가 가득 찬 서재가 있었습니다.
그곳은 여태껏 숨어 있던 나를 위한 행운의 선물이었죠."**

오래된 문을 열자 18세기 독일 문학 작품이 빼곡히 꽂힌
서재가 보였다. 그 옆으로는 철학서, 또 그 옆으로는 세계 문학

책장이 있었다. 자신보다 훨씬 오랜 시간과 깊은 혼돈을 버텨
낸 위대한 작품들 속에서 헤세는 안락함을 느꼈다. 그곳에서는
폭식을 해도 괜찮을 것만 같았다. 온종일 책을 먹어 치워도 다시
눈을 뜨면 먹음직한 책들이 얼마든지 준비돼 있었다. 헤세는
자기만의 방이 된 조부의 서재에서 스스로의 교육을 시작했다.
한때는 거추장스럽기만 했던 성실한 성격이 이곳에서는 가장
빛나는 숟가락처럼 보였다. 이제 자유롭게 시인의 길을 걸을 수
있을 것만 같았다.

　　헤세는 책을 읽는 시간만큼이나 많은 시간을 시를 쓰는
데 쏟아부었다. 여백이 있는 종이를 찾기 어려울 정도로 습작
노트는 쌓여만 갔다. 그렇게 책과 노트의 무게가 늘어나다 보니
어느덧 헤세의 마음도 무게를 더해 차분해졌다. 그러자 헤세의
시야에 다른 중요한 것들이 들어왔다. 당장 시인이 될 수 없다면
시인이 되는 날까지 생계를 유지할 방법을 찾아야 했다. 헤세는
예전에는 상상도 못 할 차분한 발걸음으로 칼브에 위치한 탑시계
공장에 도착했다. 그곳에서 그는 수습공으로 일을 배우며 생계에
필요한 돈을 벌기 시작했다. 그리고 1년 뒤에는 헤켄하우어
서점에서 수습 점원으로 일하기도 했다. 하지만 두 일 모두
헤세의 마음에 들지 않았다. 톱니바퀴를 끊임없이 만지는 것도,
새로운 책만 가득한 서점에 앉아 있는 일도 그다지 매력적이지
않았다. 헤세는 고민했다. 조부의 서재를 일터로 옮겨 놓을

방법은 없을까? 그 완벽한 서재 안에서 돈을 벌 수 있는 일을 할 수 있다면 그야말로 황홀한 시간이 될 것만 같았다. 고민 끝에 헤세는 고서점으로 일자리를 옮겼다. 그곳은 새로운 것으로만 가득한 곳도 아니었고, 기계를 만질 필요도 없었다. 비록 시를 쓸 수 있는 시간은 줄어들었지만, 시를 써도 마음속 바람에 날아가 버리던 옛 시간을 생각하면 이것이 훨씬 나았다.

"그때까지 나를 포기하고 있던 가족과 친구들의 얼굴에 미소가 피어올랐습니다. 그 미소는 나를 향한 것이었죠."

스물한 살이 되었고, 여전히 서점 일을 하며 습작을 이어 가던 헤세에게 기회가 찾아왔다. 성실하게 모인 습작 노트는 그를 배신하지 않았고, 스물한 살이 되던 해 첫 시집 『낭만의 노래』를 펴낼 수 있었다. 그 순간 바람의 방향이 바뀌었다. 헤세는 시는 물론이고 다양한 기사와 평론을 바람에 실어 세상으로 내보냈다. 날카로운 지성과 젊고 강렬한 패기를 가진 그의 글은 다양한 방면에서 인정받을 수 있었다. 그리고 5년이 지난 1904년, 스물여섯의 나이로 발표한 소설 『페터 카멘친트』가 베를린의 피셔 출판사에서 출간되었다. 헤세의 이름 앞에 놓인 이 책은 그의 얼굴마저 바꾸어 버렸다. 그때까지 헤세를 바라보는 주위의 시선은 한결같았다. 동정과 질시 그리고 경멸……. 헤세의 얼굴에 와닿는 것은 언제나 그런 것뿐이었다.

하지만 『페터 카멘친트』라는 한 권의 책이 그의 손에 잡히자
사람들은 헤세에게 미소를 보내 주었다. 지금껏 어느 누구도
보지 못했을 만큼 상냥한 미소를 말이다. 헤세는 폭풍과도
같았던 청년기의 하루를 다시금 떠올렸다. 그곳에는 세상을 등진
채, 시인이 되려면 고독한 영웅의 길을 걸어야 한다고 믿었던 한
소년이 웅크린 채 앉아 있었다. 헤세는 그 소년에게 가서 말을
건넸다. 우린 이제 영웅의 길 위에 서 있다고.

　헤세는 난생처음으로 만족이라는 단어를 몸으로 배웠다.
작가로서 가야 할 길은 아직 많이 남았지만 그것을 제외한다면
이곳에 정착해 버리고 싶을 정도였다. 헤세는 잠시 숨을 돌리고
평온한 시간을 온몸으로 즐기며 글을 썼다. 신문의 기고문이든
평론이든 시든 소설이든. 실패를 걱정할 필요는 없었다.
흔들리던 땅 위에서도 써 왔던 글이었다. 그랬기에 안락한
집안에서 쓰는 글에 정체 따윈 있을 수 없었다. 그야말로 전성기.
그런 시간의 연속이었다.

**"자신의 둥지를 헐뜯는 자를 좋아하는 이는 없었습니다.
저는 떠나야 했죠. 둥지에서 불어오는 차가운 바람을 따라."**

　헤세는 짐을 꾸렸다. 그것은 조국과의 기나긴 이별을 뜻하는
것이기도 했고, 새로운 위기의 바람 앞에 서야 한다는 뜻이기도
했다. 그 모든 것을 알면서도 헤세는 떠나야 했다. 빌헬름 2세의

친정(親政)과 1차 세계대전, 헤세는 그것들에 반대를 표했다. 하지만 헤세의 생각과 달리 독일의 정치인과 국민들, 심지어 지성인이라 불리는 이들조차 1차 세계대전의 화염에 뒤덮인 그때를 '위대한 시대'라고 불렀다. 헤세는 그 말을 조금도 받아들일 수 없었다. 그래서 그는 유럽의 다양한 잡지에 전쟁에 반대하는 글을 발표했다. 그 결과 돌아오는 건 매우 익숙한 것이었다. 바로 청년 시절 자신에게 끝없이 쏟아졌던 경멸의 시선 말이다. 헤세는 그러한 시선 속에서 다시 혼자가 되었다. 잠시 동안 찾아온 행복과 만족의 시기는 그야말로 모래성처럼 무너져 버린 후였다. 만남의 악수는 헤어짐의 인사로 변했고 매일매일이 이별의 연속이었다. 그나마 다행이었던 것은 헤세와 뜻을 같이하는 이가 완전히 사라지지 않았다는 점이었다. 헤세는 그들을 도울 수 있었다. 스위스 베른에 있던 그의 집은 헤세와 같은 뜻을 지닌 이들의 피란처가 되었다. 그때 헤세의 집을 찾은 토마스 만 역시 그중 한 사람이었다. 토마스 만은 헤세의 사상은 물론이고 그의 글을 너무나 사랑했기에, 두 사람은 깊은 이야기를 나누며 빠르게 가까워졌다. 순간일 뿐이었지만 그러한 기쁜 만남은 헤세의 정신과 몸을 부축해 주었다. 하지만 그것만으로 버티기에 전쟁은 너무 길었다.

"글을 쓰는 것 역시 더는 기쁨이라 느껴지지 않았습니다."

1916년. 전쟁의 얼룩이 유럽 전역을 뒤덮던 그해, 헤세는
아버지의 부고 소식을 듣는다. 다른 모든 이별이 가슴 아팠지만,
아버지를 잃은 충격은 헤세의 오른 다리를 무릎 꿇렸다. 그리고
부축해 줄 이를 찾기도 전에 부인 마리아 베르누이에게 정신
분열증이, 셋째 아들 마르틴에게 뇌막염 진단이 내려졌다.
이제 다시 몸을 일으킨들 무슨 소용이 있을까 하는 생각마저
들었다. 더는 일어날 수도 없고 글을 쓸 수도 없을 것만 같았다.
의욕적으로 진행하던 전쟁 포로를 위한 후생 사업 역시 더는
이어 갈 힘이 없었다. 그런 헤세의 가슴에 다시는 달리지 않을
것 같았던 명찰이 달렸다. '우울증'이라는 명찰이. 한 가지 다른
점이 있다면 청년 시절의 자신과 달리 지금의 헤세에겐 그
명찰을 스스로 떼어 내 버리려는 일말의 의지가 남아 있었다는
것이었다. 이는 만족의 시기를 경험한 자의 관성과도 같은
것이었다.

헤세는 정신 분석학의 권위자였던 칼 구스타프 융을
만나기 위해 직접 움직였다. 융은 헤세와의 대화를 통해 무너져
가는 상태를 정확히 파악했고 그를 위해 한 남자를 소개했다.
베른하르트 랑이라는 이름의 남자가 융의 사무실로 들어오자
헤세는 그와 악수를 하였다. 융은 베른하르트 랑 박사와 함께
심리 치료를 꾸준히 진행하길 권했다. 헤세는 다시 집을 짓는

심정으로 융의 권유를 받아들였다. 확신 없는 선택이었지만 랑 박사는 자신감 있는 표정을 내비쳤다. 그는 이미 알고 있었다. 설계도가 완벽하다면 집을 짓는 일의 8할은 벌써 진행된 셈이라는 사실을.

랑 박사의 설계는 치밀하고도 유연했다. 그는 융의 제자답게 스승의 이론을 바탕으로 헤세를 치료할 계획을 세웠다. 그중에서 가장 중요한 것은 역시나 꿈을 활용한 치료법이었는데 헤세는 랑 박사의 치료에 따라 꿈 일기를 작성하기 시작했다. 그것은 자신이 꾼 꿈을 상세히 기록하는 일이었다. 그렇게 작성한 꿈을 모아 분석을 하면 헤세의 현재 상태를 진단할 수 있는 것이었다. 랑 박사는 이 진단을 통해 헤세의 내면 깊은 곳에 있는 우울증의 원인을 먼저 파악하려고 했다. 원인을 아는 것이 먼저고 치료는 그다음이었다. 랑 박사는 헤세에게 꿈 일기와 함께 긴 호흡을 주문했다. 지금부터 진행될 치료는 약물에 의한 치료가 아니었기에 많은 시간이 필요했다. 헤세는 랑 박사의 주문을 받아들이기로 결심했다. 그러자 그가 할 일은 한 가지로 압축되었다. 긴 시간을 견디는 일. 그 긴 시간 동안 여전히 주저앉아 있어야 할 테지만 그것을 두려워해서는 안 되었다. 헤세는 굳게 마음먹었다. 그리고 랑 박사의 설계도를 믿어 보기로 결심했다.

그렇게 치료가 시작되었다. 랑 박사와 헤세는 가족만큼이나 자주 만났다. 랑 박사는 먼저 헤세의 경직된 근육을 풀어 주려 애썼다. 완벽히 탱고를 출 줄 아는 무용수도 근육이 굳어 버리면 도무지 움직일 수 없는 것처럼 헤세도 마찬가지였다. 누구에게도 지지 않을 정도의 지적 능력과 올곧은 사고를 품고 있다 하더라도 피폐한 정신이 불러들인 육체의 경직을 풀지 못한다면 아무 소용이 없었다. 그것은 열쇠를 잃은 보물 상자 안의 진주 목걸이와도 같았다. 절대 세상에서 반짝일 수 없는 그런 진주 목걸이 말이다.

랑 박사의 설계는 성공적이었다. 헤세는 조바심을 내지 않고 그의 치료에 잘 따랐다. 그 결과 헤세는 깊어져 가던 우울증에서 어느 정도 벗어나 귓가 저 멀리서 들려오는 고요의 소리를 들을 수 있었다. 그것은 청년 시절, 혼돈의 바람이 걷혔을 때와 비슷한 차분함이었다. 흐르는 것은 흐르는 대로 두되 지켜보는 것을 멈추지 않는 것. 헤세는 그것이야말로 자신이 지금 해야 하고, 할 수 있는 유일한 일이라는 사실을 상기시켰다. 그러자 고요의 크기는 점점 더 커졌고 헤세가 일어나는 데 방해가 될 바람은 불어오지 않았다. 이제는 스스로의 힘으로 일어나는 일만이 남았다. 물론 랑 박사가 선물한 단단한 지팡이를 사용해도 무방한 일이었다. 다만, 아직 힘이 들어가지 않았다. 진정 자신이 쓰고자 하는 글이 무엇인지에 대한 불명확한 확신이 오른발을,

자신에게 쏟아지는 원치 않는 시선이 왼발을 잡아챘다. 그런 순간에 헤세는 아주 특별한 꿈을 꾸게 된다.

1917년 9월 11일 밤.

걸음은 익숙했지만, 눈에는 익숙하지 않은 그런 거리였다. 헤세는 천천히 걸었다. 혼자 걷는 걸음이 너무 빠르면 반드시 누군가를 마주치게 된다. 바로 지금처럼.

헤세 앞에 나타난 남자는 취한 듯 비틀거렸다. 최대한 경계를 하며 지나치려 하는데 갑자기 몸놀림이 빨라진 남자가 헤세를 덮쳤다. 뜻하지 않은 습격에 쓰러진 헤세는 손에 든 서류 가방을 놓치고 말았다. 남자는 떨어진 서류 가방을 천천히 들더니 한마디를 남기며 떠나 버렸다. 헤세는 그 말을 절대 잊을 수 없었다.

"이것을 패배의 전리품이라 생각하시오."

헤세는 이해할 수 없는 특별한 꿈에 잠을 설치며 일어났다. 처음 보는 거리와 처음 보는 남자 그리고 빼앗긴 서류 가방. 그것이 대체 무엇을 의미하는지 헤세는 알 수 없었다. 바로 메모하지 않더라도 잊어버릴 리 없을 정도로 강렬한 꿈이었다. 하지만 헤세는 늘 하던 대로 꿈 일기를 적고 랑 박사가 있는 곳으로 급히 발을 옮겼다. 언제나처럼 반갑게 헤세를 맞아 준 랑

박사는 그가 적은 꿈 일기를 천천히 읽기 시작했다. 해당 분야의
권위자였던 랑 박사도 쉽게 뜻을 파악하기 어려울 정도로 난해한
꿈이었다. 특히 마음에 걸렸던 것은 '데미안'이라는 꿈속 사내의
이름. 그랬다, 꿈속의 괴한은 자신의 이름을 데미안이라고
밝혔다. 그 이름에 무언가 중요한 의미가 있으리라는 생각에
두 사람은 데미안이라는 이름을 분석해 나갔다. 처음에는
도무지 감을 잡을 수 없었다. 그도 그럴 것이 데미안은 너무나
생경한 단어였다. 그래서 두 사람은 데미안과 비슷한 어원의
단어를 찾아보는 것으로 방향을 바꾸었다. 그러자 '악의 특성을
포함하는 신'이라는 의미의 그리스어 '데몬'이 떠올랐다. 그리고
'창조주' 혹은 '예술가'를 뜻하는 '데미우르크'라는 단어도 찾을
수 있었다. 두 사람이 찾은 이 두 단어는 비슷한 의미지만 동전의
양면처럼 다른 얼굴을 하고 있었고 헤세는 거기서 눈을 뗄 수
없었다. 두 가지 다 매일 아침 거울 속에서 본 모습이었다. 거울
속 헤세 안에 데몬과 데미우르크 그리고 데미안이 있었다.

　헤세는 펜을 들었다. 자신이 써야 하는 글이 여태껏 자신
안에 있었다는 것, 그것도 매일 아침 쳐다보던 거울 속에
있었다는 사실을 이제야 깨달았던 것이다. 늦은 만큼 빨리 쓰고
싶었다. 이야기의 끝이 어떻게 될지 알 수 없었지만, 그것은
아마도 한 인간에 관한, 그래서 모든 인간에 관한 이야기가 될

터였다. 그 이야기의 끝을 맺는 데는 몇 달의 시간도 길었다. 무엇을 써야 할지 깨달은 천재 작가에게 필요한 시간은 단 몇 주면 충분했다. 헤세는 꿈속에 등장했던 괴한의 이름을 소설로 가져와 주인공을 창조해 냈다. 그리고 데미안이라는 이름을 가진 인물로 하여금 창조주와 악의 모습을 동시에 투영해 냈다. 그러자 데미안은 스스로 이야기하기 시작했다.

"선과 악은 동시에 존재할 수밖에 없다. 그리고 개인 안에 잠재한 그것을 발견해 내는 것이 우리의 숙명이다."

『데미안』 집필을 마친 헤세는 자신의 이름을 감추었다. 왜냐하면, 헤세는 이 이야기를 읽을 젊은이들에게 이것이 어느 늙은 작가의 작품이 아닌 그들과 같은 청년의 글이자 메시지로 전달되기를 바랐기 때문이었다. 헤세는 그런 의도를 살리기 위해 『데미안』의 작가 이름으로 소설 속 주인공 에밀 싱클레어의 이름을 빌려 썼다. 그의 의도대로 『데미안』은 젊은 신인 작가의 작품으로 알려지게 되었다. 이 무명 작가의 등장에 유럽 문학계가 시끌벅적해졌다. 특히 토마스 만은 "대체 『데미안』을 쓴 싱클레어라는 신인은 어떤 인물인가?"라며 출판사를 찾아가 직접 물어볼 정도였다. 하지만 헤세는 절대 자신의 이름을 밝히지 않았다. 『데미안』은 그렇게 어느 젊은이가 쓴 모든 젊은이들의 소설이면 충분하다고 생각했다. 하지만 그런

헤세의 바람과 달리 에밀 싱클레어의 정체를 단번에 파악한 이가
있었으니 바로 칼 구스타프 융이었다. 융은『데미안』을 읽고
책 속에 등장하는 오르간 연주자 피스토리우스를 보며 미소를
지었다. 그 인물은 랑 박사를 모델로 한 인물이었고, 랑 박사를
헤세에게 소개한 융이 그 사실을 눈치채지 못할 리 없었다. 그도
그럴 것이 책 속에는 랑 박사의 심리 치료 과정도 짧게나마 담겨
있었기 때문에 융은『데미안』의 작가가 헤세라는 점을 확신할
수 있었다. 융은 헤세에게 편지를 보내『데미안』을 잘 읽었다고
전하며 자신이 아는 비밀은 그저 간직해 두겠다고 덧붙였다.

융이 책을 읽자마자 작가의 정체가 헤세라는 것을 알 수
있을 정도로『데미안』의 탄생에는 랑 박사의 영향이 크게 담겨
있었다. 진정한 자아를 마주하고, 단단한 땅을 찾아 걷는 과정.
헤세에게 랑 박사의 심리 치료는 바로 그런 과정이었다. 그의
심리 치료 덕에 헤세는 안정된 정신을 되찾을 수 있었고 그 힘을
바탕으로 자신이 딛고 설 단단한 땅을 찾아 나설 수 있었다.
헤세는 자신이 행한 과정에서 얻은 결론을 정답처럼 전하고
싶지 않았다. 헤세는 진솔하게 그 과정에 대해 이야기하고
싶었다. 자신처럼 흔들리고 자신처럼 길을 잃은, 혹은 잃어야만
했던 동시대 사람들에게 그 이야기가 도움이 되었으면 했다. 이
이야기에서 결론을 말하는 것은 부질없는 일이었다. 랑 박사도

자신에게 주어진 정답을 강요하지 않았다. 자아의 모습이 한 가지뿐이고 단단한 땅의 주소가 돌에 새긴 듯 정확히 남아 있다면 아무도 혼란을 겪을 필요가 없었다. 그렇지 않기에 바람이 불고 다리가 흔들리고 포탄이 터지고 집이 무너지는 것이었다. 『데미안』은 그런 것들에 대한 이야기였다. 흔들리는 이들의 그런 이야기였다.

"그와 함께했던 치료의 과정이 없었더라면 저는 여전히 위태로운 평화의 배 위에서 흔들리며 지냈겠죠."

『데미안』을 제일 반겨 주었던 이들은 전쟁의 아픔을 겪은 사람들이었다. 모든 것이 한순간에 잿더미가 되어 버린 시대, 그런 시기를 버텨 내던 젊은이들은 이 이름 없는 작가의 소설에 깊은 위로를 받았다. 그들에게 눈에 보이는 것은 손에 잡히는 허상에 불과했다. 그런 시대였기에 외부 환경에서 어떤 희망이나 의미를 찾는 것은 불가능에 가까웠다. 당대 독자들에게 『데미안』이라는 작품은 이런 말을 전하고 있었다.

"외적 환경은 언제든 변화한다. 특별한 경우에 전쟁이라는 이름으로 모든 것이 송두리째 사라지기도 한다. 하지만 내적 자아는 절대 사라지지 않는다. 우리는 아직 모든 것을 잃은 것이 아니다."

헤세가 『데미안』을 써내며 전하고자 했던 유일한 메시지는 이것이었다. 모래성 위에 쌓은 허상의 평화가 아닌, 단단한 자기 안의 성을 쌓아 나가는 것. 위태로운 평화의 함선이 아닌, 흐름을 거스르지 않는 작고 단단한 조각배에 오르는 것. 그것이야말로 혼돈의 시대를 사는 이들에게, 그리고 헤세 자신에게 절실히 필요한 마음가짐이었다.

이 메시지를 찾기까지 헤세는 오랜 시간 바닥에서 무릎 꿇고 있어야 했다. 그런 헤세의 깊고 기나긴 어둠의 꿈을 깨워 준 링 박사. 그가 헤세의 이름을 부르고, 헤세가 침대에서 눈을 뜬 그 순간, 아마도 그 순간이었을 것이다. 세상의 풍파가 잔잔해진 것은.

**헤세의 집 앞에 선
당신에게**

헤세의 집 껍질 안으로 찾아와 주셔서 감사합니다.
이곳에서는 껍질처럼 얇은 외벽과 지붕이 여러분을 감싸 줄
것입니다. 덕분에 바람은 쉴 새 없이 벽을 흔들 것이고,
태양은 얇은 지붕을 지나 여러분의 피부에 가닿을 것입니다.

불안하겠죠. 편안한 침대에 누워 있는 그 순간에도
심장 소리가 끔찍한 음악처럼 울릴 것입니다.
하지만 가짜 타협은 안 됩니다.
거짓된 생각으로 벽을 두껍게 쌓고, 지붕을 덧대면 안 됩니다.

여기서 여러분이 해야 할 일은 가짜 타협이 아닌 깊은 잠입니다.
어서 침대에 누우십시오. 그리고 끔찍한 심장 소리의 볼륨을
높이십시오. 당신의 심장 소리가 껍질을 깨부수는
해머 소리를 감출 수 있게. 볼륨을 높이십시오.

심장과 해머 소리.
그 강렬한 굉음에 귀가 멀 때쯤.
각 방에 놓인 벽 거울 앞에 서십시오. 그럼 보일 겁니다.
저라는 늙은 인간이 남겨 놓은 메시지가 아닌,
당신이라는 한 인간이 마주해야 할 신의 모습이.

한 치의 오차도 없는 회색 외벽은 비를 맞아
원래의 색보다 어두워 보였다.
오래된 문고리를 잡고 문을 두드리면
낮은 울림이 저택에 드리웠다.
발자국 소리도 없이 다가와 문을 여는 이 있었으니,
홀린 듯 저택 안으로 몸이 빨려 들어갔다.
육중한 문이 다시 닫히자
그곳에는 아무 소리도 남지 않았다.

애거서
크리스티에게
주어진 첫 번째
미스터리, 매지

8

애거서 크리스티
Agatha Christie

> 열 명의 인디언
> 소년이 있었다.
> 아홉의 인디언
> 소년이 떠나고,
> 한 명의 인디언
> 소년이 혼자 남았다.
> 그가 목을 매 죽어서
> 아무도 없게 되었다.

"정말 아름다운 결말이야!"

마당에는 어린 고양이들이 뛰어놀고 있었다. 아이들의 아버지는 '벤슨'이라는 이름을 가진 선장이었다. 벤슨 선장은 배를 타고 나가면 몇 달이고 소식이 없었기에 집에 남은 벤슨 부인과 아이들은 가난에 시달려야 했다. 소년은 남은 아이들을 상냥한 눈빛으로 바라보았다. "고양이들의 밥을 챙겨 줘야 하지 않을까?" 소녀는 몇 번이나 망설였다. 하지만 끝내 밥을 들고 나가지 않았다. 그래서는 멋진 이야기가 되지 않는다는 걸 알고 있었다. 조금 더 기다려야 했다. 극으로 치면 지금이 클라이맥스. 이 고비를 넘기면 벤슨 부인과 고양이들에게 최고의 보상이 주어질 것이다. 바로 그때였다. 소녀의 머릿속으로 상상할 수

있는 가장 화려한 악기들이 웅장하게 울려 퍼졌다. 소녀는
고양이보다 더 기다렸다는 듯 자리를 박차고 마당으로 나갔다.
그러자 위풍당당한 모습의 벤슨 선장이 거대한 보물 상자를
어깨에 메고 문을 통과하는 모습이 보였다. 그야말로 행복한
결말이 찾아온 것이다. 소녀는 아무도 없는 마당에서 두 팔을
활짝 벌리며 말했다.

　"정말 아름다운 결말이야!"

　애거서는 언제나 몽상을 즐겼다. 피의 온도와 살의 촉감이
느껴지는 사람들은 전혀 흥미롭지 않았다. 그들과 노는 것보다
마음껏 상상할 수 있는 이야기를 만드는 편이 훨씬 재미있었다.
벤슨 선장의 이야기도 그중 하나였다. 고양이 이야기가 끝났으니
이제 다른 이야기를 상상해야 했다. 그보다 즐거운 놀이는
없었으니까. 이어서 애거서의 머릿속에 떠오른 것은 그린
부인이었다. 100명의 아이가 있는 그린 부인. 그녀에게 가장
소중한 자식은 푸들과 다람쥐와 나무였다. 그래서 그린 부인은
항상 그들과 함께 정원을 산책했고 애거서는 그 뒤를 따라
걸었다. 애거서는 이야기가 막힐 때면 유모를 졸랐다. 유모는
애거서만큼 상상력이 풍부하진 않았다. 그래서 그녀는 애거서가
조를 때면 진실을 이야기해 주었다. 그런데도 유모의 이야기
속에는 이제껏 애거서가 그림책에서만 봤던 것들이 담겨 있었다.

거기에는 인도 호랑이와 원숭이 그리고 가늘고 긴 뱀이 있었다. 애거서는 진실과 상상을 구분할 수 없는 이야기에 푹 빠져 매일 산책을 했다.

유모는 이야기가 동이 날 때면 같은 이야기를 반복하곤 했다. 이야기에 끝없는 허기를 느끼던 애거서는 새로운 이야기꾼을 원했다. 집 안에서 가장 이야기 잘하는 사람을 찾아야 했다. 하지만 애거서가 아는 최고의 이야기꾼은 멀리 기숙사에서 공부를 하고 있었다. 어쩔 수 없이 애거서는 두 번째로 이야기를 잘하는 사람에게 찾아갔다. 바로 어머니였다. 어머니는 '밝은 눈'이라는 이름을 가진 쥐의 흥미진진한 모험담을 들려주었다. 벤슨 선장의 이야기보다 재밌는 '밝은 눈' 이야기에 애거서는 넋을 놓고 어머니의 목소리에 젖어 들었다. 그래서였을까? 애거서는 '밝은 눈'의 모험이 막바지에 이르렀다는 사실을 조금도 눈치채지 못했다. 갑자기 어머니의 이야기에 마침표가 등장하자 애거서는 금세 시무룩해졌다. 그녀의 귀여운 표정을 잠시 즐긴 어머니는 새로운 이야기를 시작했다.

"이제부터는 호기심 촛불 이야기를 해 볼까?"

애거서의 입꼬리가 다시 귀에 걸렸다. 그 표정에 화답하듯 무대 커튼이 오르고 새로운 이야기가 시작되었다.

"여덟 살이 되기 전까지 어머니는 글을 가르쳐 주지 않았어요."

이야기를 듣는 것은 물론이고 만드는 것도 좋아했던 애거서의 소원은 빨리 글을 배우는 것이었다. 글만 알면 유모나 어머니를 귀찮게 할 필요도 없고, 책장에 꽂힌 미지의 이야기를 마음껏 즐길 수 있으리라. 하지만 애거서의 꿈에는 악역, 어머니가 있었다. 어머니는 애거서에게 여덟 살이 되기 전엔 글을 읽으면 안 된다고 단호히 말했다. 이상한 일이었다. 어머니는 여자가 교육을 받는 일에 언제나 적극적이었다. 심지어 아직 어린 애거서의 언니를 혼자 기숙 학교에 보낼 정도였다. 그랬던 어머니가 왜 그러는지 아무리 물어도 유모는 대답해 주지 않았다. 애거서는 그저 어머니의 변덕이 문제이겠거니 넘겨짚을 뿐이었다. 실제로 그랬다. 어머니는 새로운 일을 시작하거나 진취적인 활동을 하는 데에 거침이 없었다. 하지만 그만큼 변덕이 심한 성격이었다. 그런 어머니의 성격은 일상생활은 물론이고 종교에까지 영향을 미치곤 했다. 어머니는 로마 가톨릭을 믿었다가 얼마 지나지 않아 유니테리언으로 개종해 버렸다. 그러다 잠깐은 조로아스터교에 빠져들기도 했다. 물론 끝내는 다시 영국 국교회로 돌아오긴 했지만, 그사이 피해를 본 것은 책을 읽고 싶었던 애거서였다. 어머니가 한때 믿은 종교에서, 아이가 여덟 살이 되기 전에 글을 읽으면 눈과 뇌에

병이 생긴다고 주장했다. 어머니가 종교를 맹신한 탓에 애거서는 글을 배우지 못하였던 것이다.

하지만 그렇게 막는다고 독서욕에 불타는 애거서의 바람이 쉽게 사그라들 리 없었다. 애거서는 모르는 글자가 있으면 반드시 유모에게 물어봤다. 산책을 할 때면 간판과 표지에 적힌 글자를 물었고 집에 돌아오면 책에 적힌 글을 물었다. 그렇게 자연스레 철자와 단어를 익히기 시작했다. 비록 어깨너머였지만 꾸준히 글자를 익힌 애거서는 마침내 간단한 책 정도는 읽을 수 있게 되었다. 애거서가 글을 읽게 됐다는 건 유모에겐 좋지 않은 소식이었다. 유모는 책 읽는 애거서의 모습을 보고 곧장 어머니에게 보고했고, 제대로 관리하지 못했음을 시인했다. 무엇을 잘못했는지 알 수는 없었지만, 고개 숙인 유모의 모습에 애거서는 미안한 마음이 들어 표정이 어두워졌다. 물론 오랫동안 그러고 있을 수는 없었다. 왜냐하면 이제 스스로 읽어 낼 수 있는 이야기가 수도 없이 많아졌으니까.

글을 읽을 수 있게 되자 산수 문제집을 푸는 일도 즐거웠다. 산수 문제에도 지금껏 알지 못했던 이야기가 가득했다. "사과를 다섯 개 가진 존이 친구에게 두 개를 빼앗겼다면 몇 개가 남았을까?"라는 문제를 보고 애거서는 존이 얼마나 사과를 좋아하는 아이인지를 먼저 생각했다. 그 덕분에 산수 성적은 늘 좋지 않았지만 그녀에겐 별 중요한 일이 아니었다.

그렇게 책 속의 이야기에 한참 빠져 살던 애거서에게
세상에서 가장 기쁜 소식이 들려왔다. 바로 매지 언니가
돌아온다는 것이었다. 기숙 학교에 있던 매지 언니가 방학을
맞아 마차를 타고 집에 도착했다. 화사한 모자와 베일을 쓰고
마차에서 내리는 언니를 보며 애거서는 가장 감동적인 이야기를
읽었을 때 지었던 표정으로 달려들었다. 매지는 애거서에게 신
같은 존재였다. 무얼 하든 자신보다 뛰어났고 특히 이야기를
하는 데 있어서 그녀보다 뛰어난 사람은 전 세계를 다 뒤져도
없으리라 확신했다. 책장에 잔뜩 꽂힌 책들도 언니 앞에서는
시시한 종잇조각이었다.

매지 언니와 함께할 수 있는 날은 하루하루 새로운 이야기로
가득 찼다. 특히 '큰언니' 놀이를 같이하는 것만큼 신나고
가슴 떨리는 일은 없었다. '큰언니' 놀이는, 일단 가상의 인물
'큰언니'를 만드는 것으로 시작됐다. 큰언니는 매지보다도
나이가 많으며, 정신이 나가서 깊은 동굴에 살고 있었다.
큰언니의 겉모습은 매지와 똑같고 목소리는 다르다. 이렇게
가상의 인물을 만든 뒤에는 역할극이 이어졌다. 매지는 천천히
문을 두드리고 들어와 무서운 목소리로 애거서를 불렀다.
애거서는 그녀가 매지인 것을 알면서도 무서움에 덜덜 떨었다.
얼마나 무서워했는지 애거서를 본 어머니가 매지를 나무랄
정도였다. 그럴 때면 애거서는 자신이 하자고 했다며 어머니를

말렸다. 그렇게 한참 놀고 나서 매지가 물었다.

"큰언니가 왔으면 좋겠어?"

애거서는 무서워하면서도 고개를 끄덕였다. 무서움을 가까이하려는 감정이 어디서 자라나는지 애거서는 알 수 없었다. 그저 바들바들 떨고 그러다 결말을 만끽하는 순간의 즐거움을 자꾸만 경험하고 싶었다.

다음 날에도 애거서는 매지를 졸졸 쫓아다녔다. 애거서는 매지에게 끊임없이 이야기를 해 달라며 졸랐고 언니는 이미 가방 가득 새로 채워 왔다는 듯 이야기를 멈추지 않았다. 그녀는 유모와 어머니를 합쳐 놓은 사람처럼 자신이 경험했던 것은 물론이고 책 속의 모험담까지 애거서에게 들려주었다. 게다가 매지 스스로 만든 창작 이야기도 들려주었는데, 애거서는 그렇게 세계 최고 이야기꾼의 소설을 들을 수 있었다. 경탄의 눈빛을 보내는 애거서를 보며 매지는 "너도 이야기를 만들 수 있어."라고 격려해 주는 것도 잊지 않았다. 평소라면 말도 안 된다며 손사래를 쳤겠지만 매지의 말이었기에 애거서는 고개를 끄덕였다. 그러고는 곧장 머릿속으로 이야기를 짜내기 시작했다. 벤슨 선장의 이야기 정도는 이미 만들어 보았지만 매지에게 들려줄 만한 이야기는 더욱 근사해야 했다. 겨우 바다를 항해하는 선장의 이야기로는 성이 차지 않았다. 고심 끝에 애거서는 자신이 가장 잘 아는 곳을 배경으로 이야기를 만들기 시작했다. 아직 글을 쓰는 데 서툴렀기에 분량은 짧아야 했다. 인물의 이름도 되도록 외우기 쉬워야 했기에 아예 본인과 매지의 이름을 가져왔다. 그렇게 얼기설기 엮인 이야기가 한 편 완성되었다. 애거서는 다소 부끄러운 마음으로 매지에게 자신의 이야기를 들려주었다. 애거서가 만든 이야기 속에는 착한 매지와 악한 애거서가 등장했고 거대한 성의 상속을 둘러싼 음모가 펼쳐졌다. 매지는 애거서가 들려주는 이야기를 듣고는 크게 칭찬해 주었다. 신이 난 애거서는 곧장 다른 생각을 떠올렸는데, 그것은 바로 이 이야기를 연극으로 해 보는 것이었다. 마침 등장인물의 이름도 두 사람과 같으니 어려울 게 없었다. 매지 역시 애거서의 제안을 받아들였다. 그 대신 매지는 자신이 악역을 하겠다고 나섰다. 손해 볼 것 없는 제안이었다. 애거서는 내심 악역을 하고 싶지 않았으니까. 그렇게 두 사람은 이야기와 대사를 맞춰 보고는 부모님 앞에서 연극을 펼쳤다. 그것은 애거서에겐 데뷔 무대였다. 작가이자 배우로서의 데뷔 무대. 서툴기 짝이 없는 첫 무대였지만 반응은 뜨거웠다. 관객은 부모님 두 분뿐이었지만 진심 어린 박수와 환호가 애거서의 마음을 그 어느 때보다 들뜨게 했다.

"매지 언니는 훌륭한 작가였어요. 저는 글을 쓸 엄두조차 내지 못하고 있을 때, 그녀는 이미 작가였죠."

훌륭한 데뷔 무대를 마친 애거서와 매지는 남은 방학 내내 이야기를 즐겼다. 그중에서도 매지가 소설 속 이야기를 들려주는 시간은 특별했다. 매지는 애거서가 좋아할 만한 책을 고르는 특별한 능력을 갖추었는지 그녀가 선택한 책은 애거서의 귀를 단박에 사로잡았다. 그중에서도 『셜록 홈즈』는 두려움을 즐기는 애거서에게 안성맞춤이었다. 애거서는 주인공 셜록 홈즈가 꼬일 대로 꼬인 실타래 속 이야기를 풀어내어 범인을 잡는 모습에 매료되었다. 워낙에 뛰어난 작품인 데다, 세계 최고의 이야기꾼 매지가 들려주니 재미가 없을 수 없었다. 그렇게 셜록 홈즈와 첫 만남을 마친 애거서는 스스로 홈즈를 그려 보았다. 파이프를 물고 골똘히 무언가를 생각하는 홈즈. 그런 홈즈의 집, 즉 베이커가 221B의 문이 열리며 새로운 사건이 시작되었다. 상상에 빠진 애거서를 두고 매지는 펜을 들었다. 그러고는 구상하던 단편 소설을 쓰기 시작했다. 매지는 입담만큼이나 글솜씨도 뛰어났다. 몇 편의 단편 소설은 여성 잡지 《베니티 페어》에 실리기도 했다. 홈즈를 상상하던 애거서 앞에 소설을 쓰는 매지가 보였다. 애거서 자신도 짧은 연극을 만들어 내긴 했지만, 소설을 쓴다는 것은 아득히 멀어 보였다. 홈즈 같은 인물을 수없이 만들어야 했고, 그에게 흥미진진한 사건을

끊임없이 의뢰할 줄 알아야 했다. 그런 일은 매지처럼 놀라운
재주꾼만이 해낼 수 있을 것 같았다. 애거서는 다시 침대에 누워
셜록 홈즈를 떠올렸다. 지금 할 수 있는 일은 그 정도뿐이었다.
매지는 그런 애거서 곁에 누우며 아직 들려주지 못한 홈즈
이야기가 많다며 입을 열었다.

　"이번에 홈즈는 어떤 사건을 해결하게 될까?"

　베이커가에 들어서기도 전에 애거서는 흥분감을 느꼈다.
지금의 흥분, 그 감정이 어디로 흘러갈지는 애거서와 매지 모두
알지 못했다.

　매지와 함께한 시간이 얼마 지나지도 않은 것 같은데
방학이 끝나 버렸다. 두 사람 모두 아는 결말이었지만 아쉬움이
잊히는 것은 아니었다. 즐거운 이야기의 결말은 언제나 그렇듯
급작스럽고 헛헛한 법이었다. 애거서는 그것을 견디는 법을
배워야만 했다. 왜냐하면 얼마 지나지 않아 아버지라는 책의
마지막 페이지를 펼쳐야 했기 때문이다.

　집안에서 가장 유머러스했으며 자상했던 아버지, 그는 지병
악화로 세상을 떠나고 말았다. 애거서는 갑작스레 덮어야만
했던 아버지라는 책을 한동안 놓지 못했다. 그것은 어머니도
마찬가지였다. 부유했던 집안은 자연히 위축될 수밖에 없었고
생명의 숨소리 역시 일시에 잦아들었다. 다소 급하더라도 새로운

책을 꺼내 들어야 할 시점이었다. 애거서는 전보다 깊이 책에 빠져들었다. 무작정 새로운 책을 펼쳐 들었고 마지막 장을 덮기가 무섭게 새로운 책을 열었다. 학교에서도 마찬가지였다. 애거서는 새 책을 여는 것처럼 새로운 일의 시작을 일부러 즐겨야 했고 어머니의 변덕에 따라 학교를 옮기는 데에도 익숙해져야 했다. 그녀는 이미 알았다. 어떤 이야기든 시작하기 위해서는 첫 장을 넘겨야 한다는 것을. 그리고 한 걸음, 다른 방향을 향해 몸을 내밀어야 한다는 사실을.

어머니도 모험심 넘치는 애거서의 행동을 말릴 생각은 없었다. 오히려 그녀는 애거서가 무엇을 하느냐보다 무엇을 하지 않으려 하는지에 관심을 가졌고 애거서가 망설일 때면 그것이 어떤 것이든 실행하라며 응원했다. 그날도 시작은 다르지 않았다.

"써 보기 전에는 쓸 수 있는지 없는지 알 수 없어."

겨울밤. 돌아가신 아버지의 자리도, 결혼한 매지 언니의 자리도 줄어든 집에서 애거서는 책을 읽고 있었다. 몇 장 남지 않은 책은 금세 결말을 드러냈고 애거서는 책을 덮었다. 다소 허전한 시간 속으로 어머니가 들어왔다. 어머니는 책을 덮은 애거서를 보며 그러지 말고 글을 써 보지 않겠느냐고 물었다. 매지가 소설을 쓰는 것을 보고 애초에 포기했던 일이었다.

고개를 가로젓는 애거서에게 어머니는 매지처럼 너도 쓸
수 있다며 재차 권유했다. 틀린 말은 아니었다. 이야기를
좋아하기로는 애거서도 매지에게 뒤지지 않았다. 어머니의
말처럼 쓰지 말아야 할 이유도 없었고 못 쓸 이유도 없었다. 그저
지금껏 시작해 보지 않았을 뿐이었다. 어머니는 곧장 노트를
가져다주었다. 마침 읽던 책을 마무리한 것은 다행이었다.
어차피 새로운 이야기를 시작해야 했는데 그걸 직접 써 보는
것도 나쁘지 않을 것 같았다.

　　노트는 빠르게 채워졌다. 몇 장은 실패로 찢겨 나갔지만,
마음에 드는 도입부를 찾은 뒤에는 빠른 속도로 페이지가
넘어갔다. 그렇게 하루도 지나지 않았을 무렵, 이야기의 마지막
부분이 완성됐고, 애거서는 다시 노트의 맨 첫 장으로 향했다.

　　"아름다움의 집(The House of Beauty)."

　　입으로 제목을 천천히 발음하며 그걸 적어 넣자 꽤
그럴듯하게 보였다. 내용은 어디선가 읽은 것 같기도 했지만
아무렴 어떤가? 시작과 끝이 온전히 담겨 있으니 그것으로
충분했다. 어머니는 훌륭히 새로운 시작을 맞이한 애거서를
격려하며 매지가 쓰던 타자기를 들고 왔다. 장비가 마련되자
쓰지 않아야 할 이유가 하나 더 줄어들었다. 애거서는 곧장
새로운 단편 소설을 쓰기 시작했다. 「날개가 부르는 소리」,
「아름다운 헛소리의 도시」. 겨우내 쓴 소설은 작은 책꽂이

하나쯤은 가뿐히 채울 만큼 쌓여 갔다. 타자기로 예쁘게
타이핑되어 나온 원고를 보니 애거서의 가슴에 새로운 모험이
떠올랐다. 그것은 바로 이 원고를 출판사에 투고해 보는
것이었다. 등장인물이 있고 그들이 만들어 내는 사건이 있다.
그리고 그 이야기는 누구나 읽기 좋게 원고로 완성되어 있으니
준비는 이미 끝난 셈이었다. 애거서는 매지 언니를 따라 필명을
쓰기로 하고 '맥 밀러'라는 이름으로 작품을 투고했다. 비록 큰
기대는 하지 않았지만 말이다.

"유감스럽게도⋯⋯."

어머니의 말처럼 쓰지 않을 이유는 없었지만, 그것이 반드시
좋은 작품이라는 법도 없었다. 애거서가 출판사에 보낸 원고는
짧은 거절 편지와 함께 되돌아왔다. 애거서는 포장을 풀지도
않고 다른 출판사에 다시 원고를 보냈다. 그때마다 거절 편지가
쌓여 갔다. 딱히 더 보내 볼 만한 출판사가 생각나지 않을 때쯤
애거서는 생각을 바꿔 보았다.

"단편 소설을 보내는 것은 그만하고 장편을 한번 써 보면
어떨까?"

그것은 지금껏 한 번도 생각해 보지 못했던, 매지조차
끝을 내지 못했던 일이었다. 애거서는 이번에도 안 될 이유가
없다는 것을 생각하며 장편 소설을 구상하기 시작했다. 장난처럼

시작된 일이 본격적으로 사건을 만들어 내고 있었다. 하지만 이번 사건은 전처럼 쉽게 풀리지 않았다. 장편 소설을 쓴다는 것은 작품성은 둘째 치고 완성 자체가 어려운 일이었다. 아무리 구상을 철저히 해도 종반이 되면 플롯이 엉켜 그것을 풀어낼 방법이 없었다. 고심하던 애거서에게 어머니는 이웃에 사는 소설가 필포츠에게 조언을 구해 보라고 권유했다. 아버지가 돌아가시기 전부터 친분이 있었던 필포츠는 애거서의 습작을 기꺼이 읽어 보겠다며 원고를 받아들였다.

"넌 대화를 잘 쓰는구나. 다만, 도덕적인 내용이 너무 많은 것이 탈이야. 각 인물이 스스로 말할 수 있게 내버려 두면 좋을 거야."

필포츠는 성심성의껏 애거서의 작품을 평해 주었다. 그뿐 아니라 참고하면 좋을 만한 작품을 추천해 주기도 하고 심지어 자신의 에이전트를 소개해 주기까지 했다. 애거서는 그의 충고를 받아들여 작품을 고쳤고 필포츠의 에이전트인 휴스 매시를 찾아갔다. 휴스 매시는 애거서의 원고를 살펴보고 출판이 가능할 만한 곳을 찾았지만, 이번에도 돌아온 것은 거절 편지뿐이었다. 결국 애거서는 다시 원고를 돌려받아야 했다. 타고난 야심가였다면 남들이 쉽게 얻지 못했을 끈을 더욱 세게 움켜쥐었을 텐데 애거서의 관심은 거기서 끝이었다. 그저 긴 겨울밤의 재미난 놀이, 애거서는 그 정도에 만족해 버린 것이었다.

"제 생애 최고의 순간은 매지 언니가 집에 올 때였어요."

결혼을 하고 첫아이를 낳은 매지. 그녀는 8월이면 애거서와
어머니가 사는 애슈필드 본가를 찾았다. 어린 시절과는 전혀
다른 모습이었다. 많지는 않지만 두 사람 모두 나이가 들었고
옆에는 어린 조카도 한 명 있었다. 다만 달라지지 않은 점은
여전히 두 사람 모두 책을 좋아하고 이야기를 나누는 데에
대부분 시간을 썼다는 것이었다. 이번에 두 사람의 눈에 들어온
것은 한 신인 작가의 작품이었다. 『노란 방의 비밀』이라는
제목의 작품에는 룰르타비유라는 이름의 탐정이 등장했다.
『셜록 홈즈』와 비견해도 부족함 없을 정도로 훌륭한 플롯과
캐릭터, 그리고 무엇보다 심장을 조여 오는 미스터리한 장면이
이어지는 작품이었다. 애거서는 매지와 한참 동안 이 작품에
관해 이야기를 나누었다. 그러다 마침내 내린 결론은 두 사람
모두 같았다.

"이 작품은 최고의 미스터리 작품이야."

어린 시절부터 추리 소설로 단련된 두 사람이 입을 모아
내린 결론이니 틀릴 리 없었다. 특히 애거서는 작품에 깊이
빠져든 나머지 매지에게 다짐하듯 말했다.

"나도 이런 추리 소설을 써 볼 거야."

애거서는 매지의 타자기로 소설을 쓰던 시절의 기억을
떠올리며 말했다.

"글쎄. 쉽지 않을 텐데. 추리 소설 쓰기가 보통 까다로운 게
아니라서 말이야. 사실 나도 시도는 해 봤는데 항상 실패했어."

세상에 둘도 없는 이야기꾼인 매지 언니가 실패할 정도라니.
애거서는 겁먹을 만도 했지만 묘한 도전욕이 차올랐다. 그래서
애거서는 기한을 정하지 않은 약속, 조금 더 정확히 말하자면
맹세에 가까운 말을 던졌다.

"꼭 쓸 거야."

자신이 아는 세계에서 가장 훌륭한 이야기꾼을 앞에 두고
남긴 다짐, 그것은 작지만 분명한 씨앗이 되어 주었다. 어떤
구체적인 계획이나 행동을 정해 둔 것은 아니었다. 하지만
씨앗은 언제고 때가 되면 싹을 틔우는 법이었다. 애거서는
매지와 함께 이 작은 씨앗을 심어 놓은 지금 이 순간을
잊어버리지 않기로 했다.

**"세상은 제 이야기를 기다려 주지 않았어요. 도리어
자신들의 이야기를 들으라고 강요했죠. 저는 어쩔 수 없이
그들의 이야기에 귀 기울여만 했어요. 세계가 빠져든 전쟁
이야기에."**

애거서가 씨앗에 손을 대기도 전에 독일에서 피어오른 전쟁

이야기가 영국을 덮쳤다. 애거서 역시 그 이야기에서 벗어날 수 없었다. 애거서는 지금껏 해 보지 않았지만, 전장에서 필요한 간호사 일을 자청하고 나섰다. 그곳에서 애거서는 추리 소설 속 사체가 아닌 전쟁터에서 숨겨 간 이들의 시체를 마주해야 했다. 어쩌다 한 번이 아닌 정기 간행물처럼 꾸준히 찾아오는 부상병과 사망자 들을 보살피고 지켜보는 일은 정신과 육체 모두에 강한 인내력을 요구했다. 그렇게 병동 근무를 마친 후에는 제조실 업무를 시작했다. 그곳에서 약에 대해 배우고 올바르게 분류하는 일은 병동 간호 업무에 비하면 쉬운 작업이었다. 심지어 부지런히 일하면 잠시나마 짬이 나기도 했다. 그곳은 그저 약통을 가득 채워 두기만 하면 아무 문제가 없는 곳이었다. 업무에 점차 적응하고 조금이나마 여유 시간이 늘어나면서 애거서는 전쟁 전, 애슈필드 집에서 만들었던 추억들을 노트 위에 하나씩 끄적였다. 아이들과 연극을 했던 방, 유모와 산책을 하던 정원, 어머니의 이야기를 들었던 방과 아버지의 웃음이 넘쳐 나던 거실. 그리고 또 한 곳, 매지와 책 읽고 이야기를 나누던 자매의 방. 그곳의 모습을 떠올리자 자연히 8월, 매지와 『노란 방의 비밀』을 읽던 그때가 생각났다. 거기에는 여전히 작은 씨앗이 하나 놓여 있었다. 매지 앞에서 추리 소설을 쓰겠다고 다짐하며 심어 두었던 씨앗이었다. 애거서는 노트를 아껴야만 했다. 추리 소설을 쓰는 데에는 상당히 많은 종이가 필요했으니까 말이다.

애거서는 일을 마치고 틈이 날 때면 추리 소설을 구상했다.
추리 소설을 쓰는 것은 매지의 말처럼 쉬운 일이 아니었다. 살인
도구와 동기, 범인, 피해자, 그리고 무엇보다 독자의 예상을
뛰어넘는 트릭과 마음을 울릴 만한 이야기가 있어야 했다.
우선은 살인 도구를 정해야 했다. 애거서는 마치 흥미로운 추리
소설 속 범인이 된 것처럼 나이프와 총, 밧줄과 몽둥이까지,
사람을 죽일 수 있는 도구들을 하나둘 떠올려 봤다. 하지만
그것들은 어딘지 모르게 손에 익지 않았다. 책에서 자주 본
살인 도구였지만 막상 사용하려니 이질감이 느껴졌다. 그래서
애거서는 책에서 눈을 돌렸다. 그러자 반쯤 남은 약통이 눈앞에
보였다. 이것이었다. 애거서는 이제 자신에게 가장 친근한 '약'을
살인 도구로 결정했다. 그다음 해야 할 일은 주인공을 만드는
일이었다. 경찰도 좋았지만 애거서는 탐정이 주인공으로 나서길
원했다. 개성 있고 일 잘하는 조수와 함께 다니는 탐정. 다만
셜록 홈즈와는 전혀 다른 모습의 탐정, 그런 인물이 필요했다.
이를 위해선 지금까지 본 탐정과는 전혀 다른 국적의 인물을
창조해야 했다. 애거서는 고민 끝에 영국을 떠나 벨기에로 눈을
돌렸다. 꼭 벨기에 사람이어야 할 필요는 없었다. 그렇지만
벨기에 사람이면 안 될 이유도 없었다. 이렇게 생각해 볼 수도

있지 않을까? 자주 활동하던 교구에 모인 벨기에 난민들, 그들 중에 은퇴한 경찰이나 눈매가 매서운 탐정이 있을 수 있지 않을까? 애거서는 자문자답 끝에 주인공의 국적을 정했다. 이어서 할 일은 옷을 입히는 것이었다. 전직 경찰 출신의 바지와 작은 회색 뇌세포의 코트, 깐깐할 정도로 세심한 모자와 속을 알 수 없는 두툼한 장갑. 그렇게 탐정다운 옷까지 갖춰 입었지만 아직 중요한 일이 남아 있었다. 아직 그에게 이름이 없었던 것이다. 애거서는 셜록 홈즈처럼 인상적인 이름을 지어 주고 싶었다. 그러면서도 작은 덩치의 탐정에게 어울릴 만한 이름을 주고 싶었다. 마음속에서 가장 유력하게 떠오른 이름은 '에르큘스'였다. 헤라클레스를 의미하는 그 이름이 주인공 탐정의 강인함을 드러내 줄 수 있을 것만 같았다. 성은 이름보다 어려웠다. 어떤 의미를 붙이자니 이름의 무게가 지나치게 가벼워졌고, 그러지 않자니 조화롭지 못했다. 여기서 애거서는 직감을 따르기로 했다. 그녀는 머릿속으로 아는 모든 성을 한데 모아 놓고 천천히 이름과 결합해 보았다. 마침내 선택된 성은 '푸아로'였다. 에르큘스 푸아로, 입에 머금기에 다소 불편하다는 것이 단점이라면 단점이었다. 애거서는 그 이름을 거듭 혀로 굴려 보고는 '에르퀼 푸아로'라고 탐정의 이름을 완성했다.

　주인공 탐정이 눈앞에 온전히 그려지자 애거서는 진이 다 빠졌다. 아직 주변 인물과 범인, 그리고 범인이 벌일

사건까지…… 정해야 할 것이 산더미였다. 매지 언니의 말 그대로였다. 추리 소설을 쓰는 것은 여태껏 시도해 본 일 중에 가장 어려운 작업이었다. 게다가 병원 일을 하며 짬짬이 구상을 해야 했기에 집중력은 흩어지기 일쑤였다. 퇴근 후의 모든 시간은 추리 소설을 집필하는 데에 쏟았다. 어머니는 애거서의 새로운 도전을 응원해 주었지만 그것과는 별개로 소설은 산으로 가고 있었다. 어린 시절, 이웃의 작가 필포츠가 경고했던 대로 애거서에겐 플롯을 과다하게 사용하는 버릇이 여전히 남아 있었다. 소설 속 플롯은 꼬이고 꼬여 아무리 뛰어난 탐정 푸아로일지라도 그것을 해결하려면 지나치게 많은 대사와 행동을 동원해야만 했다. 이는 좋지 않았다. 작가 자신도 쉽게 이해할 수 없는 복잡한 플롯이라면 독자들의 눈에서도 멀어질 가능성이 컸다. 애거서는 서커스를 하듯 플롯 묘기를 보여 주고 싶은 것이 아니었다. 그 옛날, 자신의 심장을 조였던 추리 소설의 탄성 높은 즐거움을 전해 주고 싶을 따름이었다. 그녀에게 감탄사는 필요 없었다. 자신도 모르게 흘러나오는 서늘한 한숨을 원했다. 그런 작품을 완성하려면 집중할 수 있는 환경이 필요했다. 애거서는 2주 동안의 휴가 기간을 이용해서 집이 아닌 바위산이 있는 다트무어의 한 호텔로 떠났다. 휴가 일정을 꽉 채워 숙박 예약을 하고 곧장 작품을 써 내려갔다. 필요 없는 부분은 최대한 덜어 내고 "추리 소설 독자라면 어떤 작품을

읽고 싶을까?"라는 질문에 부합하는 플롯만 살려 냈다. 작가
경험보다 독자 경험이 더 풍부한 애거서였기에 독자의 마음으로
돌아가는 일은 어렵지 않았다. 익숙한 경험과 감정을 앞에 두자
트릭이 해결되며 이야기가 풀려나갔다. 물론 그것을 가능하게
한 주인공은 에르퀼 푸아로였다. 그는 애거서가 만들어 놓은
복잡한 길을 예리한 눈과 우직한 걸음으로 걸어 나가 종착점에
다다랐다. 그렇게 애거서의 첫 추리 소설 원고는 마지막 장을
넘길 수 있었다. 이 이야기의 운명은 책 속의 트릭보다 훨씬
어렵고 예측하기 어려울 테지만 그것은 큰 문제가 아니었다.
애거서가 풀어내고 싶었던 가장 중요한 문제는 언젠가 매기와
했던, 추리 소설을 쓰겠다는 약속이었다. 다만 두근거리는
마음이 있다면, 천하의 이야기꾼의 눈에 자기 작품이 어떻게
비칠까 하는 떨림이었다.

**"『스타일스 저택의 괴사건』이 다시 돌아온 것은 제가
그 제목을 잊어 갈 때쯤이었어요. 어둠 속에서 갑작스레
튀어나왔죠."**

애거서는 첫 추리 소설 『스타일스 저택의 괴사건』을
어린 시절에 그랬듯이 출판사에 투고했다. 하지만 이번에도
"유감스럽게도……."라고 시작하는 편지와 함께 원고를
돌려받아야 했다. 예전처럼 다시 투고에 실패했지만 애거서는

크게 동요하지 않았다. 그녀에게 출판은 일종의 덤이었다. 매지와의 약속을 지키는 것, 그리고 쓰고 싶었던 이야기를 완성하는 것. 그게 애거서의 1차 목표였다. 그 외의 것은 '되면 좋은' 정도의 사소한 문제였다.

물론 노력하지 않은 것은 아니었다. 애거서는 투고에 실패할 때마다 꾸준히 다른 출판사로 원고를 보냈다. 마지막으로 투고한 출판사에서도 긍정적인 답이 오지 않자 애거서는 그 일을 멈추고 일상에 집중했다. 마침 시대는 전쟁을 마감하던 중이었고 전장에서 돌아온 남자 친구와 결혼을 약속했다. 식을 마친 후에는 정든 애슈필드 집을 떠나야 했다. 그녀는 이제, 즉 자신만의 가정을 꾸리는 데에 신경을 쏟아야 했다. 2년의 세월은 그렇게 급히 흘러갔다. 그날도 아마 그런 날 중 하루였다. 특별할 것이라고는 아무것도 없는 하루, 추리 소설에서는 보통 그런 날에 사고가 일어나곤 했다. 다만 다른 점이 있다면 오늘의 주인공은 애거서였다. 그녀는 상상할 수 없는 거대한 사건을 맞이해야 했다. 아침에 우편함을 열어 본 그녀는 처음 보는 이가 보낸 편지를 꺼내 들었다. 편지를 쓴 이는 '보들리헤드' 출판사의 편집장 존 레인이었다. 어디서 들어 본 듯한 출판사 이름이었다. 아마도 애거서가 투고한 출판사 중 하나이리라 예측할 뿐이었다. 이번에도 유감을 운운하리라는 생각으로 봉투를 열어 본 애거서는 기막힌 사건을 맞닥뜨린 에르퀼 푸아로의 표정으로 몇 번이고 편지를 다시 읽었다.

"당신의 작품이 마음에 듭니다."

그것은 위대한 사건 현장으로의 초대장이었다.

애거서는 당장 존 레인과 만났다. 잊고 지내긴 했지만
기다리지 않은 것은 아니었다. 책으로 나올 수만 있다면 더
바랄 것도 없었다. 존 레인은 그 사실을 알고 있었다는 듯
다소 불만스러운 작품의 결말을 고쳐 달라 말했다. 애거서는
존 레인의 제안을 받아들이고 곧장 결말을 고치기 시작했다.
2년이나 눈에서 멀어져 있던 작품이었기에 전반적으로 다시
손볼 곳이 많았다. 애거서는 꼼꼼히 그리고 즐거운 마음으로
탈고를 마쳤다. 최종 원고를 출판사에 넘긴 애거서는 기분 좋게
기다렸다. 물론 그 전에 첫 출판 계약을 해야 했다. 계약의 주요
내용에는 2000부가 팔릴 때까진 인세가 없다는 것, 2차 판권의
판매로 생기는 수익은 절반씩 나누어야 한다는 것, 향후 장편
소설 다섯 편은 우선 해당 출판사가 검토하겠다는 것이 있었다.
처음으로 출판 계약을 해 보는 애거서였지만 꽤 불공평한
계약이라는 사실을 알 수 있었다. 애거서는 스스로 되물어야
했다.

"인세? 책만 나온다면 안 받아도 그만이야. 2차 판권? 그럴
일 없지. 향후 장편 다섯 편? 그걸 쓸 수나 있을까?"

모든 대답은 『스타일스 저택의 괴사건』을 출간할 수
있느냐, 없느냐에 맞춰졌다. 그럴 수만 있다면 작가로 사는 삶이
조금 어그러져도 별문제 없어 보였다. 왜냐하면 그때까지만
해도 애거서에겐 다음 작품을 쓸 생각도, 작가가 될 마음도
없었으니까.

**"에르퀼 푸아로 탐정을 주인공으로 열두 편의 작품을
의뢰받았어요. 무려 열두 편의 작품을요."**

애거서의 통 큰 결정 덕에 『스타일스 저택의 괴사건』은
책으로 출간되었다. 매지와의 약속에 비로소 온전한 마침표를
찍을 수 있었다. 출판사로부터 어느 정도 판매가 되었다는
소식을 들었지만 베스트셀러 문턱 근처에도 갈 수 없었다.
그녀의 첫 작품은 독자들 사이에서 빛을 발하지는 못했다. 다만,
작품 속에서 침착하고 날카롭게 사건을 해결하던 탐정 에르퀼
푸아로만큼은 생생히 살아 있었다. 그리고 그런 푸아로를 관심
있게 지켜보던 이가 있었다. 잡지 《스케치》의 편집자 브루스
잉그램은 여전히 작가의 삶을 넘보지 않던 애거서에게 새로운
시작을 권유했다. 자신과 《스케치》가 열두 편의 장기 계약으로
그 시작을 돕겠다는 말도 덧붙였다. 열두 편의 장기 계약서는
거짓말이나 흔한 함정처럼 보였다. 『스타일스 저택의 괴사건』은
겨우 몇천 부 팔렸을 뿐이었으니, 그것 이후로 새로 쓴 작품도

없는 자신에게 열두 편에 이르는 방대한 출간 의뢰를 맡기는 것 자체가 믿기지 않을 수밖에 없었다. 게다가 첫 작품을 쓴 이유도 언니와 했던 정말 작은 내기에서 시작된 것이 아닌가. 애거서는 이 제안을 받아들여야 할지 밤낮으로 고민했다. 그리고 얼마 뒤, 애거서는 브루스 잉그램에게 말했다.

"꼭 써 보겠어요."

익숙한 다짐이었다. 오래전 애슈필드 집에서 매지와 했던 다짐, 그때와 다르지 않은 다짐이었다.

추리 소설 속 모든 사건은 아주 작은 동기에서 시작되고 그것이 밝혀지는 단서 역시 눈에 띄지 않는 작은 것에 담겨 있었다. 어릴 때부터 언니 매지와 수많은 추리 소설을 읽어 냈고 그녀와 내기를 하다가 『스타일스 저택의 괴사건』이라는 추리 소설 한 편을 완성해 낸 애거서는 이 분명한 사실을 알고 있었다. 이미 이 세계의 주인공인 자신이 그토록 사소한 동기와 단서를 놓쳐서는 안 된다는 사실을. 그래서 애거서는 그것을 손에 꼭 쥐었다. 이제 해야 할 일은 자신 앞에 놓인 새로운 사건을 해결하는 것이었다.

**크리스티의 집 앞에 선
당신에게**

애거서의 집에 오시니 어떤가요?
나도 모르게 방문의 고리를
다시 한 번 확인하게 되고,
잔에 가득 찬 와인 속을
들여다보게 되지 않나요?

그렇지만 걱정하지 마세요.
아직 이곳에는 아무도 없으니까요.
당신을 해칠 사람도,
당신을 도울 사람도 없으니까요.
하지만 이제 곧 도착할 입주자들은
조심해야 할 것입니다.

하나, 둘, 셋…….
당신 옆의 빈 의자가 하나씩 주인을 찾고,
당신이 누군가의 이름을 알고,
누군가가 당신의 이름을 알게 되는 그때를,
당신은 조심해야 할 것입니다.

당신이 누군가에게 '아무도'가 아닌
당신 이름으로 각인되는 순간,
그 순간을 조심해야 해요.

왜냐하면,
세상 모든 추리 소설로의 초대장에는
반드시 당신 이름이 필요하니까요.

누구나 들어갈 수 있을 만큼 커다란 문과

모두에게 허락된 손잡이.

그것을 열고 들어가니 오묘한 냄새가 코를 찔렀다.

냄새의 주인은 여럿이었다.

아주 작은 아이부터

눈에 보이지 않을 만큼 커다란 거인까지.

신분의 경계는 없었다. 그들을 나누는 벽도 없었다.

그저 각자의 입에서 뿜어져 나오는 입김과

냄새만이 가득했다.

조지 오웰,
사형수 그리고
코끼리들

조지 오웰
George Orwell

약자가 되는 법은 간단하다.
나보다 강한 자의 밑으로
들어가면 그만이다.
반대 경우는 더욱 쉽다.
나보다 조금이라도 약한 자를
찾아가면 그만이다.
이것은 모두가 강자라고 생각하는,
바로 그곳에서 오웰이 배운
유일한 가르침이었다.

"나에 대한 모욕은 당연했고, 부모를 향한 모욕도 서슴지 않던 곳이었습니다. 그곳에서 저는 한마디로 하층 계급에 속한 아이일 뿐이었습니다."

오웰은 또 야단을 맞아야 했다. 이유를 물을 필요는 없었다. 이유가 있어서 혼난 경우는 없었으니까. 시프리언스 예비 학교에서 오웰은 아무 이유 없이 혼나도 되는 약자였다. 말하자면 약자 집단에 속하는 아이였다. 그곳에서 혼나지 않아도 되는 부류로 나뉘는 일은 간단했다. 집에 고급 자동차가 있는지, 집사는 몇 명이나 있는지, 시골 별장은 얼마나 큰지⋯⋯. 복잡한 연산이 아닌, 숫자의 높낮이만 파악하면 되는 아주 간단한 일이었다. 오웰은 자기 주머니에 든 숫자를 뒤져 보았다.

모두 끌어모아도 손가락을 다 접지 못할 형편이었다. 이 정도 숫자라면 다섯 살 때도 충분히 셀 수 있었는데……. 오웰은 먼지만 나뒹구는 주머니에서 손을 뺀 뒤 매를 맞았다.

　시프리언스 예비 학교는 오웰이 입기엔 치수가 너무 큰 옷이었다. 어머니 역시 그것을 모르지 않았다. 하지만 어머니는 학교의 뒷문으로 오웰을 떠밀었다. 오웰이 강자가 되기 위해서는 시프리언스 예비 학교의 졸업장이 필요했고, 목표를 이루려면 잠시 약자 생활을 하는 것 따윈 감내할 수 있는 고통이라 믿었다. 아들은 아버지처럼 되지 않길, 인도 정부 아편국의 하급 관리 정도에 만족하지 않길 어머니는 간절히 바랐다. 시프리언스 예비 학교 입장에서도 오웰은 필요한 숫자 중 하나였다. 명문고에 얼마나 진학시키느냐 하는 것은 시프리언스가 예비 학교 사이에서 강자로 살아남는 유일한 방법이었다. 그러기 위해서는 부잣집 자제들만으로는 안심할 수 없었다. 그들에겐 더욱 확실한 카드가 필요했고 거기에는 우수한 성적이 적혀 있어야 했다. 오웰은 그런 학생이었다. 시프리언스 예비 학교가 원하는 결과를 가져다줄 학생. 강자가 되고자 하는 이해관계로 얽힌 학교와 어머니의 거래는 그렇게 완성되었고 오웰은 비싼 학비를 면제받으며 학교에 다닐 수 있었다.

　서류에 서명한 뒤에 찾아올 체험은 오롯이 오웰의 몫이었다. 오웰은 자신보다 머리 나쁘고 돈 많은 동기생에게 둘러싸여

멸시를 받았고 교사들 역시 고운 시선을 보내지 않았다. 교장은 특히나 오웰 같은 아이들을 멸시하는 데에 혼신의 힘을 다했다. 가난한 학생을 찾는 방법은 어렵지 않았다. 그저 학생들이 쥐고 있는 크리켓 방망이를 확인해 보면 그만이었다. 누가 더 좋은 크리켓 방망이를 가졌는지에 따라 자연스레 서열이 매겨졌다. 오웰 같은 아이들은 훨씬 더 간단했다. 그들은 가격을 따지기에 앞서 개인 크리켓 방망이를 가지고 있지도 않았으니까. 교장이 그런 아이들에게 모멸감을 심어 주는 방법은 차고 넘쳤다. '그런 아이들'일수록 건강이나 체격이 좋을 리 없었기에 교장은 메뉴판에서 점심을 고르듯 매일매일 무신경하게 가난과 나약함을 경멸했다. 오웰 역시 기관지염과 폐 질환을 앓았기에 교장의 눈에 띄면 인사를 나누듯 멸시당해야 했다. 저택 바닥의 광을 내는 노예처럼 오웰은 학교 명성을 높이고 간판을 닦아 줄 노예에 불과하다는 사실, 오웰은 그 사실을 받아들여야 했다. 그리고 이 모든 노력이 헛되지 않으려면 무엇보다 결과가 좋아야 했다. 다음 단계로 넘어가기 위한 완벽한 결과물, 서류에 기록될 전리품을 가져오지 않는 이상 오웰은 영원히 멸시받으며 살아야 했다. 그런 사실을 잘 알던 오웰은 오로지 목표만을 향해 달리기 시작했다.

악몽 같은 시프리언스 예비 학교 생활의 끝에서 오웰은

이튼의 진학장을 손에 쥘 수 있었다. 그 순간만은 콧대 높던 동기들마저도 오웰의 손을 부러워했다. 크리켓 방망이가 없다는 사실만으로 부끄러워야 했고, 매 맞아야 했던 손이었다. 부잣집 아이들이 보내는 부러움의 시선, 그것은 일찍이 서류에 적혀 있지 않았던 오웰만을 위한 전리품이었다. 오웰은 곧장 이튼으로 향했다. 외면에서 불어오는 바람을 맞아야 했던 예비 학교 시절과 달리 이번에는 오웰의 내부로 소용돌이가 일었다. 오웰은 학교생활보다는 책을 읽는 데 시간을 썼다. 버나드 쇼 같은 작가를 보며 마음속에서 꿈틀대는 무언가를 느꼈다. 그들의 이야기에는 오웰이 있었다. 가난한 이들과 노동자 계급이 있었다. 그들의 생활은 예비 학교에서 자신이 받았던 고통과는 차원이 다른 것이었다. 그 고통을 견뎌 낸 이들, 견디는 이들, 앞으로 견뎌 내야 할 이들이 이 땅에 저주받은 씨앗처럼 흩뿌려져 있었다. 생명의 탄생 앞에 축복을 남기지 못하는 이들이 이토록 많다는 현실은 오웰의 피를 끓게 했다. 사회는 지금까지 줄곧 자신과 같은 이들에게 무례했다. 오웰은 때 이른 선택을 해야 했다. 어머니가 정해 준 답안지에 따르자면, 그는 예비 학교에서처럼 강자가 되기 위해 모든 것을 참고 버텨 내어 명문대에 진학해야 했다. 대학에서도 마찬가지로 인내하고 또 인내하여 고위 공무원의 길에 들어서야 했다. 그것이 하급 관리인의 아들로 태어난 오웰이 겨우 한 발자국 강자의 자리로 내딛는 길이었다. 하지만 오웰은 그 길을 스스로 거부하려 했다. 반항심의 문제가 아니었다. 그저 사회가 자신을 비롯한 약자에게 지나치게 무례하다고 느꼈을 뿐이었다. 무례를 겪는 처지라면 투쟁을 통해 해방되고자 애쓸 수 있었다. 예비 학교에서의 인내 역시 투쟁의 방법이라면 방법이었다. 하지만 무례를 저지르는 입장이 된다면, 조금이라도 힘을 쥔 강자가 된다면, 오웰은 그것을 버텨 낼 방도가 떠오르지 않았다. 손에 무언가를 쥔 자들은 그것을 지키려고 본능적으로 힘을 휘두른다. 자신이 무엇이라고 인간의 본능을 이겨 낼 수 있겠는가? 오웰은 그것에 대항할 자신이 없었다. 문제는 이미 손에 쥔 이튼의 학생증이라는 권력을 놓을 재간도 없다는 사실이었다. 그것 역시 본능이었으니까.

이성과 본능 사이에서 방황하다 오웰은 잡아타야 할 버스를 놓쳐 버렸다. 아쉬울 것은 없었다. 애초에 놓쳐 버린 버스의 번호를 아는 것도 아니었으니까. 오웰은 이어서 도착한 버스에 몸을 실었다. 버스의 목적지는 경찰국이었다. 그곳에 내리는 것이 정답인지 아닌지 오웰은 알 수 없었다. 어떤 지도도 정답을 알려 주지 않았다. 그저 시간이 되었기에 다음 역으로 향할 뿐이었다.

옥스퍼드와 케임브리지를 지나 경찰국에 내린 오웰은

어려운 시험을 통과해 냈다. 경찰이 되자, 다음 목적지는 자동으로 정해졌다. 문제는 오웰의 첫 자리가 영국에 있지 않다는 점이었다. 물론 식민지도 영국의 일부라 여긴다면 오웰이 향하는 그곳도 영국이었다. 사람이 아닌 쿨리가 사는 곳. 코끼리 어금니보다 값싼 목숨을 달고 사는 인간이 즐비한 곳. 오웰의 첫 자리는 버마에 있었다. 인도 정부 아편국의 하급 관리였던 아버지 덕분에 인도에서 어린 시절을 보낸 오웰이었다. 그래서 버마행 배가 낯설지 않았다. 오히려 낯선 것은 같은 영국인의 안내 방송이었다.

"버마에 도착하시면 반드시 헬멧을 쓰셔야 합니다. 인도의 뜨거운 햇살을 견딜 수 있는 것은 두꺼운 두개골을 가진 인도인들뿐입니다. 명심하세요. 저희 같은 유럽인들은 반드시 헬멧을 쓰셔야 합니다."

타국을 식민지 삼은 이들의 입에서 나온 가장 멍청한 소리였다. 안내 방송에는 어떤 논리나 근거도 없었다. 다만 존재하는 것은 안내를 듣는 백인들의 무조건적 수긍뿐이었다. 오웰은 위화감을 느끼며 백인들 사이에 자리를 잡았다. 오랜 시간 항해한 배는 정비를 위해 잠시 정박을 했다. 오웰 역시 바람을 쐴 겸 자리에서 일어났다. 정박 시간이 길지 않아 선원들은 분주히 움직였다. 그들은 배를 정비해야 했고 짐을 실어야 했다. 게다가 그들에게는 너무나 중요한 일이 한 가지 더 있었다. 바로 쿨리들에게 발길질을 하는 것이었다. 백인 선원들은 쿨리들이 조금이라도 굼뜬 모습을 보이면 어김없이 욕지거리를 쏟아 냈다. 손님들의 시선은 아랑곳하지 않았다. 오히려 손님들이 응원해 주는 것처럼 보일 정도였다. 교양이 넘치는 신사부터 젊은 엘리트 학생까지, 누구도 쿨리에게 가해지는 발길질을 막아 주려고 하지 않았였다. 도리어 그들은 아침에 해가 뜨는 모습을 지켜보듯 당연한 광경을 구경할 뿐이었다. 오웰은 선원들의 발길질보다 손님들의 시선에 더 경악했다. 지금 발길질당하는 자가 누구라 한들 나서서 막아야 하지 않는가? 오웰의 의문에 답해 줄 이는 아무도 없었다. 그렇게 짧은 시간이 흐르고 발길질을 한 선원과 고개조차 들지 못한 채 매 맞은 쿨리, 그리고 그런 일을 대수롭지 않은 일상으로 바라보는 백인들이 같은 배에 올랐다. 그렇게 배는 출발했지만 오웰의 시선만은 그곳을 떠나지 못한 채 한참 동안 머물러 있었다.

"그들에게 쿨리는 노예이자 열등한 인간이었죠. 백인은 그들을 다른 종류의 동물로 취급했습니다."

버마에 도착한 오웰은 자신의 의자에 앉았다. 백인 관점에서는 초라한 공무원 의자였지만 버마인에게는 금으로 만든 옥좌처럼 보였다. 오웰은 그러한 간격이 불편했다.

그것은 시프리언스 예비 학교에서 자신이 느껴야 했던 바로 그 간격이었다. 오웰은 거리를 줄일 방법을 고민했다. 정책이나 규율을 바꾸는 일은 불가능했다. 백인과 버마인, 둘 중 누구도 그것을 원하지 않았다. 그렇다면 한 가지 방법뿐이었다. 오웰 스스로 의자에서 일어서는 것, 아주 쉬운 방법이었지만 누구도 시도하지 않았던 일이었다. 오웰은 제국 경찰 중 처음으로 권력의 의자에서 일어났다. 어디로든 출발할 수 있는 몸이 된 오웰은 제일 먼저 버마인의 입이 있는 곳으로 향했다. 백인이 버마어를 배운다는 것은 몽상가 기질을 가진 소설가가 써낸 삼류 소설에서나 볼 법한 일이었다. 백인들은 그렇게 생각했다. 미개한 이들의 언어 따윈 배우긴커녕 불태우기에도 귀찮은 쓰레기 같은 것이었다. 그곳이 버마였는데도 말이다.

오웰은 버마어로 인사를 건넸다. 오웰이 버마인들에게 인사를 건네고 축하를 전하는 만큼 거리가 줄어들었다. 모르는 이가 본다면 마치 모두가 백인처럼 보일 정도였다. 하지만 그것은 잘 그려진 그림에 불과했다. 버마인들의 눈에 오웰은 다소 친절한 백인 권력자일 뿐이었다. 가장 느슨한 철창 밖에서 친절한 미소를 짓는 권력자, 그것이 오웰의 역할이었다. 오웰은 낮이면 제국이 정한 법의 테두리 안에서 버마인을 탄압하고, 밤이면 그들의 언어로 대화를 시도했다. 그렇게 하루하루

지날수록 수치심의 먼지가 쌓였다. 먼지를 털어 내도 달라지는 것은 없었다. 먼지는 본래 쌓이기만 하는 것이니까.

그렇게 버마에서의 세월이 쌓여 가자 오웰은 버마인처럼 말할 수 있게 되었고, 백인들의 잔혹한 농담에도 웃을 수 있게 되었다. 그야말로 버마에 최적화된 권력자, 그 자리에 앉게 된 것이었다.

"그날도 버마였습니다. 언제나 그랬듯 해야 할 일이 잔뜩이었죠. 무엇보다 중요한 것은 제소자들의 아침을 챙기는 일이었습니다. 그 일을 하기 위해 우리는 서둘러야 했습니다. 사형 집행을 말이죠."

죄수들을 사형장으로 끌고 가는 일. 그것은 제국 경찰의 업무 중 하나였다. 제소자들에게 아침을 주는 것과 다를 바 없는 업무. 그날 역시 오웰은 업무를 시작하기 위해 침대에서 일어났다. 오늘 사형당할 죄수는 힌두인이었다. 오웰은 버마인 간수들이 죄수를 끌고 나오는 일을 감독했다. 죄수들은 오늘 죽는다는 사실을 모르는 듯 여느 때와 마찬가지로 무기력한 얼굴이었다. 물론 버마인 간수들도 다를 바 없었다. 이곳이 삶과 죽음의 경계에 선 나라라는 사실을 오웰은 그들의 눈빛을 볼 때마다 떠올려야 했다. 시간이 흘러 집합 나팔이 울리고 간수장이 등장했다. 간수장은 무척이나 게으른 표정과 부주의한 손짓으로 집행을 서둘렀다. 그 역시 종류는 조금 달랐지만 경계에 선 인물이었다.

간수장의 등장에 버마인 간수들은 바삐 움직였다. 그들이 서두르는 시간만큼 사형수들의 삶은 줄어들었다. 물론 사형수들에게 몇 분 더 시간이 주어지더라도 달라질 건 없었다. 고작 한 번 더 기도를 올릴 수 있을 정도였으니 말이다. 야외에 설치된 사형대의 모습이 뚜렷이 보이기 시작할 때쯤, 형장 안으로 개 한 마리가 뛰어 들어왔다. 간수건 사형수건 어쨌든 사람이 많아서 즐거웠는지 개는 꼬리를 치며 이곳저곳을 뛰어다녔다. 그 탓에 사형수들은 걸음을 멈춰야 했고 간수장의 목소리가 높아졌다. 오웰은 간수를 앞세워 개를 잡으려 했지만 신나서 뛰어다니는 개를 잡는 일은 몹시 어려웠다. 사형수와는 다르게 말이다. 몇 번의 실패 끝에 겨우 개를 잡은 간수들은 다시 사형수와 함께 형장으로 걸음을 옮겼다.

이상한 일이었다. 형장에 가까워지면 가까워질수록 오웰의 눈에 형장의 모습이 흐릿해져만 갔다. 그 대신 사형수의 뒷모습은 또렷이 보였고, 그들의 발걸음마저 눈에 쉬이 들어왔다. 팔이 묶여 어기적거리는 모습을 제외하고는 죽음을 맞으러 가는 이의 걸음 같지 않았다. 보폭은 일정했고 속도도 빨랐다. 한 걸음을 내디디면 헝클어져 길게 늘어진 머리칼이 흔들렸고, 다음 걸음에서는 어깨가 들썩였다. 그리고 다음 걸음,

오웰은 자신의 눈을 의심했다.

"모든 게 더없이 만족스럽게 끝났다며 웃어 대는 간수와 간수장. 그들의 목소리 사이사이로 끙끙거리는 개의 소리가 들렸습니다. 그것이 전부였죠. 그날 아침 일과는 말입니다."

사형은 그들의 말처럼 더없이 만족스럽게 끝났다. 오웰이 본 헝클어진 긴 머리카락에 적당한 보폭으로 걷던 사형수는 그렇게 죽음의 강을 건넜다. 줄에 매달려 흔들리는 그의 참담한 모습을 보면서도 오웰은 생각했다. 조금 전 자신이 본 그 장면을.

사형수는 아무렇지 않게 걸었다, 마치 일터에 나가는 사람처럼. 그래서 구두와 바지 밑단이 젖어서는 안 되는 것처럼 물웅덩이를 피하느라 살짝 옆으로 비켜 걸었다. 곧 죽을 이가 보여 준 한 걸음, 그것이 오웰을 충격에 빠뜨렸다.

"대체 곧 죽을 이가 무엇 하러 웅덩이를 피한다는 말인가? 마치 살 날이 지독히도 많이 남은 사람처럼."

오웰은 스스로 반문해 봤지만 아무리 물어도 답을 알 수 없었다. 그저 사형수는 본능적으로 살아 있는 인간으로서의 걸음을 택했고, 그렇게 행동한 것이었다. 그가 사형장을 향해 걷던 그 순간에도 헝클어진 머리카락은 자라고 있었다. 또한 그의 눈은 오웰과 마찬가지로 사형장을 응시하고 있었다. 물론 그의 뇌도 평소처럼 말하였을 것이었다. "웅덩이는 피해."라고.

한 사람을 죽이는 일은 그런 것이었다. 하나의 세계를 산산조각 내는 것, 그럴 권리는 누구에게도 부여되지 않았고 그렇기에 누구도 행해선 안 되는 일이었다. 만약 가능하더라도 그 무게를 견딜 수 있는 인간은 없을 터였다. 오웰은 물론이고 간수장도 마찬가지였다. 하지만 오웰을 포함한 살아남은 모든 이들은 시시껄렁한 농담을 하며 사형장을 빠져나갔다. 왜냐하면, 그들이 방금 죽인 이는 백인이 아닌 식민지의 미개인이었기 때문이었다.

"람, 람, 람!"

자신의 신에게 외치는 사형수의 목소리는 이제 그곳에 없었다. 그리고 그만큼 세상은 허전해졌다.

"그때 나는 느꼈죠. 백인이 폭군이 될 때 그가 파괴하는 것은 다름 아닌 자신의 자유라는 사실을요."

사형수의 기도 소리가 오웰의 침실까지 따라왔다. 단 몇 년 전만 해도 그 기도 소리는 오웰 자신의 것이었다. 크리켓 방망이가 없다고 해서 무시받던 그때의 자신. 아무런 이유 없이 쏟아지는 비참한 모욕을 참아야만 했던 그때의 자신. 그래서 하루도 빠짐없이 마음속으로 기도했던 그때의 자신. 다른 점은 아무것도 없었다. 단지 위치가 조금 달라졌을 뿐이었다. 그 사실을 모르지 않았음에도 지금껏 오웰은 그쪽으로 눈을 돌리지 않았다. 오웰이 입고 있던 것은 제국의 경찰복이었으니까.

　다행인 것은 자리의 높낮이로 생기는 관성은 좋은 쪽으로도 작용했고, 오웰의 펜에 힘을 실어 주었다. 피지배자로서의 오웰 그리고 지배자로서의 오웰. 상반된 두 상황을 모두 겪은 오웰에게 그것은 써내지 않으면 안 될 어떤 것이었다. 자신을 매일 옥죄는 죄의식의 오라를 작품으로 털어 내지 않으면 숨이 막혀 죽어 버릴 지경이었으니까.

　며칠 전, 코끼리를 쏜 일만 해도 그랬다. 아직도 코끼리 몸에 박힌 총알 자리가 아리게 느껴졌다.

　"대체 나는 무엇을 쏜 것인가?"

　오웰의 질문에 대답해 줄 이는 단 하나뿐이었고, 그는 쓰러진 채 대꾸해 주고 있었다.

　그날도 오웰은 자신의 의자에 앉아 있었다. 분명 같은 의자였지만 그 사형수를 목격한 일을 기점으로 그곳에 앉은 마음은 완전히 바뀌어 버렸다. 제국주의의 의자엔 더 이상 취기가 오르지 않았다. 도리어 혐오와 배척의 감정이 스멀스멀 올라와 조금이라도 더 제국에서 멀어지고 싶었다. 하지만 오웰이 아무리 그렇게 하려 해도 의자 자체를 두 동강 내지 않는 한, 아무도 그 모습을 진심으로 받아 주질 않았다. 버마인들에게 오웰은 조금 더 친절한 '제국의 백인'이었다. 그런 오웰에게 전화가 걸려 왔다. 보나 마나 버마인 사이에 시시콜콜한 분쟁이 일어났으리라.

"지금 코끼리 한 마리가 시장을 쑥대밭으로 만들고 있으니 어서 가서 처리하게."

고참에게 걸려 온 전화였다. 버마에서는 가끔 벌어지는 일인데 코끼리는 위험한 동물이었다. 오웰은 총을 챙겨 사건 현장인 시장으로 향했다. 시장에서 난동을 부리는 코끼리는 발정기를 겪고 있었다. 전날부터 발정이 나서 사슬을 끊고 탈출한 뒤, 이곳저곳을 돌아다니다 막판에 시장까지 쳐들어온 것이었다. 코끼리의 난동에 오두막이 무너졌고 소가 죽어 쓰러졌다. 그리고 버마 원주민 남자 한 명이 죽은 채로 바닥에 나뒹굴었다. 오웰은 소총을 들고 코끼리가 달아난 곳으로 움직였다. 오웰 뒤인지 소총 뒤인지 버마인들이 뒤따라오기 시작했고 그들은 어딘지 모르게 흥분한 모습이었다. 오웰은 그들의 흥분 속에서 두려움을 찾을 수 없다는 점이 마음에 걸렸지만, 제국 경찰의 역할을 해내기 위해 코끼리와 마주 섰다. 하지만 코끼리는 어린아이가 곁에 와도 아무런 문제가 없을 정도로 이미 얌전해진 상태였다. 지금까지 한 일은 기억나지 않는다는 듯 평화롭게 풀을 뜯어 먹는 코끼리의 모습에 오웰은 긴장이 풀려 소총을 든 손을 내렸다. 코끼리는 벌써 안정된 상태였고 조련사를 데려와 상황을 정리하면 그만이었다.

오웰은 고개를 돌려 조련사를 찾았다. 하지만 오웰은 조련사를 찾을 수 없었다. 오웰의 눈앞엔 2000명은 족히 될 것 같은 버마인들뿐이었고, 그들의 눈은 한결같이 오웰의 소총을 바라보고 있었다. 그들은 자신의 공간에서 난동을 피운 코끼리를 처단하라고 명령하는 듯 보였다.

"아차!" 하는 생각과 함께 오웰은 손에 쥔 소총을 내려다보았다. 그리고 그 순간 깨달았다. 총을 든 것은 백인인 자신이지만 그것을 당기게 하는 것은 지금껏 지배를 받는다고 생각한 버마인들이었다는 사실을. 오웰은 당장 코끼리를 향해 총을 당겨야 했다. 오웰이 원하든 원하지 않든, 그런 문제는 중요하지 않았다. 이미 그 무대의 주인공은 오웰이 아니었다. 그는 무대 위에 놓인 보잘것없는 소품, 무대 뒤 작가의 뜻대로 놓여야만 하는 소품에 불과했다. 오웰은 자세를 잡아야만 했다. 오웰이 코끼리에 총구를 겨누자 버마인들은 몹시 재미있는 스포츠 경기를 보기라도 하는 듯 숨죽여 가며 오웰과 코끼리를 번갈아 쳐다봤다. 그 시선에는 어서 시작하라는 재촉의 의미도 담겨 있었다.

한 발, 또 한 발. 오웰은 거대한 생명에 총알을 박았다. 코끼리의 숨은 쉽게 끊기지 않았다. 몸은 이미 바닥에 쓰러져 축 늘어졌지만, 숨만은 붙어 있었다. 방아쇠를 당기면 그 순간 막이 내려갈 줄 알았던 오웰은 처참한 기분이 들었다. 이제 막을 내릴 권한은 코끼리에게 넘어갔다. 오웰은 총알이 떨어진 소총을 내려놓고 자신의 개인 권총으로 코끼리의 심장을 노렸지만, 코끼리는 좀처럼 퇴장하지 않았다. 끝나야 할 연극이 지지부진 시간을 끌자 관객들도 점차 흥미를 잃어 갔다. 조금 전까지만 해도 살인자의 눈으로 클라이맥스를 종용하던 그들이었다. 오웰은 더 버틸 수 없었다. 그래서 버마인들 사이를 헤치고 자리를 떠나 버렸다.

그렇게 반 시간쯤 지났을까? 서에 돌아온 오웰에게 코끼리의 숨이 멎었다는 소식이 들려왔다. 또한 코끼리는 벌써 뼈밖에 남지 않았다는 소식도 전해 들을 수 있었다.

"대체 나는 무엇을 쏜 것인가?"

오웰은 다시 물었다. 이번에도 대답은 들을 수 없었다. 보고서를 마저 써야 하는데 낭패였다. 오웰은 보고서의 남은 칸을 그대로 둔 채 보고를 마쳤다. 그런데 이상한 것은 오웰을 제외한 다른 유럽인들은 오웰이 무엇을 쏘았는지 알고 있다는 듯 대화를 했다. 늙은 유럽인은 "그 코끼리를 쏜 것은 아주 잘한 일이네."라며 칭찬을 했고, 젊은 유럽인들은 코끼리의 값이 얼만데 그것을 쏘았느냐며 가볍게 질타를 했다. 그들은 자신이 쏘지도 않았으면서 무엇이 죽었는지 정확히 안다는 듯 말했다. 아니, 이미 그 이상의 논리를 펼치고 있었다. 오웰은 그것이 몹시 이상했다. 방아쇠를 당긴 자신은 아직 아무것도 모르는데 그들은 이미 답을 알고 있다니. 그제야 오웰은 알 수 있었다. 모든 유럽인들, 그들 역시 이 연극에 오른 소품이라는 것을.

집으로 돌아온 오웰은 생각했다. 시프리언스 예비 학교 시절의 자신과 제국 경찰의 옷을 입은 지금의 자신을. "무엇이 달라진 것일까?" 자신에게 물었다. 그러자 허리춤에 찬 권총이 답했다. '죄의식.' 정답이었다. 그것이 전부였다. 그저 차갑고 기름때가 잔뜩 낀 권총 한 자루만큼의 죄의식, 그것이 전부였다. 그때까지 오웰은 총이 있음은 알았지만, 그게 왜 있어야 하는지 물어본 적은 없었다. 총을 찬 자 중에서 가장 사악한 자는 자신이 총을 왜 차고 있는지 모르는 자라는 사실도 알지 못했다. 그저 총을 휘두르는 자와 그 총에 당하는 자, 둘 사이를 분별하는 것만으로도 의식 있는 백인이라 믿었던 것이다. 그것은 분명한 죄였고, 오웰은 오랜 시간 죄를 짓고 있었다. 위험했다. 죄를 깨닫는 자에게만 내리는 형벌이 찾아올 차례였다. 이제 곧 누군가가 방문을 걷어차고 들어와 자신을 잡아갈 것이 분명했다. 게다가 죄를 지은 지 너무 오래됐기에 대가 역시 혹독할 터였다. 오웰은 서둘러 형벌을 준비해야 했다.

"나는 죄의식에서 벗어나기 위해 죄의식에 관한 소설을 쓰지 않을 수 없었습니다."

오웰은 지금껏 쌓은 죄만큼 복역하기로 결심했다. 다행히 복역 방법은 스스로 정할 수 있었고 오웰은 펜을 들었다. 글을 쓴다는 것은 오웰에겐 복역에 뒤따르는 노동이었다. 물론 글로써 자신의 형량을 줄이고 싶은 마음은 없었다. 그것은 그저 죄인이 받아들여야 할 일괴 중 하나였으니까. 다만 바람이 있다면 자신의 글이 누군가에게 질문으로 남는 것. 그 질문이 죄의식이라는 답으로 인도해 주는 것. 그것이면 노동의 대가로 충분했다.

이제 무엇을 써야 할까. 책상에 앉은 오웰은 생각했다. 사형수와 코끼리. 오웰의 펜은 그들의 생명을 적기 시작했다. 기나긴 속죄의 시작으로는 더없이 좋은 이야기였다.

오웰의 집 앞에 선
당신에게

오웰 하우스에 오신 여러분을 만나게 되어
대단히 반갑습니다.
이곳에 오신 분들은 대개 오웰이 『1984』를 어떻게 구상했는지,
『동물 농장』의 동물들을 어떻게 설정하였는지를 묻더군요.

그 질문에 답하기 전에 먼저 한 가지,
여기까지 오시면서 여러분은 무엇을 보았는지 묻고 싶군요.
아주 사소한 것이라도 상관없습니다.
여러분의 발이 닿았고, 눈이 머물렀고,
귀에 스친 것들을 떠올려 보세요.
그리고 그것을 종이에 옮기는 겁니다.
사실 그것이 내 대답의 전부니까요.

믿을 수 없다고요?
행동하지 않고 '믿음'이라는 말을 내뱉으면 위험합니다.
상상하지 않고 '행동'하면 더욱 위험합니다.
그러니 여러분, 자신이 감각한 것을
자기만의 언어로 사유하십시오.
그것이 가능하다면,
미래의 주인은 우리가 될 것입니다.

문을 열자 곧장 벽이었다.
사방을 둘러보아도 벽이 전부였다.
그곳은 견디는 자가 패배하는 곳이었다.
꽉 막힌 벽을 향해 발길질하는 이,
그가 이 집의 주인이었다.

J. D. 샐린저를
세상과 이어 준
단 하나의
연결 고리,
《뉴요커》

10

J. D. 샐린저
J. D. Salinger

> 어디를 향해 달려야 할까?
> 들판에 놓인 수십 갈래의 길들이
> 샐린저를 유혹했다.
> 고개를 돌릴 때마다 새로운 길이
> 안개처럼 피어올랐고,
> 샐린저는 이내 눈을 감았다.
> 그러는 편이 나을 것이었다.
> 눈을 감고 안개에 몸을 누이는 편이
> 나을 것이었다.

"무대 위에서는 무대 위의 삶을!"

신경을 거스르는 경적에 샐린저는 누였던 몸을 일으켰다. 아침이었다. 모두가 같은 시간에 일어나야 하는 밸리 포지 사관 학교의 아침이었다. 왜 모두가 같은 시간에 일어나야 하는지 의문을 품기보다는 옆자리 친구와 함께 이불을 개키는 편이 더 훌륭한 선택인 곳이었다. 침구를 정리한 후에는 다 함께 아침 식사를 하러 가야 했고, 수업과 훈련 그리고 다음 날 아침을 위해 다시 침구를 펼쳐야 하는 시간이 이어졌다. 밸리 포지 사관 학교는 공동 활동을 강조했다. 규칙이 아닌 것은 머릿속에서만 허락되었다. 그래서 샐린저의 머릿속엔 온갖 생각이 가득 차 있었다. 다행히 밸리 포지 사관 학교에서는 잠넘조차 규칙적이어야 했기에 그것들 스스로 열을 맞추었다. 전에 없던 경험이었다. 어머니 품속에 있던 시절, 그가 쥔 기어 장치는 고장이 났는지 말을 듣지 않았다. 그것을 고쳐야 한다는 생각은 가까이 떠올랐다가도 이내 엉뚱한 방향으로 튀어 흩어지기 일쑤였다. 그런 샐린저의 기어를 처음으로 수리해 준 것은 한 뼘 정도 높이로 솟은 캠프의 연극 무대였다. 아버지는 어떤 일에도 집중하지 못하던 샐린저에게 차렷 자세를 알려 주고 싶었다. 몸도 정신도 그렇게 꼿꼿이 설 수 있길 바랐다. 그래서 샐린저는 여름이 되면 캠프에 가야 했던 것이다. 일시적이었지만 규칙과 규율은 샐린저의 자세를 잡아 주었다. 하지만 그의 정신을 잡아 준 것은 따로 있었다. 규칙이라고는 '자유'와 '상상'밖에 없었던 캠프의 연극 무대, 바로 그곳이었다. 샐린저는 규칙대로 상상했다. 무대에 오르는 상상, 그 위에서 다른 이의 이름을 안고 다른 이의 목소리를 내며 다른 이의 삶을 말하는 상상. 샐린저는 그런 상상에 이끌려 캠프의 연극 무대에 올랐다. 연극 속 인물은 헝클어진 자신보다 훨씬 간단했다. 그랬기에 그들의 목소리를 흉내 내고 그들의 삶을 대신 사는 것에 어려움은 없었다. 그저 정면을 바라보기만 해도 충분했다. 아버지의 1차 목표는 그렇게 성공했다. 하지만 샐린저의 내면에 연극이 자리를 차지하기 시작한 것은 아버지로서는 예상 밖의 일이었다. 아버지의 상식에서는 연극으로 성공을 거머쥐는 일은 불가능했다. 다양한 표정과 발성 그리고 차렷 자세를 포함한 모든 몸짓을 완벽하게 해내더라도 연극과 성공, 두 단어의 거리는 사전의 A와 Z만큼이나 멀게 느껴졌다.

아버지는 곧장 샐린저의 머릿속에서 연극을 끄집어냈다. 그러자 부작용이 나타났다. 연극과 멀어진 거리만큼 집중력도 멀어졌다. 공부는 몇 분을 채우기 어려웠고, 독서 역시 몇 문장을 읽고 마는 것이 전부였다. 무대가 사라지니 샐린저의 머릿속의 관객들은 갈피를 못 잡고 헤매기 시작했다. 아버지는 마지막 방법을 꺼내 들었다. 어린아이들이 모여 노는 캠프가 아닌, 제대로 된 사관 학교에 보내는 것, 그것이 샐린저의 고장 난 기어 장치를 고칠 마지막 방법이라 생각했다.

그렇게 샐린저는 밸리 포지 학교 정문에 들어섰다. 그곳에 비하면 캠프의 규칙은 아버지의 말처럼 애들 장난에 불과했다. 샐린저가 하는 모든 행동을 제재할 만한 규칙이 반드시 한 줄씩은 있었다. 모든 것이 이미 정해져 있는 공간 안에서 샐린저는 이전만큼 생각을 늘어놓을 필요가 없었다. 생활과 행동에 관한 모든 규칙은 교범 속에 있었으니 그것을 읽는 것만으로 충분했다. 자연스레 고장 난 기어 장치는 조금씩 말을 듣기 시작했고 몸이 차렷하면 정신도 차렷 자세를 취했다. 성적이 오른 것은 당연했고, 그의 주변으로 하나둘 동기들이 모여들었다.

규칙에 발이 걸려 넘어질 때면 다양한 교내 활동이
샐린저에게 손을 내밀었다. 샐린저는 그중에서 규칙과 가장
멀리 떨어진 것을 선택하기로 마음먹었다. 아버지가 그토록
경계하던 연극과 글. 양손에 쥐기 좋은 두 가지 활동을 덥석
집어 든 샐린저는 얼굴 가득 미소를 지었다. 이미 경험이
있던 샐린저에게 무대가 곧장 허락된 것은 당연한 일이었다.
물론 밸리 포지 사관 학교의 무대였기에 무대 위에도 규칙은
존재했다.

"무대 위에서는 무대 위의 삶을."

다행히 아주 간단한 규칙이었다. 연극을 마친 후에는
급히 손전등을 찾았다. 취침 소등이 된 후에 해야 할 일이
있었기 때문이다. 바로 교내 신문 《크로스드 사브르》를 만드는
작업이었다. 종이 위에 펼쳐진 샐린저의 글은 무대에서의
샐린저처럼 자연스러웠다. 간단한 소식부터 창작에 이르기까지
《크로스드 사브르》는 샐린저의 글로 도배되었다. 그의 손이 닿지
않은 페이지는 발행일이 인쇄된 페이지 정도였다.

애초에 규칙적이었던 시간은 착실히 흘러 밸리 포지 사관
학교에서의 세월도 2년이나 흘렀다. 졸업반이 된 샐린저는
자신의 기어 장치를 고쳐 준 밸리 포지 사관 학교에 선물을 주고
싶었다. 그 정도의 마침표는 남겨야 혼란스러운 어린 시절로
돌아가지 않을 수 있을 것만 같았다. 샐린저는 다시 한 번

손전등을 켰다. 그리고 자신이 가장 잘하는 활동을 시작했다.

"아직은 멀지만, 그리 멀지 않아, 아주 조금만 남은 우리의 나날들. 아, 이제 곧 우리의 눈앞이 흐릿한 이유를 알겠지."

밸리 포지 사관 학교에서의 마지막 장에 담길 글은 '1936년 졸업생을 위한 노래'였다. 그가 쓴 가사는 《크로스드 사브르》에 실렸고, 가사를 노래하는 동기들의 목소리는 무대를 가득 채웠다. 샐린저에게는 정말 완벽한 마무리였다.

"이루지 못한 것이 무엇일까?"

샐린저는 밸리 포지 사관 학교를 나서며 물었다. 학교에서 배운 것처럼 성실하게 답을 생각해 봤지만 결국 떠오른 것은 '없음'이었다. 학업, 연극 그리고 글. 정문에 들어설 때는 무엇 하나 집중하지 못하던 아이가 정문을 나설 때는 무엇 하나 놓치지 않고 당당히 퇴장하고 있었다.

얼마 뒤 샐린저는 다시 한 번 물었다.

"양손 가득했던 성공의 전리품은 다 어디로 간 것일까?"

뉴욕 대학교에 들어간 그의 손에는 초라한 낙제 성적표가 들려 있었다. 갑작스레 규칙이 사라진 세상에서 샐린저는 미처 문단속을 못 했던 것이었다. 사관 학교에서는 자신을 아무렇게나 열어 두어도 상관없었지만 진짜 사회에서는 문을 꼭꼭 잠그지 않으면 도둑이 든다는 사실을 샐린저는 몰랐던 것이다. 도둑은 열린 문으로 들어와 샐린저의 머릿속을 어지럽게 흐트러트렸다. 샐린저는 엉망이 된 집을 정리하느라 다른 데에 신경 쓸 겨를이 없었다. 혼란의 시절, 거기로 돌아가는 일은 그렇게나 간단히 벌어졌다. 샐린저는 또다시 전환점을 찾으러 나섰고 때마침 아버지가 유럽 여행을 권했다. 어떠한 목적을 이루기보다는 이 상황에 마침표를 찍을 수 있길 바라며 샐린저는 유럽으로 떠났다. 하지만 불명확한 목표는 불명확한 발걸음만 남길 뿐이었다. 샐린저는 유럽의 대지를 걸으며 지금껏 겪지 못했던 경험과 만나지 못했던 문화를 접했지만 그것이 전부였다. 그가 생각한 마침표는 유럽 어디에도 없었다.

자신은 물론이고 누구의 기대도 채워 주지 못한 여행의 끝자락에서 샐린저의 어깨는 힘을 잃은 채 처져 있었다. 그런 어깨로 넘을 수 있는 곳이라고는 집 가까이에 있던 작은 대학교, 어시너스뿐이었다. 학업에는 여전히 관심이 가지 않았다. 그저 아직도 정리되지 못한 머릿속을 말끔히 치워 줄 무언가를 찾고 있었다. 샐린저는 한 걸음 뒤로 물러나 보기로 했다. 그러자 밸리 포지 사관 학교가 보였다. 그곳에서의 자신은 꽤 정돈이 잘된 학생이었다. 그리고 열정을 지닌 학생이었다. 무대에서 대사를 읊고, 동기들이 잠든 후에도 글을 쓰던 학생이었다. 그 모습 어디에도 처진 어깨는 찾아볼 수 없었다. 샐린저는 그 모습이

픽 좋아 보였다. 그래서 같은 일을 다시 해 보는 것으로 정리를 시작했다. 아쉽게도 어시너스 대학에는 연극을 할 수 있는 무대가 없었다. 남은 것은 글이었다. 샐린저는 교지 《어시너스 위클리》에 실릴 만한 칼럼을 쓰기 시작했다. 칼럼의 주제는 다양했다. 교내에서 벌어지는 사건과 행사들에 대한 논평부터 문학 작품에 관한 비평까지, 그의 눈에 들어오는 모든 것이 칼럼의 주제가 되었다. 샐린저의 펜은 광기의 장군이 휘두르는 칼부림처럼 곳곳에 흔적을 남겼다. 당대 명성이 자자하던 헤밍웨이의 글에 "실없는 소리만 잔뜩 하고 있다."라며 비판하는 일도 서슴지 않았다. 샐린저는 펜을 휘두르면 휘두를수록 머릿속이 정리되어 가고 있음을 느낄 수 있었다. 그 감정은 마치 밸리 포지 사관 학교 때와 같았다. 세상을 향해 흔적을 남기는 것, 그것만이 자신을 정돈할 수 있는 유일한 방법이라는 사실을 샐린저는 깨달았다.

"어시너스 대학교에 다니며 동료 학생들에게 언제나 이렇게 말했습니다. 언젠가 내 이름을 베스트셀러에서 만나게 될 거라고."

어시너스 대학의 정문을 나설 때, 샐린저의 어깨는 조금 올라가 있었다. 하지만 정답을 행동으로 옮기기에는 아직 많은 도움닫기가 필요했다. 조급해진 샐린저는 서둘러 컬럼비아 대학교로 향했다. 예전과 달리 이번에는 목적이 확실했다. 세상에 흔적을 남길 방법을 배우는 것. 이 선명한 목표 아래 샐린저는 작문을 알려 줄 교수를 찾아 나섰다. 그리고 휘트 버넷 교수의 소설 수업을 청강할 기회를 얻게 되었다. 하지만 샐린저는 아직 불안정한 상태였다. 목표가 확실히 정해졌음에도 수업 시간에 도무지 집중할 수 없었다. 소설의 역사도, 작법도, 합평도 샐린저를 춤추게 하지 못했다. 샐린저는 늘 뒷자리였고 성적 역시 뒷자리를 전전했다. 그렇게 또 한 번의 실패를 눈앞에 둔 그에게 목소리가 들려왔다. 그 특별하지 않은 목소리는 윌리엄 포크너의 「저 저녁 해」를 읽고 있었다. 목소리가 한 문장을 읽으면 딱 한 걸음씩, 포크너가 자신에게 걸어오는 것만 같았다. 샐린저는 급히 창문에서 눈을 떼어 교실 정면을 바라보았다. 그곳에는 소설 수업을 맡은 휘트 버넷 교수가 「저 저녁 해」를 낭독하고 있었다. 잃어버린 모든 것이 한꺼번에 문 앞까지 찾아와 초인종을 누르는 순간이 있다는 사실을 샐린저는 처음으로 깨닫게 되었다.

휘트 버넷의 낭독을 들으며 커다란 감동을 받은 샐린저는 그의 말과 글을 통해서 작가의 길을 그려 가기로 결심했다. 그 길의 이름이 '소설'인 것은 당연했다. 비로소 모든 게 명확해지자 샐린저는 자신의 모든 재능을 쏟아붓기 시작했다. 사방으로 휘둘렀던 펜은 이제 오로지 소설을 위해서만 사용되었고, 그렇게 쓰인 글은 클럽에 묶여 한 편의 작품이 되었다. 클럽의 여분이 떨어질 때쯤 그가 해야 할 일은 스승에게 검사받는 것이었다. 샐린저는 주저했다. 생각만 해도 부끄러운 일이었고 보여 주기 직전까지 작품을 고치더라도 좋은 평가를 받을 수 없을 것만 같았다. 불과 얼마 전, 헤밍웨이의 글을 통렬히 비판하던 샐린저는 어디로 간 것일까? 그의 양어깨에는 겸손과 위축의 담요가 덮여 있었다. 샐린저는 바닥까지 끌리는 무거운 담요를 손에 쥔 채 겨우 버넷 교수의 방 앞에 섰다. 옆구리에 낀 두툼한 서류 봉투는 불안한 샐린저의 손처럼 흔들렸다. 샐린저는 크게 심호흡을 하고, 소설가의 길을 걷기 위해 앞으로 무수히 겪어야 할 일의 첫발을 떼었다. 방 안에는 마치 기다렸다는 듯 휘트 버넷이 있었다.

휘트 버넷은 자신의 방으로 찾아온 이의 얼굴에 놀라움을 감출 수 없었다. 수업 시간 내내 뒷자리에 앉아 몽상만 하는 것 같던 샐린저가 찾아왔으니 당연한 일이었다. 게다가 샐린저가 건넨 것은 휴학 신청서가 아닌 단편 소설이었다. 휘트 버넷은 놀라움을 뒤로하고 샐린저의 작품을 정중히 받아 들었다. 그리고 여느 위대한 작가의 작품을 대하듯 진지하게 페이지를 넘겼다.

"진심으로 그를 존경했습니다. 그를 위해서라면 어떤 일도 할 수 있을 정도였어요."

샐린저의 단편 소설들이 일정 수준 이상의 작품성을 지녔다고 버넷은 판단했다. 놀라운 재능을 발견했기에 버넷은 가만히 앉아만 있을 수 없었다. 그는 수업 중엔 물론이고 강의실 밖에서도 샐린저를 만나 아낌없는 조언과 격려를 전했다. 이제 막 수선가의 길에 접어든 샐린저에게 위대한 스승의 격려는 큰 힘이 되었다. 그 힘을 추진력 삼아 샐린저는 「젊은 친구들」이라는 작품을 완성하고 버넷에게 비평을 요청했다. 버넷은 그 작품을 보고 자신의 눈이 틀리지 않았음을, 위대한 재능이 샐린저에게 있음을 다시 한 번 확신할 수 있었다. 이제 다음 단계로 나설 때라 판단한 버넷은 「젊은 친구들」을 대중 잡지에 투고해 보라고 권했다. 샐린저는 자신의 작품이 벌써 기고할 수준은 아니라며 소년의 미소를 지었다. 그러다 생각을 정리한 듯 스승의 권유를 믿고 《콜리어스》로 향했다. 앞으로 겪게 될 수없이 많은 투고의 첫걸음이었다. 그리고 첫 거절 역시 오래지 않아 찾아왔다. 그것은 자신이 아는 모든 위대한 작가의 시작과 같았기에 샐린저는 좌절 대신 연이은 투고를 했다. 그리고 잇달아 거절 통보를 받았다. 그쯤 되자 샐린저는 다시 담요를 찾아야만 했다. 분명 위대한 스승의 권유였는데 그깟 대중 잡지의 문턱을 왜 넘지 못하는 것일까? 좌절과 함께 혼란이 샐린저를 뒤덮었다. 그런 그의 혼란을 거둬 준 사람 역시 버넷이었다. 문학지《스토리》의 편집장이었던 버넷은 샐린저에게 쉬운 작가의 길을 안내하지 않았다. 돌아가더라도 착실하고 단단한 길을 권했던 것이다. 그는 수많은 투고 실패를 경험한 샐린저에게 비로소《스토리》를 일러 주었다. 샐린저는 버넷의 안내를 받아 도착한《스토리》에서 지금껏 실패한 기억을 단번에 보상받을 수 있었다. 버넷의 낭독을 들었던 그 순간부터 꿈꿔 온 목표가 이루어질 참이었다. 샐린저는 그 시간 속에서 초조함과 동시에 행복을 만끽했다. 혹시나 가만히 있으면 그 감정이 날아가 버릴 것만 같았다. 혹은 잡지에 실릴 자신의 글조차 날아갈 것만 같았다. 그래서 샐린저는 버넷에게 편지를 썼다.

"잡지를 기다리는 하루하루가 크리스마스이브 같습니다."

샐린저다운 채근이었다.

"저에게는 새로운 무대가 필요했어요. 그토록 동경하던 바로 그 무대가요."

25달러의 수입. 전업 작가의 첫걸음으로는 훌륭한 금액이었다. 샐린저는 이 기세를 이어 가고자 학업도 그만두고 작품 활동에 집중했다. 새로이 쓴 작품은 자신감과 함께 서류 봉투에 담겼고 각종 잡지사의 문을 두드렸다. 하지만 패기를 제외하면 걸음마 수준인 원고가 잡지사의 문턱을 넘기에는 무리였다. 적어도 두 다리로 설 정도는 되어야 했다. 버넷의 도움이 다시금 필요한 때인지도 몰랐다. 하지만 이미 작가의 길에 들어선 샐린저에게 버넷은 냉정했다.「살아남은 사람들」, 「가서 에디를 만나 봐」와 같은 작품은《스토리》로부터 번번이 거절 통보를 받았다. 이유는 다른 잡지사와 같았다.

"우리 잡지와는 맞지 않는 작품인 것 같습니다."

버넷의 집에 함께 산다고 믿었던 샐린저였기에 버넷과 《스토리》의 거절은 큰 생채기를 남겼다. 상처에선 불안의 피가 흘렀고 급기야 염두에 두지 않았던 잡지에까지 작품을 보냈다. 그런 잡지가 자신의 작품을 받아 주든 아니든 상관이 없었다. 그저 작가 세계에 연결되어 있다는 느낌이 간절히 필요했다. 그렇게 겨우 이어진 후에는 다시 좌절했다. 샐린저의 작품이 실린 잡지는 가판대의 가장 구석진 곳에 자리를 폈고 누구도 그곳까지 시선을 주지 않았다. 샐린저는 이 연극에 또 한 번 새로운 장이 시작되기를 기다렸다. 그러기 위해서는 커튼이 닫히고 새로운 장이 열려야 했다. 그런데 누가 해 줄 것인가? 누가 자신의 작품과 이름에 주인공의 조명을 비춰 줄 것인가? 샐린저의 머릿속에 단 하나의 이름이 떠올랐다. 그리고 그 이름을 향해 길을 나섰다.

처음 버넷의 방 앞에 섰던 순간, 그때와 모든 것이 똑같았다. 어깨에 덮인 겸손과 위축의 담요도, 떨리는 원고 뭉치도 같았다. 샐린저가 발 디딜 곳으로 선택한 것은 바로《뉴요커》였다. 그는 떨리는 손을 가다듬고《뉴요커》의 문을 두드렸다. 흔들림 없는 철학과 철저한 작품 선정으로 그 어떤 잡지보다 인정을 받던 주간지《뉴요커》말이다. 이곳이라면 작가 인생에 새로운 장을 열어 주기에 충분했다. 물론《뉴요커》가 그 일을 기꺼이 받아들였을 때의 일이었지만.

샐린저는《뉴요커》에 여덟 편의 작품을 투고했다. 지금까지 발표했던 작품 중 가장 좋은 평을 받았던 「요령」이라는 단편도 함께였다. 이 정도면《뉴요커》도 자신을 거절하지 못하리라고 믿었다. 여덟 편만큼의 패기는 아직 남아 있었다. 하지만 샐린저의 패기를《뉴요커》는 오기로 생각했고, 곧장 거절 편지를 보냈다. 그저 잡지의 스타일과 맞지 않는다는 정도가 아닌, 작품의 수준 자체가 미달이라는 것이었다. 샐린저는 무대 분장을 완벽히 마치고 커튼이 열리기만을 초조히 기다리며 외로이 서 있어야 했다.

샐린저는 스스로 커튼을 열어야 했다. 그것이 이 연극의 종연을 막을 유일한 방법이었다. 샐린저는 모든 것을 처음으로 되돌렸다. 앞으로 쓰일 모든 글의 목표는 오로지《뉴요커》였다.

그들이 원하는 글, 그들이 받아 줄 만한 글, 그들이 세상과
소통하는 글, 바로 그런 글을 써야만 했다. 그렇게 결심한 순간,
샐린저의 집으로 한 인물이 찾아왔다. '콜필드'라는 성을 가진
사람이었다. 샐린저는 자신에게 찾아온 그를 유심히 관찰했다.
그는 세상에 없던 인물이 아니었다. 어쩌면 지금껏 몇 번은
마주쳤을 것이고, 또 어쩌면 이야기를 나눠 봤을 수도 있는
평범한 사람이었다. 미국 사회 어디에나 있는, 그래서 눈에 띄지
않는 인물. 콜필드는 그런 존재였다. 샐린저는 그의 외모가 아닌
생각과 행동을 세심히 관찰했다. 그러자 콜필드는 본인 내면에
숨겨 둔 거칠게 헤진 깃발을 꺼내 흔들었다. 샐린저는 그 모습을
노트에 그대로 옮겼다. 하지만 깃발의 모양을 섬세히 표현해
내는 일은 쉽지 않았다. 깃발은 하루마다 다른 방향으로, 또 다른
색으로 바뀌었다. 샐린저는 매일 그와 그의 깃발을 바라보며
노트 속 문장을 고치고 또 고쳤다. 더는 고칠 만한 것이 없다고
생각하며 잠들어도 아침이면 모든 것을 갈아엎어야 했다. 계속된
탈고와 엉망으로 구겨진 노트를 보며 샐린저는 극심한 자괴감에
빠져들었다. 하지만 단 한 가지 확신이 그를 버티게 했다.
그것은 바로《뉴요커》라면 콜필드를, 그가 흔드는 깃발을 매우
좋아하리라는 확신이었다.

구겨진 노트로 가득 찬 휴지통을 몇 번이나 갈고 난 뒤,
샐린저는 정갈한 원고 한 묶음을 서류 봉투에 담았다. 원고의

제일 첫 페이지에는 「매디슨에서 시작한 작은 반란」이라는
제목이 선명히 새겨져 있었다. 봉투의 가벼운 무게는 샐린저를
또 한 번 두렵게 했다. 아직도 그는 콜필드의 깃발처럼
흔들리고 있었던 것이다. 《뉴요커》의 정문에 도착할 때까지도
마찬가지였다. 다행히 깃발이 나부끼는 방향은 《뉴요커》의 정문
쪽이었다.

어떤 무기로 폭격을 해도 열리지 않을 것만 같았던
《뉴요커》의 문이 열렸다. 굳게 닫힌 문을 여는 마법 주문은
힘이 아닌 방향이었던 것이다. 샐린저는 당당히 《뉴요커》
편집부 의자에 앉았다. 1인용의 작은 의자, 여기에 앉기 위해
들인 노력에 비하면 의자의 크기가 너무 작았다. 하지만
그의 작품이 놓일 책상은 거대했다. 그의 상상대로 이곳의
책상이라면 어떤 이야기도 담아낼 수 있을 것만 같았다. 이제
겨우 첫발을 내디뎠다는 건 아직 결승점이 아득히 멀리 있다는
뜻과도 같았다. 물론 이 모든 것은 그날의 뉴스를 보지 않았다는
가정 아래 일어날 일들이었다. 미국은 아직 그의 이야기를,
《뉴요커》는 여전히 샐린저를 자신들의 일원으로 받아들일
준비가 되어 있지 않았다.

"그들이 원하는 것은, 미국이 원하는 것은 작가 샐린저도 아니었고 소설 속 콜필드도 아니었습니다."

다음 날, 미국 가판대에 내걸린 이야기는 샐린저의 「매디슨에서 시작한 작은 반란」이 아니었다. 그보다 훨씬 가깝게 들리는 굉음, 바로 진주만 폭격이 그 자리를 차지했다. 자신이 쓴 뉴욕 이야기보다 저 멀리 진주만에서 떨어진 폭격 소리가 뉴욕과 미국 국민에게 더 절실한 이야기였다. 뉴욕 상류층 자제의 이야기는 낡은 저택의 고요함처럼 가까이 있더라도 사람들의 귀에는 닿지 않았다. 《뉴요커》는 사람들의 이목이 쏠린 방향을 놓치지 않았다. 그 결과 샐린저의 「매디슨에서 시작한 작은 반란」은 책상 위가 아닌 서랍 속 깊숙한 곳으로 옮겨졌다. 이에 불평할 수 없었다. 일찍이 독자와 사회 그리고 작품을 가장 잘 읽고 판단하는 《뉴요커》였기에 자신의 모든 것을 쏟아부은 터였다. 그런 《뉴요커》의 지극히 옳은 결정에 치기 어린 생각으로 반기를 들 수는 없었다. 물론 반기를 든다 해도 그것을 지켜봐 줄 《뉴요커》 관계자라고는 정문의 경비원뿐이었다.

짧은 설렘이 주는 여운은 너무나 길었다. 샐린저는 뉴욕을 떠나 폭격의 현장으로 향했다. 그것이 낡은 저택의 고요함을, 그리고 자신의 조급한 심장 박동을 멀리할 수 있는 유일한 길이었다. 물론 군 생활 중에도 관성처럼 글쓰기를 멈추지는 않았지만 완성된 작품의 종착지가 《뉴요커》는 아니었다. 모든 신경을 집중해도 통과하기 어려운 《뉴요커》를 군 생활 중 짬짬이 써낸 작품으로 통과할 수 있을 리 없었다. 샐린저는 보다 가벼운 선택을 하기로 마음먹고 대중 잡지에 자신의 글을 보냈다. 대중 잡지를 통과할 만한 글을 쓰는 건 이제 샐린저로서는 어렵지 않은 일이었다. 물론 방향을 180도 틀어야 했지만 아무래도 좋았다. 몸은 당대 속에 두고 생각은 가벼이 흩뿌리는 생활, 하루에 딱 하루만큼의 시간을 사는 것도 그리 나쁘지는 않았다. 하지만 가벼운 생각이 모이는 곳에서 어떤 문학적 판단이나 진중한 결정을 기대하기는 어려웠다. 샐린저의 작품을 받은 대중 잡지는 제목을 마음대로 바꾸어 발간해 버렸다. 너무나 익숙한 자신의 이름 위에 낯선 제목이 적혀 있는 것을 본 샐린저는 경악했다. 제목만 봐도 그 정도의 충격이었으니 작품을 펼쳐 보고는 가까스로 몸이 무너지지 않도록 버텨야 했다. 자신의 글 옆으로 온갖 도색 사진들이 도배되어 있었다. 샐린저라는 이름, 한때는 《뉴요커》의 일원으로, 위대한 작가 반열에 올라야 했던 그 이름이 이제는 도색 사진의 일부로 남을 판국이었다. 이대로라면 정말로 그렇게 될 것이 분명했다.

샐린저는 다시 한 번 구원자의 손길을 필요로 했다. 작가의 길에 들어설 때 버넷이 그러했듯이 자신을 구원해 줄 이가

필요했다. 하지만 사방을 둘러보아도 붙잡을 만한 동아줄은
보이지 않았다. 마지막 남은 쪽으로 고개를 돌려야 하는 순간,
샐린저는 고민했다. 그 방향에서도 구원자를 찾을 수 없다면
정말로 끝이었다. 샐린저는 질끈 눈을 감고 서서히 몸을 돌렸다.
그리고 조심스레 눈을 뜨자 조금 멀리 있었지만, 어렴풋이
익숙한 끈이 보이는 것만 같았다. 샐린저는 뒤도 보지 않고
뛰어가 양손으로 끈을 붙잡았다. 거기에는 한 남자의 이름이
적혀 있었고, 직업란에는 '뉴요커 편집자'라고 쓰여 있었다.

　　샐린저의 문 앞에 찾아온 이는 《뉴요커》의 편집자 윌리엄
맥스웰이었다. 그는 《뉴요커》의 책상 서랍에서 「매디슨에서
시작한 작은 반란」을 찾아내 읽어 보고는 완전히 매료되어
샐린저를 찾아왔다. 전쟁과 대중 잡지의 횡포에 몸과 마음
모두가 상해 버린 샐린저는 이번 기회를 반드시 살려야만 했다.
맥스웰은 샐린저에게 보기를 주었다. 이 작품을 그대로 다시
서랍에 넣을 것인지, 아니면 현실에 맞게 수정해서 《뉴요커》에
실을 것인지. 선택은 간단했다. 샐린저는 맥스웰이 제안한
모든 수정 요구를 받아들이고 곧장 작품을 뜯어고쳤다. 그리고
마침내 1946년 뉴욕 가판대의 중앙에 《뉴요커》와 샐린저의
작품이 등장했다. 사람들은 새로운 작가의 이름을 보고 환호했고
샐린저는 《뉴요커》의 일원으로서 인정을 받았다. 샐린저는

이것으로 대중 잡지와의 치욕스러운 인연을 끊을 수 있으리라 믿었다. 물론 그런 곳에 작품을 보낼 여유도 이젠 없었다. 곁눈질과 의심을 할 시간이 있다면 한 줄이라도 더 써야 했다. 《뉴요커》는 한 번 잡은 작가의 재능을 쉬이 놀리지 않았으니까. 샐린저가 다음으로 써낸 작품은 「바나나피시」였다. 이미 작품성을 인정받은 샐린저였지만 이번 작품 역시 호락호락 책상 위에 놓이는 일은 없었다. 그들의 위대한 책상에 작품을 놓기 위해서는 맥스웰의 눈을 통과해야만 했다. 그의 눈이 지나갈 때면 한 가지의 수정 요구가 덧붙었다. 《뉴요커》가 아니었으면 귓등으로도 듣지 않았을 요구였지만 샐린저는 고개를 끄덕였다. 그는 알았다. 《뉴요커》의 수정 요구에는 반드시 이유가 있고, 그걸 따르면 이전보다 좋은 작품이 탄생한다는 사실 말이다.

그런 사실을 앎에도 불구하고 그들의 수정 요구는 때로는 너무 집요하여 샐린저의 진을 뺐다. 막바지에 제목을 정할 때까지도 맥스웰은 작가를 편하게 해 주지 않았다. 샐린저는 「바나나피시」의 최종 제목을 「바나나피시를 위한 멋진 하루」로 정하겠다고 알렸다. 그러자 《뉴요커》에서는 곧장 회의를 소집해 장시간 제목에 관해 토론을 벌였다. 어떤 제목이 작품을 더 완벽히 표현할 수 있을지 그들은 고민했다. 그리고 '바나나피시'를 한 단어로 적을지 둘로 나누어 적을지까지 세세하게 회의를 이어 나갔다. 그들은 작은 띄어쓰기조차 허투루

보지 않았던 것이다. 그런 그들의 태도 앞에서 샐린저는 오만할
수 없었다.

**"그들의 우선순위에는 언제나 작품이 앞서 있었죠. 저는
그저 그들을 믿고 좋은 작품을 쓰면 그만이었습니다."**

《뉴요커》에서 발표할 두 번째 작품 제목은 「바나나피시를
위한 멋진 하루」로 결정되었다. 《뉴요커》의 이름을 보고
샐린저의 작품을 접한 사람 중 몇몇은, 이제 샐린저의 이름을
보고 《뉴요커》를 구입하기 시작했다. 그 작은 변화 역시
《뉴요커》는 그냥 넘기지 않았다. 오래지 않은 시간, 맥스웰이
그러했듯 이번에는 《뉴요커》의 편집자 거스 로브라노가
샐린저의 문 앞에 섰다. 로브라노는 샐린저에게 단도직입적으로
제안했다. 그것은 지금껏 어떤 잡지사나 출판사도 시도하지
않았고, 어떤 작가도 받아 보지 못한 제안이었다. 샐린저는 그의
제안에 어안이 벙벙해져 되물을 수밖에 없었다.

"우선 검토라고요?"

로브라노의 제안은 샐린저의 모든 작품을 《뉴요커》가 우선
검토하겠다는 것이었다. 하지만 그 말이 샐린저의 모든 작품을
실어 주겠다는 의미는 아니었다. 그들은 샐린저의 모든 작품을
세상에서 가장 먼저 검토하고, 《뉴요커》에 맞는 작품만 싣겠다고
했다. 물론 이 거대한 제안에는 그에 걸맞은 대가가 따라붙었다.

"우선 검토 제안을 받아들이신다면 합당한 금액을 지급할 생각입니다."

《뉴요커》는 우선 검토의 대가로 샐린저에게 연 3만 달러를 지급하겠다고 말했다. 샐린저는 다시 한 번 자신의 귀를 의심할 수밖에 없었다. 자신이 손해를 볼 일은 아무것도 없었다. 작품을 써서 그들 마음에 들면《뉴요커》에 실릴 것이고, 그렇지 못한 경우라도 다른 잡지에 글을 게재하면 그만이었다. 돈도 돈이었지만 샐린저는 무엇보다 자신과 자기 작품을 그토록 믿고 알아봐 준《뉴요커》와 로브라노 편집자에게 감사할 따름이었다. 일찍이 어떤 잡지도 자신을 알아봐 주지 않던 시절, 대중 잡지에 속으며 작가 인생을 끝장낼 뻔했던 시간을 지나, 세계에서 가장 위대한 잡지의 유일무이한 제안을 받은 것이었다. 모든 결정은 로브라노가 했을 터였다. 그는 자신의 권력을 어떻게 휘둘러야 하는지 아는 사람이었고, 좋은 작품을 위해서라면 어떤 예외도 둘 줄 아는 인물이었다. 그리고 그런 그가 선택한 것은 바로 샐린저였다. 샐린저는 그의 제안을 토씨 하나 고치지 않고 받아들였다. 샐린저는 더 이상 자신의 글 옆에서 도색 사진을 볼 필요가 없었다.

**"비로소 그들의 이야기를 할 때가 되었다고 생각했습니다.
시간, 돈, 각오. 조건은 모두 갖춰진 상태였죠."**

안정된 삶은 샐린저로 하여금 장편에 도전할 수 있는 여유를
선사해 주었다. 《뉴요커》가 준 선물 꾸러미를 열어 본 샐린저는
자신을 성공으로 이끈 첫 번째 작품 「매디슨에서 시작한 작은
반란」의 콜필드를, 그 성(姓)을 가진 이들을 다시금 등장시켰다.
그들에게는 더 긴 이야기가 필요했다. 그렇게 샐린저는
『호밀밭의 파수꾼』을 집필하기 시작했고, 오래지 않아 작품이
모습을 드러냈다. 물론 모든 이들이 이 작품의 위력을 알아본
것은 아니었다. 작품을 쓰기 전에 계약을 했던 출판사는 "이건
기숙 학교 이야기잖아요?"라는 멍청한 소리로 위대한 작품의
첫 출간 기회를 날려 버렸다. 예전 같았으면 심히 흔들렸을
샐린저였지만 이제 그런 사소한 사건쯤은 담담히 넘어갈 수
있었다. 그의 작품을 원하는 출판사는 얼마든지 있었으니까
말이다. 그렇게 샐린저는 자신의 작품을 알아봐 주는 다른
출판사와 계약을 진행했고 『호밀밭의 파수꾼』은 세상에 첫선을
보였다. 독자의 반응은 뜨거웠다. 그가 언제 단편을 썼느냐는 듯
사람들은 샐린저의 장편 소설에 열렬한 환호를 보냈고 샐린저
역시 그런 반응에 서서히 익숙해져 갔다. 샐린저를 아는 이들은
연이은 성공에 그가 어린 시절처럼 집중력을 잃을까 걱정했다.
하지만 그가 집중력을 잃은 건 목표가 없었던 순간뿐이었다.

샐린저에게는 아직 써야 할 이야기가 남아 있었다. 그 작품 또한 《뉴요커》와 로브라노가 함께라면 문제없으리라. 샐린저는 섣부른 예상을 하며 펜을 들었다.

그러나 긴급 상황은 전혀 예상하지 못한 곳에서 찾아왔다. 《뉴요커》의 편집장으로서 샐린저뿐 아니라 다양한 작가의 수준 높은 작품을 발굴해 온 거스 로브라노, 그는 《뉴요커》에서도 없어서는 안 될 인물이었다. 하지만 생명엔 여느 소설과 마찬가지로 마지막 페이지가 있어서, 아무리 생생하더라도 언젠가 끝날 수밖에 없었다. 로브라노가 그렇게 세상을 떠나자 《뉴요커》의 의자에 외로이 앉은 샐린저는 고개를 떨구었다. 그는 손에 쥔 원고를 물끄러미 바라보았다. 아직 그가 편집해 주어야 할 작품이 남아 있었다.

로브라노의 후임으로 결정된 이는 카트린느 화이트였다. 잡지사의 권력 싸움에서 승리한 그녀는 작가와의 힘겨루기에서도 밀리지 않으려고 했다. 그러기 위해서 제일 높은 곳에 있는 이를 공격하기 시작했다. 단편 소설은 물론이고 『호밀밭의 파수꾼』으로 절정에 올라 있던 샐린저가 타깃이 된 것은 당연한 일이었다. 샐린저는 로브라노가 없는 《뉴요커》에 원고를 제출했다. 샐린저가 아는 《뉴요커》라면 어떤 변명도 작품 앞에 내세우지 않으리라 생각했다. 하지만 《뉴요커》는 보기 좋게 샐린저의 예상을 뛰어넘었다. 결국 그의 원고는 길 잃은 관광객처럼《뉴요커》의 책상 사이에 외로이 서 있었다.

샐린저에게 그 원고는 버넷에게 처음 건넨 작품 혹은《뉴요커》에 처음 실린 작품, 그리고 어쩌면『호밀밭의 파수꾼』보다도 중요한 의미를 지닌 작품, 바로「주이」였다. 우선 검토 계약을 한 후 줄곧《뉴요커》에서만 작품을 발표해 온 그였기에 이제 와서 다른 대중 잡지에 기고하기도 어려운 상황이었고, 무엇보다 자신의 작품을 완벽히 편집해 줄 이들과의 작업 없이 작품을 출간하는 일은 불안하기 짝이 없었다. 하지만《뉴요커》는 어린 시절 자신의 모습을 보듯 혼란스러운 시기를 겪고 있었다. 키를 잡아야 할 선장은 뱃머리를 보지 않았고, 선원들은 그런 선장만 물끄러미 쳐다보고 있었다. 특별한 바람이 불거나 돛을 돌릴 이가 없다면《뉴요커》와 샐린저의 항해는 그대로 멈춰 난파당할지도 모를 일이었다.

"우리가 집중해야 할 것은 이 작품을 잡지에 담는 일입니다."

좌절의 순간이었다. 샐린저의 귀에 냉정하고 낮은 음성이 들려온 그때, 그는 포기의 단어장을 집어 들기 직전이었다. 샐린저의 귀에 닿은 목소리는 익숙하진 않았지만 분명《뉴요커》 내부에서 울린 것이었다. 샐린저는 선장에게서 눈을 돌려 목소리에 집중했다. 목소리의 주인공은 어느새 돛의 끝에 올라 새로운 항로를 가리키고 있었다. 그런 그의 손에 들린 원고는 샐린저의 「주이」였다. 샐린저는 곧장 그의 방으로 찾아갔고 문에는 '윌리엄 숀'이라는 이름이 붙어 있었다. 그것은 바로 샐린저의 작품 인생을 바꿔 줄 세 번째 편집자의 이름이었다.

윌리엄 숀은 알력 다툼에 눈이 멀어 좌초해 가는 《뉴요커》에 진정 필요한 일을 시작했다. 이전과 다른 특별한 방법이나 묘수가 아니었다. 그것은 바로 맥스웰이 그랬고 로브라노가 그랬듯 좋은 작가의 좋은 작품을 완벽히 편집하는 일이었다. 그것만 할 수 있다면 어떤 바다에 나서든 귀한 보물을 얻을 것이 분명했다. 이미 앞선 편집자들의 항해가 그것을 증명해 주었다. 샐린저는 좌절의 끝에 찾아온 구원자의 손을 잡고 자기 작품 인생의 어쩌면 완성이라고 부를 만한 작품 「주이」를 편집하기 시작했다. 편집 과정은 익숙했다. 원고를 건네면 긴 회의가 이어졌고, 회의에 끝에 수정한 원고는 다시 회의실로 향했다. 지독히도 오랫동안 반복되는 작업에도 샐린저는 지친 기색 하나 없었다. 도리어 그 과정을 즐기는 자신의 모습에 어린아이 같은 웃음이 터져 나오기도 했다. 샐린저의 웃음에도 숀은 냉정하고 침착했다. 그는 샐린저의 문장, 단어, 어감 하나까지 놓치지 않으려고 모든 시선을 「주이」 원고에만 집중했다. 그런 그의 눈을 피해 갈 허점이란 존재할 수 없었다. 두 사람의 노력

끝에 1957년 「주이」가 발표되었고 작품의 가장 뒷면 아주 작은
공간에는 윌리엄 숀의 이름이 담겨 있었다.

"그곳에서는 귀머거리에 벙어리 행세를 하며 살 참이었다.
그러면 누구하고도 쓸데없고, 바보 같은 대화를 하지 않아도 될
테니 말이다."

샐린저는 여전히 호밀밭을 걷고 있었다. 함께하는 발자국은
없었다. 이미 하고 싶은 이야기는 책 속에 모두 담겨 있었다.
그런 그에게 더 이상 묻는 것도, 말을 하는 것도 별다른 의미가
없었다. 그것은 오히려 모두에게 귀찮은 일이었고 멀쩡한 책을
낡게 할 뿐이었다. 자신에게서 태어나 훌륭한 편집자의 손을
거쳐 완성된 작품들, 세상과 연결될 고리는 그것이면 충분했다.
새삼 지금에 와서 그들에게 감사 인사를 전할 필요도 없었다.
그들 역시 세상과 작품을 연결하는 일 외에는 관심이 없었다.
그들의 냉정함에 얼마나 많은 구원을 받았던가. 샐린저는
호밀밭의 끝에 서서 생각했다. 구원의 고리, 그 끝에서 마주치고
또 마주칠 이들의 얼굴을 떠올려 보았다. 선명하진 않지만
아무렴 어떤가. 샐린저는 고개를 들었다. 그러자 절벽 한 걸음
너머로 새로운 호밀밭이 끝없이 펼쳐져 있었다. 이 정도면
충분했다. 한 걸음 정도의 간격, 그리고 간격을 연결해 주는 작은
연결 고리. 그것이면 충분했다.

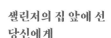

샐린저의 집 앞에 선
당신에게

우리는 여기서 멈출 것입니다.
아직 울타리도, 잔디밭도, 발코니도 보이지 않겠죠.
하지만 우리는 이곳에서 멈춰, 이곳을 집이라 부를 것입니다.

누군가는 이렇게 생각할 것입니다.
내가 유명해지면, 내 작품이 많이 팔리면,
내 목소리가 더욱 커진다면…… 이곳에 높은 담을 세우고,
큰 창을 내고, 위대한 지붕을 올릴 것이라고.

저는 그러면 그럴수록 낭떠러지로 더 가까이 밀려났지만
여러분의 계획을 말리지는 않겠습니다.
다만, 여러분이 지을 집의 문만큼은 활짝 열어 두십시오.

낯선 동심이, 순수한 마음이, 맑은 목소리가
끊임없이 내달릴 수 있도록, 그 모든 것에 당신의 집이
장애물이 되지 않도록, 여러분의 문을 활짝 열어 두십시오.
그리고 가끔 발을 헛디뎌 넘어지는 아이가 있다면,
손에 쥔 크리스털 잔을 던져 버리고 손을 뻗으십시오.
위대한 작가가 될 당신이 지켜야 할 것은 그것뿐입니다.

삐걱대는 소리를 내며 문이 열린다.
어둡고 정갈한 나뭇결을 가진 신발장 앞으로
두 켤레의 신발이 나란히 놓여 있다.
낮은 천장은 그 정도면 충분하다는 듯
여유로운 공간을 만들었고
큰 창은 한쪽 벽을 가득 채우고 있었다.
창밖으로 마당의 풀잎이 바람에 흔들렸고
그 사이로 빛이 들어와 낡은 피아노와
나무 책상을 비추었다.

오에 겐자부로의
빛과 온도,
오에 히카리

11

오에 겐자부로
Ōe Kenzaburō

> 얇은 풀잎 위로 작은
> 빗방울이 내려앉았다.
> 오에 겐자부로는 그것을 가만히 응시했다.
> "세심히 보지 않으면 아무것도 보지 않은 것이다."
> 세심히 볼 때 그것은 겐자부로의
> 세계가 되었다.
> 늦은 밤, 아들의 담요를 덮어 주고
> 나오는 방 끝에 그것이 있었다.
> 그곳에 겐자부로의 새로운 세계가 있었다.

**"빗방울에
풍경이 비치고 있다.
방울 속에 다른 세계가 있다."**

겐자부로는 생애 처음으로 시를 썼다. 누군가가 가르쳐 준 것은 아니었다. 그저 세심하게 바라봤을 뿐. 교장 선생님은 항상 멍하니 무언가를 응시하는 겐자부로에게 핀잔을 주기 일쑤였지만 그의 눈빛이 사물에 머무는 시간은 늘어만 갔다. 그러자 겐자부로는 시를 쓸 수 있게 되었다. 본 것을 그대로 옮겼을 뿐인데 주위 사람들은 그것을 시라고 불렀다. 직접 지은 한 편의 시로 겐자부로는 세상의 몫 중 하나를 자신의 것으로 만들었다. 최초로 느낀 생경한 희열을 어머니에게 전하려고 겐자부로는 서둘러 집으로 향했다. 물론 빨리 도착할 수는 없었다. 나무, 꽃, 흙, 개구리, 잠자리…… 집으로 가는 길엔 겐자부로의 시선을 기다리는 것들이 너무나 많았다. 몇 개의 몫을 자신의 것으로 만들고 집에 도착한 겐자부로는 자신의 세계에 담지 못한 것을 놓쳤다는 사실을 알게 되었다. 아버지가 돌아가신 것이었다.

전날까지도 죽음의 그림자는 없었다. 말 그대로 돌연사였다. 그 짧은 단어로 아버지의 죽음이 설명되어야 했다. 사람들은 장례 준비로 분주해졌다. 누군가의 세상이 변해 가는 순간은 그처럼 부산스럽고 혼란스러운 것이라는 사실을 겐자부로는 처음 알게 되었다.

"어떻게 해야 하지?" 혼잣말로 중얼거리는 어머니의 물음에 답이 나오질 않았다. 어머니도 모르는 것을 어린 겐자부로가 알 턱이 없었다. 세심하게 바라보는 것만으론 부족한 일도 세상에는 있었다. 예를 들면 같은 해 불어닥친 태풍과 종전을 앞두고 의미 없는 싸움을 이어 가는 이들에게 전해 줄 당위 같은 것들. 그것은 시선 밖의 영역이었고 겐자부로의 아홉 살 시절에는 그런 일들이 잦게 일어났다.

주변이 흔들리면 흔들릴수록 겐자부로는 더 많은 것을 시선에 담으려 했다. 그것이 흔들리는 세상을 지탱해 줄 유일한

방법 같아 보였다. 숲속에서 나무를 그리며 놀던 그날도
그랬다. 겐자부로는 오랜 시간을 들여 숲속의 나무를 관찰했다.
나무는 풀잎 위의 빗방울보다 훨씬 거대해 쉽게 내 것으로
만들 수 없었다. 그래서 겐자부로는 집에 돌아갈 수 없었다.
아무것도 보지 않은 채 돌아갈 수는 없었다. 겐자부로는 할
수 있는 한 가장 긴 시간을 나무에 맡겼다. 그 지긋한 시선을
질투한 누군가의 계략이었는지 겐자부로는 감기에 걸리고
말았다. 건강해 보였던 아버지가 돌연 세상을 떠나는 일을
경험한 겐자부로는 자신에게 찾아온 고열이 몹시도 불안했다.
겐자부로는 곁에서 자신을 지켜보며 간호하던 어머니에게
물었다.

　"나는 이제 죽는 거예요?"

　어머니는 겐자부로의 머리를 쓰다듬으며 말했다.

　"네가 죽더라도 난 다시 너를 낳을 거란다."

　겐자부로가 다시 물었다.

　"그 애는 내가 아니지 않나요?"

　그러자 어머니가 말했다.

　"나는 그 아이에게 네가 아는 모든 것과 네가 읽은 모든
책을 선물할 거야."

　어머니의 말에 겐자부로는 고개를 끄덕이며 잠들 수 있었다.

글과 책의 힘을 믿는 어머니. 그런 어머니의 보살핌 아래 겐자부로는 중학교에 진학했다. 아직 점령군이 주둔하고 있던 일본이지만 전쟁이 끝난 것은 엄연한 사실이었다. 천황이 하얀 새라고 믿었던 시절은, 1945년 천황의 항복 선언을 듣고 깨져 버렸고 아버지를 괴롭히던 제국주의 질서는 선생님이 가르치는 민주주의에 덧칠되었다. 새로운 바탕 위에서 겐자부로는 신나게 뛰었다. 책을 읽고 싶으면 책을 읽었고, 공을 던지고 싶으면 공을 던졌다. 세상은 여전히 흔들리고 있었지만 적어도 앞을 향해 나아가고 있다는 믿음을 주기엔 충분했다. 겐자부로 역시 곧장 앞으로 달려가 고등학교의 문을 열었고, 그의 왼손에는 초등학생 시절 어머니께 선물받은 『허클베리 핀의 모험』이 들려 있었다.

"그와의 만남은 내 인생에서 최고로 행복한 만남이었습니다."

고등학교에 진학한 겐자부로가 가장 먼저 한 것은 『허클베리 핀의 모험』의 원서를 읽는 일이었다. 그는 마쓰야마 미국 문학 센터에 가서 원서를 찾아냈고 천천히 페이지를 넘기며 작품을 읽어 나갔다. 어려운 문장도 있었지만 이미 외우다시피 한 작품이었기에 큰 어려움은 없었다. 지금보다 더 어렸을 때, 겐자부로는 새로운 책을 읽고 싶은 열망을 감추고 살아야만 했다. 보고 싶은 책을 모두 보려면 어머니가 다섯 명은 있어야 했을 것이다. 다행히 이곳에서는 그런 열망을 감출 필요가 없었다. 이곳에는 온갖 미국 문학 작품이 즐비해서 페이지가 줄어드는 것을 아쉬워할 필요가 없었다. 겐자부로에게 완벽한 아지트였던 그곳에서 그는 시험을 앞두고도 마크 트웨인을 읽었다. 다른 학생들은 그런 겐자부로를 이상한 아이로 취급했을 터다. 하지만 이상한 것은 겐자부로만이 아니었다. 갑작스레 미국 문학 센터의 문을 열고 들어온 아이는 겐자부로 못지않게 이상한 분위기를 풍겼다. 물론 종류는 달랐지만 말이다.

 "공부할 타입은 아닌 것 같은데?" 마크 트웨인의 책을 넘기다 말고 아이와 눈이 마주친 겐자부로는 그렇게 생각했다. 그도 그럴 것이 그는 교복이 아닌 남색 반코트 차림이었는 데다 외모는 지금껏 본 누구보다 수려했다. 겐자부로는 아이가 길을 잃고 이곳에 들어왔나 착각을 할 정도였다. 하지만 겐자부로의 예상과 달리 아이는 자신과 비슷한 눈길로 책장의 꽂힌 책을 한 권, 한 권 살펴보기 시작했다. 겐자부로는 묘한 분위기의 그 아이를 한참 바라보다가 다시 마크 트웨인의 책으로 시선을 돌렸다. 그때까지도 겐자부로는 전혀 몰랐던 것이다. 자신의 첫 번째 독자가 지금 막 이곳에 들어왔다는 사실을.

 그 아이를 다시 만난 장소는 학교였다. 혼자 교실 청소를 하던 겐자부로에게 다가온 아이는 대뜸 물었다.

"네가 오에니?"

비질을 하다 말고 고개를 들어 보니 미국 문학 센터에서 본 그 아이가 서 있었다. 겐자부로는 당황한 눈빛으로 그렇다고 말하며 고개를 끄덕였다. '선생님이 나를 찾는 걸까?' 겐자부로가 상상할 수 있는 상황은 그 정도였다. 하지만 아이의 다음 말은 겐자부로의 예상을 완전히 뛰어넘는 것이었다.

"네가 쓴 글, 재미있게 읽었어."

뜻하지 않게 자신의 첫 번째 독자와 마주한 겐자부로는 어리둥절한 표정을 지었다. 이 아이는 전학을 오기 전 회지에 실린 글을 찾아 읽고 재밌었다는 말을 해 주기 위해 방과 후 겐자부로에게 온 것이었다. 이런 적극적인 독자라니…… 겐자부로는 처음 느껴 보는 쾌감에 손끝이 떨려 왔다. 그는 자신을 이타미 주조라고 소개했다. 단단해 보이는 그 이름을 통해 겐자부로는 더 넓은 문학의 세계로 접어들게 되었다.

그날 이후 두 사람은 둘도 없는 친구가 되어 미국 문학 센터를 비롯해 책이 있는 곳이라면 어디든 찾아갔다. 책방에서는 없는 돈을 끌어모아 간신히 한 권의 책을 샀고, 헌책방에 들러서는 남은 돈으로 여러 권의 책을 구했다. 어느 날엔가는 헌책방의 쌓여 있는 책 중에서 『프랑스 르네상스 단장』이라는 책을 고르게 되었는데, 그것은 이타미를 만난 것에 못지않은

행운이었다. 책 표지엔 와타나베 가즈오라는 이름이 적혀
있었는데 겐자부로는 처음 보는 이름이었다. 그는 이 낯선 책과
저자의 이름을 품에 안고 돌아와 쉬지 않고 책을 읽었다. 쉬고
싶지 않았다고 말해야 더 정확할 것이다. 결석하면서까지 책을
완독한 겐자부로는 다음 날 이타미를 찾아갔다.

"너무나 훌륭한 책을 만났어. 와타나베 가즈오의 『프랑스
르네상스 단장』. 이걸 읽느라 어제 학교에 가지도 못했지 뭐야."

겐자부로의 말에 이타미는 와타나베 가즈오가 도쿄 대학교
불문과에 재직 중이라는 사실을 알려 주었다. 이타미의 말은
『프랑스 르네상스 단장』의 마지막 페이지를 덮었을 때 받은
충격을 훨씬 뛰어넘는 큰 충격이었다. 겐자부로는 그 순간
결심을 하였다. 도쿄 대학교 불문과에 진학하겠다고.

**"세상에서 가장 유명한 배우를 만나는 것 같았죠. 옷부터
손짓까지 무엇 하나 빛나지 않는 것이 없었습니다."**

학창 시절 내내 책만 보던 겐자부로에게 도쿄 대학교 진학은
높은 벽이었다. 이타미와의 만남도 끊고 오로지 합격을 위한
공부에 매진했지만, 첫 번째 시험에서 낙방하고 말았다. 재수
끝에 마침내 도쿄 대학교 문과 2류에 들어간 겐자부로에겐
동경하던 와타나베 가즈오 교수를 만날 일만 남게 되었다.
그리고 운명의 날, 그토록 떨리는 만남은 그의 인생을 통틀어

마크 트웨인, 이타미 주조에 이어 세 번째였다. 강의실에 앉아 초조한 시간을 보내자 마침내 와타나베 가즈오 교수가 문을 열고 들어왔다. 처음 마주한 와타나베 가즈오 교수의 얼굴엔 품위가 넘쳤다. 목소리에는 사람을 끌어당기는 힘이 담겨 있었고, 끝을 알 수 없는 지적인 분위기 역시 겐자부로에게 그대로 전달되었다. 심지어 교실에 들어와 외투를 벗어 던지는 모습마저 멋있게 보였으니 그의 대학 생활 목표는 이미 정해진 것이었다.

겐자부로는 와타나베 가즈오 교수의 수업을 잘 따라갔다. 하지만 그것만으로는 부족했다. 와타나베 가즈오 교수처럼 학자가 되려면 말이다. 같은 강의를 듣는 동기 중에는 뛰어난, 그러니까 학자라는 직함을 붙이기에 알맞은 이들이 있었다. 그들은 지나칠 정도로 성실했고 섬세한 발자국을 남기는 편이었는데 그것이야말로 학자에게 필요한 자질이었다. 안타깝게도 겐자부로에게 그런 면모는 없었다. 그런 생각이 들자 겐자부로의 마음 한편에서 불안감이 스멀스멀 올라왔다. 겐자부로는 그런 마음을 달래려 이타미를 찾아갔다. 하지만 이타미는 누군가를 위로해 주거나 훌륭한 조언을 해 줄 상태가 아니었다. 상업 미술 사무소에서 일하던 이타미는 자신의 교양 수준과 현격히 차이가 나는 동료들과의 생활에서 따분함을 느끼고 있었다. 고등학생 시절 겐자부로와 같은 이가 주변에

없었던 것이다. 겐자부로는 그런 이타미를 보자 자신의 고민을
해결하는 대신, 친구의 처진 어깨를 두드려 주고 싶었다. 그래서
겐자부로는 펜을 들었다. 오래전, 자신의 글을 재미있게 읽어 준
친구에게 해 줄 수 있는 위로로 가장 적당해 보였다. 처음으로
쓰는 소설. 그것은 일종의 장난과도 같은 일이었지만 겐자부로는
온전히 한 편의 탐정 소설을 완성해 냈다. 겐자부로의 첫 소설이
탄생하는 순간이었다. 그러는 사이 불안감은 어느새 사라졌다.

"좋아, 지옥에는 내가 간다!"

선택의 순간 겐자부로는 버릇처럼 이 말을 중얼거렸다.
『허클베리 핀의 모험』에 나오는 대사였다. 이번 선택지는 졸업
후의 자신에 관한 것이었다. 대학을 다니는 내내 고민을 했지만,
애당초 "학자의 미니어처 정도도 되지 못할 인간"이라고 스스로
규정지은 겐자부로였기에 다른 길을 찾아야 했다. 그러자 그의
눈에 지금껏 쓴 작품들이 들어왔다. 계속해야 한다면 지금이라고
겐자부로는 생각했다. 분명 어려운 선택이었다. 게다가 어느
길을 선택하더라도 선택하지 않은 것에 대한 미련이 평생
따라다닐 터였다. 겐자부로는 긴 시간을 끌어 봤자 나아질
게 없다는 사실을 알았다. 그때 그의 입에서 자연스레 "좋아,
지옥에는 내가 간다!"라는 말이 흘러나왔고 겐자부로는 쌓여
있는 작품 쪽으로 고개를 돌렸다.

확신이 없는 결정은 무모함일 수도 있지만 무모함을 결과로 바꾸어 내는 재능을 지닌 이들에겐 해당하는 말이 아니었다. 겐자부로 스스로 소설가가 되기로 결심하자 그의 작품은 금세 인쇄기에 들어갔다. 겐자부로는 《도쿄 대학 신문》에 단편 「기묘한 작업」을 발표하며 문단에 자신의 이름을 알린다. 그리고는 마치 한 번의 도약을 위해 몇 년씩이나 움츠리고 있었다는 듯 작품을 쏟아 냈다. 첫 작품을 발표한 다음 해 겐자부로는 단편집 『죽은 자의 사치』를 출간하고, 첫 장편 소설 『새싹 뽑기 어린 짐승 쏘기』를 발표했다. 마치 100미터 달리기 선수처럼 빠르게 달린 겐자부로에게 '아쿠타가와상'이라는 금메달이 수여되었다. 2등의 모습은 보이지도 않을 정도로 완벽하고 눈부신 데뷔였다. 갑작스레 하늘 높이 떠오른 겐자부로는 처음 맛보는 높은 세계의 공기를 시원하게 여기면서도 이대로 괜찮은가? 하는 생각에 숨이 막혔다. 하지만 이미 하늘로 떠오른 이상 지금은 시원한 공기에 집중해야 할 때였다. 얼떨떨한 감정에 집중하다가는 곧장 추락해 모든 게 산산이 조각날 터였다. 겐자부로는 지옥엔 빠져나갈 비상문이 애당초 없다는 사실을 떠올리며 펜을 집어 들었다.

"결국, 소설을 썼기에 살아남을 수 있었어요. 심리적으로 불안하고 힘들었지만, 그것이 사치라는 걸 깨닫게 된 것은 그로부터 얼마 지나지 않아서였습니다. 툭 하고 떨어졌거나 아니면 쑥 하고 밀려왔다고 해야겠죠."

스물세 살에 아쿠타가와상을 받으며 문단의 새로운 스타로 부상한 겐자부로는 졸업 논문을 쓰는 중에도 작품을 발표했다. 문단은 그가 던지는 생기 넘치고 묵직한 펀치를 맞으며 즐거워했다. 특히 전쟁이 끝나고 시간이 꽤 흘렀음에도 방황의 시기를 벗어나기 어려워하던 동년배의 젊은이들에게 그의 소설은 절대적인 지지를 받았다. 그것 역시 부담으로 작용하기도 했지만 스스로 선택한 길에 책임을 지는 것이 겐자부로의 철학이었다. 그런 철학을 발휘해 겐자부로는 또 하나의 선택을 했다. 바로 이타미 주조의 여동생 이타미 유카리와 결혼을 결심한 것이었다. 둘도 없는 친구였지만 여동생의 일에 관해서는 예민해질 수밖에 없었는지 이타미 주조는 두 사람의 결혼을 크게 반기지 않았다. 그럼에도 불구하고 두 사람은 무사히 결혼했고 겐자부로는 직업으로서뿐만 아니라 한 사람의 생활인으로서 새로운 삶을 시작하게 되었다. 단 2년여에 불과한 새로운 삶이었지만 말이다.

결혼한 지 3년이 채 되지 않았던 그때 겐자부로는

스스로에게 되물었다. "이보다 더 큰 의미를 갖는 만남이
있을까?" 아무리 기억을 뒤져 보아도 그런 만남은 없었다. 마크
트웨인도 이타미 주조도, 와타나베 가즈오 선생님도 지금 이
만남에 비하면 작디작은 의미에 불과했다. 1963년, 겐자부로
부부에게 첫 아이가 태어난 것이었다. 겐자부로는 첫 아이의
이름을 고민했다. 지금껏 발표한 어떤 작품보다도 어려운
일이었다. 답이 나오지 않을 때면 책을 펼치던 겐자부로는
이번에도 서재로 향했다. 고심 끝에 그가 잡은 책에는
이누이트족의 우화가 담겨 있었다.

세상이 탄생했을 때 지상엔 까마귀가 살고 있었다. 그런데
세상에는 아직 어둠밖에 없어서 까마귀는 먹이를 찾을 수가
없었다. 먹이를 한참 찾아 헤매던 까마귀는 한숨을 쉬며 이렇게
말했다.
"이 세상에 빛이 있다면 먹이를 찾기 쉬울 텐데……."
놀랍게도 까마귀가 그렇게 생각을 한 순간 세상에 빛이 가득
비쳤다. 진심으로 바란다는 것은 이루어질 수 있는 희망을 품는
것이었다.

우화를 다 읽은 겐자부로는 조심스레 책을 덮으며 생각했다.
"진심으로 바란다면 나 역시 얻을 수 있을까? 세상을 환하게

비춰 빛을?"

겐자부로는 아이의 이름을 히카리(光)로 결정했다. 겐자부로의 첫 아이에게는 그것이 간절히 필요했다. 태어날 때부터 혹을 달고 나왔고 배 속을 통과했음에도 세상을 마주하지 못한 아이에게 빛(히카리)은 진정 필요한 것이었다. 겐자부로는 이제 막 태어난 아이에게, 빛을 볼 수 없고 머리에 혹이 달려 평생 장애를 안고 살아가야 할 아이의 눈에 빛을 선물하고 싶었다.

히카리를 담당한 의사는 아이가 수술을 하더라도 나을 수 있을지 모르고, 심지어 생사 여부도 장담할 수 없다며 경고를 했다. 힘겨운 결정의 순간이 다가오자 겐자부로는 자신의 낙관적인 성격에 감사를 전하고 싶었다. 겐자부로는 신생아실을 창문 너머로 물끄러미 바라보았다. 거기에는 히카리를 비롯해 질환을 앓는 아이들이 누워 있었다. 남들이 들으면 이상하다 생각할지 모르지만 겐자부로의 눈에는 다른 아이들보다 히카리의 뺨이 훨씬 붉고 생기 있어 보였다. 그런 아이라면, 그 정도의 생명력을 보여 주는 아이라면 걱정할 것이 없었다. 수술하면 아이는 나아질 것이다. 그리고 남들보다 조금 늦겠지만, 빛을 볼 수 있을 것이다. 겐자부로는 다짐하듯 고개를 끄덕였다.

"저건 흰눈썹뜸부기예요."

겐자부로 부부의 진심은 히카리에게 빛을 안겨 주었다.
지적 장애는 낫지 않았지만, 생명의 색은 더 밝게 홍조를 띠었다.
그거면 충분했다. 매일 아이의 곁에서 담요를 덮어 주는 일을 할
수 있다면 그것으로 충분했다. 히카리 역시 욕심을 내지 않았다.
조금 늦을 뿐이었다. 걸음도, 말도, 완벽한 문장을 소리 내는
것도 조금 늦을 뿐이었다.

겐자부로 부부는 인내심을 가지고 아이의 성장을 기다렸다.
그렇게 히카리가 여섯 살이 되던 해, 그날도 여느 때처럼
겐자부로 부부와 히카리는 산책을 나갔다. 매일 보던 풍경
가운데 흰눈썹뜸부기가 풀 위에 앉아 있었다. 히카리는 어린
시절 겐자부로가 그랬던 것처럼 작은 벌레를 가만히 쳐다보았다.
깊이 바라보면 진짜 세계를 만날 수 있다는 경험, 히카리 역시
그런 경험을 마주하는 순간이었다. 한 세계를 자신의 것으로
만든 히카리는 마침내 "저건 흰눈썹뜸부기예요."라며 완벽한
문장을 구사했다. 그 짧은 한 문장에 겐자부로는 머리가
멍해졌다. 지금껏 더한 감동을 느껴 본 기억을 찾으려야 찾을 수
없었다. 자신의 아이가, 한때는 생명을 장담할 수 없었던 아이가
스스로의 두 눈으로 세상을 온전히 재창조하여 펼쳐 낸 순간,
그런 히카리의 모습을 보며 겐자부로는 자신의 작품 세계에서
여태껏 풀리지 않던 질문의 답을 받을 수 있었다.

오에 히카리
Ōe Hikari

겐자부로가 끙끙 앓고 있던 문제의 핵심은 '한계'였다. 데뷔 후 짧은 시간 만에 닿을 수 있는 가장 먼 곳에 도달해 버린 것은 아닐까 하는 생각이 그의 머리에서 떠나지 않았다. 그때까지 겐자부로는 있는 그대로의 이야기가 아닌, 더욱 넓은 세계를 담을 수 있는 상상을 바탕으로 작품을 써 내려가고 있었다. 물론 사람들은 데뷔하자마자 전후 세대 작가의 선봉에 선 겐자부로의 작품에서 사회 비판적 목소리를 마치 경생이라도 하듯 찾아냈다. 겐자부로 스스로는 그러한 의식 아래 작품을 발표한 것은 아니었지만, 전쟁의 막바지에 태어나 어린 시절을 보냈고 혼란의 시기에 도쿄로 상경한 청년이 겪을 수밖에 없었던 시대적 체험이 소설 속 인물들의 얼굴에 비칠 따름이었다. 그것은 다만 어디까지나 조명 정도에 불과했다. 그리고 그런 자신의 작법에 한계가 느껴지기 시작했다. 겐자부로는 그러한 세계에 갇혀 있어선 안 된다고 생각했다. 관념적인 상상에만 의존하는 소설을 평생 쓰는 것은 불가능하다고 판단했다. 그런 순간에 겐자부로는 히카리와 만났고, 자신의 진실한 현실을 작품에 담아내자고 결심했다.

그 결심을 바탕으로 『공중 괴물 아구이』, 『개인적인 체험』 등 겐자부로의 새로운 문학 세계를 열 작품들이 차례로 발표되었다. 작품 안에는 히카리와 겐자부로가 그대로 담겨

있었다. 겐자부로는 직접적인 현실을 소설로 승화시킴으로써
작품은 물론이고 히카리와의 생활도 더욱 굳건히 다져 나갔다.
물론 이전 작품에서 보이던 전후 세대 젊은이들에게 던지는
사회 비판적인 메세지가 약해졌다고 여기는 일부 독자들도
있었다. 그들은 겐자부로의 새로운 스타일에 반감을 표했고
그와 히카리의 신변에 위협을 가하기도 했지만 겐자부로는
흔들리지 않았다. 도리어 겐자부로는 새로운 작품에 대한
비판에 "히카리에 관해 쓰는 것은 내 문학에 있어 거대한
기둥과 같습니다."라고 답하며 흔들림 없이 활동을 이어
나갔다. 히카리는 겐자부로와 작품을 받쳐 주는 반석이었다.
겐자부로와 히카리는 서로 보살피고 기대고 함께하며 반석을
더욱 단단하게 만들었다. 어떤 바람이나 파도도 그것을 흔들리게
할 수 없었다. 그렇게 놓인 일상의 반석 위에 겐자부로는 새로운
탑을 쌓아 올렸다. 이 탑은 히카리가 태어나기 전, 지나치게
젊었고 지나치게 목소리가 컸던 지난날의 탑과는 달랐다. 새로
만든 탑엔 강렬한 장식은 없었지만 무엇보다 진실했다. 그리고
타인의 시선이 아닌 히카리와의 눈 맞춤으로 만들어진 탑이었다.
그랬기에 겐자부로는 오랜 시간 지치지 않고 탑을 바라볼 수
있었다. 지속 가능한 작업의 계기와 믿음, 그것은 히카리가
소설가로서의 겐자부로에게 준 소중한 선물이었다.

"어떻게든 죽을 때까지 글쟁이로 먹고살 수 있을 것 같았죠. 단지 그뿐이었습니다."

히카리와 함께한 시간이 쌓여 갈수록 겐자부로의 작품도 켜켜이 쌓여 갔다. 고개를 한껏 들어 올려도 끝이 보이지 않을 정도였다. 바람이 무수히 불었다. 비평가들의 독설이 한차례 휩쓸고 지나가면 성난 독자들의 목소리가 불어왔다. 그럼에도 겐자부로가 쌓아 올린 작품의 탑은 흔들리지 않았다. 탑의 가장 아래, 거짓 없이 단단한 현실과 히카리가 있었기 때문이었다. 노벨 문학상을 수상하던 그날도 그랬다.

집 밖에 기자들이 진을 치고 있는 것을 제외하면 평소와 다를 바 없는 저녁이었다. 거실에서 각자 시간을 보내던 중에 전화벨이 울렸다. 집의 전화는 모두 히카리의 몫이었다. 그것은 히카리의 취미이기도 했다. 히카리는 '여보세요'와 '안녕하세요'를 프랑스어, 독일어, 러시아어, 중국어, 한국어로 완벽히 구사할 줄 알았기에 전화받는 데 어려움이 없었다. 그런 히카리가 전화를 받고는 'No!'라고 대답했다. 이어지는 침묵. 겐자부로는 히카리에게 수화기를 넘겨받았다. 수화기 너머에서 스웨덴 아카데미 노벨 문학상 선정 위원회의 목소리가 들렸다.

"겐자부로 씨입니까?"

겐자부로가 답했다.

"방금 아들이 노벨상 수상을 거절했나요?"

위원회는 같은 질문을 했을 뿐이라고 답했다. 히카리에게 겐자부로냐고 물었으니 답은 'No!'가 정확했다. 겐자부로는 위원회와 몇 가지 대화를 나누고 전화를 끊었다. 다시 소파에 앉은 겐자부로는 읽던 책을 펼쳐 들었다. 그러고는 뭔가 깜빡한 게 있다는 듯 말했다.

"노벨상을 받게 되었어."

그러자 가족들은 이렇게 답했다.

"아, 그렇군요."

차분한 가족들의 반응 뒤로 전화벨이 울리기 시작했다. 각국에서 걸려 온 축하 전화는 멈출 생각을 않았다. 언제나 호들갑스러운 것은 외부 사람들이었다.

"삶이라는 것은 정말로 불가사의한 것이죠. 혼자서 담요를 잘 덮지 못하는 히카리를 위해 매일 밤 담요를 덮어 주며 시간을 보냅니다. 그 시간이 내게 준 것은 글쎄요…… 빛이라고 해야 정확할 겁니다."

밤 12시. 화장실에 가려고 일어난 히카리를 기다렸다가 담요를 덮어 준 겐자부로는 아들과 짧은 대화를 나누고 잘 자라며 인사를 건넸다. 그 짧은 시간의 반복이 어느덧 몇십 년째였다. 그런 반복이 끝나고 아침 해가 떠오르면 이제 겐자부로의 차례였다. 그는 원고지에 글을 쓰기 시작한다.

원고지 밖에서는 구부정하게 앉은 히카리가 음악을 듣고 있고 거실엔 히카리의 음악 소리와 겐자부로의 펜 소리가 교차하며 퍼졌다. 이 풍경이 겐자부로의 글이었다. 이 풍경으로 겐자부로와 그의 펜은 길을 잃지 않을 수 있었다. 잠시 안개가 끼고 어둠이 내린다 해도 그 풍경에는 '빛'이라는 이름을 가진 아이가 있으니 걱정할 것이 없었다. 점심을 먹자는 아내의 목소리에 겐자부로는 잠시 펜을 내려놓고 히카리의 곁으로 다가간다. 여전히 음악에 집중하고 있는 히카리의 어깨에 양손을 올리자 익숙한 온기가 손을 타고 전해진다.

히카리는 오늘도 같은 온도였다.
겐자부로는 오늘도 글을 쓸 수 있었다.

오에의 집 앞에 선
당신에게

멀리서 단 하나의 빛을 보고 오신 여러분을 환영합니다.
저는 이 집을 완성하는 동안 많은 빛을 만났습니다.
때로는 모험심 가득한 빛을 만날 때도 있었고,
때로는 검은 연기 같은 뿌연 빛을 만날 때도 있었습니다.
그 빛들은 나를, 그리고 이 집을 차근차근 만들어 주었죠.

마침내 창을 낼 때가 되었습니다.
저는 어디로 창을 내야 할지 한참 고민했습니다.
그러던 제게 낯익은 풍경 같은 빛이 비쳤습니다.
너무나 익숙한 나머지 그 빛을 지나칠 뻔하기도 했습니다.

간신히 붙잡은 그 빛은 지금 제가 손가락으로 가리키는
방향을 향했습니다. 저는 그곳으로 창을 내었습니다.
지금 여러분이 바라보는 그 창 말입니다.

이제 그 창을 향해 또 다른 빛이 비칠 것입니다.
부디 그 빛이 가리키는 방향을 잃지 마시길 바랍니다.
그리고 부디 그 빛이 어디서 시작되었는지
되짚어 가 보시길 바랍니다.
펜과 종이. 창을 낼 도구는 이미 충분하답니다.

하늘이 환하게 뚫린 네모난 정원에는
커다란 식탁이 자리했다.
냄비와 팬이 분주히 지글대는 부엌은
정원 바로 옆에 있었고,
갓 준비된 식사와 와인이 식탁을 채워 나갔다.
현관의 벨 소리가 울리면 친절한 웃음소리가 쌓였고,
기분 좋은 열기에 따뜻해진 공기,
집과 정원이 달아오르기 시작했다.

줄리언 반스와
팻 카바나,
예감은 틀리지
않았다

줄리언 반스
Julian Barnes

한없이 내려간다.
지하로 지하로.
끝없이 이어지는
계단 아래로.
반스는 잠시도
쉬지 않았다.
일자로 된 지하 계단을
끝없이 내려갔다.

"죽고 나면 기억은 어떻게 되는 것일까?"

반스가 아는 이야기라면 곧 에우리디케를 만나야 했다. 그녀를 만나 손을 잡고 다시 이 계단을 올라가야 했다. 단, 그녀의 얼굴을 봐서는 안 되었다. 그리움의 갈증이 자신을 메마르게 해도, 익숙한 감촉이 서로를 끌어당기더라도, 절대 뒤를 돌아봐서는 안 되었다. 그러면 그것으로 끝. 반스는 다시 눈을 떠야 했다. 이미 아는 이야기였기에 반스는 자신 있었다. 어떤 유혹에도 뒤를 돌아보지 않을 자신. 지하 깊은 곳에서 에우리디케를 만나 그녀의 손을 잡을 수만 있다면 평생을 내달려 지상으로 뛰어오를 준비가 되어 있었다. 하지만 밤새 지하로 내려가도 에우리디케는 보이지 않았다. 어쩌면 오르페우스는 지하 끝에 닿을 수 있었던 행운아였다. 적어도 자신보다 한 번의 기회를 더 얻은 행운아였다. 반스는 식은땀에 젖은 이불을 얼굴까지 끌어당겼다. 그의 옆자리는 오늘도 비어 있었고 반스는 하루를 더 살아 내야 했다.

자살을 염두에 둔 지도 오래였다. 지하로 내려가지 못하는 가장 큰 이유는 생명이었다. 그것이 끊긴다면 엘리베이터를 탄 듯 지하 끝에 도착할지도 모를 일이었다. 그렇다면 다시 올라올 필요도 없지 않은가? 그녀와 같은 공간에 있을 수만 있다면 말이다.

"기억은 어떻게 되는 것일까?"

죽음의 엘리베이터 앞까지 도착하면 반스는 항상 표지에 부딪혔다. 표지에는 질문이 적혀 있었다. 반스는 답을 구해야 했다. 자신보다 그녀에 대해 많은 기억을 가진 이가 누구인지, 만약 그런 이가 지상에 아무도 없으면 자신이 죽어 버렸을 때 그녀에 대한 기억은 어떻게 되는 것인지. 답은 항상 같았다.

'죽음.'

이 답이 가리키는 곳은 다시 지상이었다. 반스는 그렇게 발걸음을 돌려야 했다. 지금 저 엘리베이터를 타면 자신은 죽는다. 그리고 자신이 간직한 그녀의 기억 역시 죽는다. 지하행 엘리베이터는 그녀를 완전히 소멸시킬 것이었다. 그렇기에 반스는 엘리베이터를 탈 수 없었다. 매일 밤 지하로 내려가는 꿈을 꾼데도 그것만은 할 수 없었다. 세상에서 완전히 소멸해 버리기에 그녀는 너무나 소중한 사람이었다. 반스는 오늘도 홀로 잠자리에 들어야 했다.

"글은 특별한 사람들이 쓰는 것으로 생각했습니다."

반스에게 지하는 익숙한 공간이었다. 레스터에서 태어나 학교를 다닐 때엔 줄곧 런던 메트로폴리탄 지하철을 탔다. 오가는 지하철에 몸을 맡기고 얼마나 많은 생각을 했는지 반스도 다 기억하지 못할 정도였다. 생각의 실마리는 언제나 책이었다. 플로베르, 톨스토이, 푸시킨, 투르게네프, 볼테르, 보들레르, 랭보……. 반스는 손에 잡히는 대로 책을 읽어 댔다. 그리고 생각했다. 이야기의 시작부터 그것을 엮은 문장과 단어의 근원까지. 그것은 일종의 호기심이었다. 정해진 대로 움직이는 지하철은 언제나 같은 곳으로 반스를 안내했다. 하지만 이야기는 달랐다. 그들은 조금이라도 방심을 하면 전혀 알 수 없는 곳에 반스를 떨어뜨리고는 감탄을 채 마치기도 전에 전혀 다른 종착지를 향해 질주했다. 반스는 이야기가 가진 무한의 방향성과 속도에 호기심을 가졌다. 그럼에도 직접 이야기를 써 볼 생각은 하지 않았다. 이야기를 읽는 것과 쓰는 것은 완전히 별개의 일이라고 생각했다. 그저 지금은 권투와 럭비를 즐기고 책을 읽으며 지하철을 타는 것, 그런 경험을 즐기는 것만으로도 충분했다.

고등학교를 마친 반스가 내린 곳은 옥스퍼드역이었다.
개찰구를 빠져나온 반스에게 선택지는 많았다. 고등학생
시절처럼 운동을 더 해 보는 것도 나쁘지 않았고 프랑스어
교사였던 부모님의 길을 따라가 보는 것도 좋았다. 하지만
당장 더 구미가 당기는 일은 『옥스퍼드 영어 사전 증보판』
편집 작업이었다. 지하철을 타고 다니며 읽었던 수많은 이야기,
그것은 각기 다른 뜻을 품은 단어의 조립이었다. 그리고 그런
단어들의 뿌리 끝까지 찾아가는 작업이 있었으니 거부할
이유가 없었다. 반스는 'C'부터 'G'까지의 단어를 맡아 작업을
시작했다. 단어의 근원을 찾아가는 길은 어떤 이에게는 분명
흥미로운 일이었다. 적어도 반스에게는 그랬다. 하지만 그
길은 지나치게 멀어서 도착지까지 가는 데 꽤 많은 인내심을
요구했다. 작업 자체는 재미있었지만, 메트로폴리탄의 속도에
익숙한 반스였기에 얼마나 더 작업을 이어 갈 수 있을지 본인도
장담하기 어려웠다. 이에 반스는 증보판 편집을 하면서 자신만의
또 다른 사전을 만들 계획을 세웠다. 그것은 자신이 몸담은
옥스퍼드 출신의 작가를 모은 사전이었다. 이 작업이라면 증보판
작업의 느린 속도감을 만회해 줄 것이 분명했다. 언뜻 떠올려
봐도 루이스 캐럴, 오스카 와일드, 올더스 헉슬리, 윌리엄 골딩,

J. R. R. 톨킨, C. S. 루이스……. 이런 위대한 작가들의 이름이
이어졌다. 반스는 서둘러 작업에 착수했다. 증보판을 편집하는
이는 자신 말고도 무수히 많았고, 지금쯤 그들의 인내심 역시
바닥을 드러내고 있을 테니까.

**"그 책이 세상의 빛을 보는 일은 없었어요. 많은 이유가
있었지만 어쨌든 제가 만족하지 못했으니까요."**

반스는 『옥스퍼드 문학 안내서』 작업을 꾸준히 이어
갔지만 출간하는 데엔 노력을 기울이지 않았다. 누군가가 "이
책은 별로야."라고 말한 적은 없었다. 다만 스스로 만족스럽지
않았을 뿐이었다. 그런 것을 책으로 내는 일은 자신에게도,
세상에도 의미가 없을 것만 같았다. 그렇게 하나의 프로젝트를
마친 반스는 새로운 종착지를 향해 다른 열차를 잡아타야 했다.
지도나 노선도를 아무리 들여다봐도 온전히 마음에 드는 곳을
찾을 수 없었다. 그럴 때엔 차라리 첫 번째로 오는 열차를 타는
것도 하나의 방법이었다. 반스는 곧 도착한 열차에 몸을 실었다.
그 열차가 향하는 곳은 이번에도 잉크 냄새가 진하게 묻어나는
곳이었다.

반스는 자신만의 책을 내는 일을 뒤로하고 잡지에 글
쓰는 일을 시작했다. 《뉴 스테이츠먼》의 편집 일부터 시작해서
《타임스 리터러리 서플리먼트》에는 서평을 써내기도 했다.

그렇게 매체 곳곳에 반스의 이름과 글이 실리기 시작했다. 기고문엔 제약을 두지 않았다. 평론만 하더라도 문학부터 영화, TV 프로그램에 이르기까지 다양한 분야의 의견을 담았고, 칼럼 역시 마찬가지였다. 다소 산만하다 할 정도로 다양한 책을 읽고 여러 분야에 발을 내딛은 반스에게 딱 맞는 활동이었다. 무엇보다 프리랜서로 일할 수 있었기 때문에 불쑥 새로운 작업이 떠오를 때면 자유롭게 활동을 시작할 수 있었다. 어떤 곳에도 정착하지 않지만 어디든 갈 수 있다는 것. 반스의 생활은 어린 시절부터 타고 다니던 지하철과 비슷하게 흐르고 있었다.

"작품을 완성하고 발표하기까지 긴 시간이 걸렸죠. 모든 작품을 발표하는 데에는 확신이 필요합니다. 혹은 확신을 주는 이가 필요하죠."

여러 매체 활동을 하면서 반스는 자연스레 자신만의 글을 쓰고 있었다. 마감이 정해져 있지 않고 의뢰를 받지 않은 유일한 글이었다. 작품의 인물들은 어린 시절의 자신처럼 지하철을 오르내렸다. 목적이 없었기에 지금의 자신처럼 자유로울 수 있는 글이기도 했다. 그 안에서 반스는 지면에서 미처 다하지 못한 말을 할 수 있었다. 그것은 확실한 동력이 되어 주었다. 잡지 활동만으로는 전부 풀지 못한 이야기의 갈증, 그것을 풀어낼 수 있는 유일한 곳이었다. 막히지 않을 리 없었지만 그대로 두어도 상관이 없었다. 그런 여유 때문인지 펜이 더 나가지 않을 때에도 일종의 해방감을 느낄 수 있었다. 누군가가 그런 말을 하지 않았던가. 작가는 글을 쓰지만 않으면 정말 좋은 직업이라고.

반스는 글 쓰는 시간 이외에는 변호사 시험을 준비했다. 정확히 그것을 하고 싶었던 것은 아니었지만 기회가 있는데 하지 않을 이유도 없었다. 소설 속 주인공들도 대부분 그렇게 이야기를 시작하니까 말이다. 반스는 변호사 시험에 당당히 통과했고 그 길을 이어 갈 수도 있었다. 잡지에 기고하는 일과 병행하기에도 큰 어려움이 없어 보였다. 하지만 반스는 변호사 일을 하면 자연스레 줄어들 언어의 양을 걱정했다. 자신이 할 수 있는 말의 총량이 있는데 그것을 변호하는 데 다 써 버린다면 자연히 다른 잡다한 이야기를 할 기회가 줄어들 터였다. 게다가 죄인을 변호하는 데에 할 말을 준비하는 것보다 지방 신문을 위해 네 편의 소설을 정리하는 일이 더 보람찼다. 그런 생각이 들자 변호사 자격증을 꺼내 들 이유가 없었다.

그렇게 반스는 변호사 자격증을 잡다한 것들을 모아 두는 상자에 집어넣고 남은 시간을 오직 소설에 투자했다.

"아내분은 주무시고 있겠네요? 하는 택시 기사의 질문에 저는 한참 감정을 누른 후에 겨우 대답했습니다. 그러면 좋겠다고."

지인과의 만남, 업무를 위한 출판사와의 만남, 그리고 다른 잡다한 외부 일정들. 그것을 마치고 집으로 돌아오면 모든 것이 같은 모양이었다. 현관도, 작은 정원도, 심지어 침대도. 반스는 벌을 받는 것처럼 괴로운 발걸음으로 문을 열고 가시 돋친 침대에 몸을 누여야 했다. 택시 기사는 당연하다는 듯 아내의 안부를 물었다. 반스 자신이 택시 기사라도 비슷한 질문을 끄집어 냈을 것이다. 하지만 그런 시시콜콜한 질문을 받은 자신의 상황은 어떠한가. 아내는 지하 저 깊은 곳으로 사라졌고 어떤 베테랑 택시 기사도 자신을 그곳으로 데려다주지는 못할 터였다. 그가 데려다줄 수 있는 곳이라고는 겨우 아내와 함께 살았고 함께 밥을 먹고 함께 잠을 잤던 집, 그곳으로 데려다주는 것이 전부였다. 지금의 이 감정을 어디에 남겨야 할까? 아니, 그럴 필요는 없어 보였다. 내일이면 다시 그녀가 그리울 테니까.

반스가 기사 글을 제외하고 처음으로 완성한 작품의 제목은 『메트로랜드』였다. 언론 활동을 하면서 꾸준히 완성했고, 마무리한 후에는 서랍 속에 들어가 한동안 빛을 보지 못한 작품. 그렇게 7년의 세월이 지날 동안 반스는 소설가가 아닌

저널리스트로서 삶을 살았다. 그런데 반스 인생의 방향을
바꿔 놓을, 즉 그의 서랍을 연 사람이 있었으니 팻 캐바나였다.
문학에 관해서라면 누구보다 정확한 눈을 가졌고, 그런 눈으로
작가와 작품을 세상과 무수히 연결해 준 팻 캐바나. 그는 문학
에이전트로서 누구도 따라오지 못할 자질을 가진 인물이었다.
반스는 팻 캐바나와 만났고 결혼했으며 소설가가 되었다.

　　반스가 소설가가 되기까지 단 하나 부족했던 것은
확신이었다. 반스는 소설 세계를 허투루 보지 않았고 때로는
지나친 경외심을 품기도 해서 자신과는 별개의 세계라
믿어 버리곤 했다. 『메트로랜드』라는 작품을 완성한 후에도
마찬가지였다. 스스로 해냈음에도 어떤 확신도 가지지 못했다.
바꿔 말하면 자신의 작품을 제대로 바라볼 수 있는 눈을 지니지
못했다. 그 점이 그를 저널리스트 세계에 머물게 했다. 하지만
그가 팻 캐바나를 만나고 그녀가 그의 서랍을 여는 순간,
부족했던 한 조각의 퍼즐이 맞춰졌다. 팻의 눈은 『메트로랜드』의
장점을 정확히 알아보았고 그녀가 보기에 이 작품은 충분히 서랍
밖으로 나갈 만했다. 그녀의 확신에 반스는 어떤 반박도 하지
못했다. 팻이 아닌 누군가가 같은 말을 했다면 "그건 당신이
잘못 본 겁니다."라고 말했을 테지만, 다른 사람도 아닌 팻의
말이 아닌가. 반스는 그녀의 권유를 받아들여 투고를 준비했다.
동력은 충분했고 『메트로랜드』는 모든 서점에 꽂히기 시작했다.

평단의 평가는 걱정할 필요도 없었다. 팻의 평가가 곧 평단의 평가와 다르지 않았으니까. 작품의 반응에 반스는 얼떨떨한 기분이었다.

그리고 얼마 뒤, 이번에는 팻도 상상하지 못했던 일이 벌어졌다. 반스와 『메트로랜드』가 '서머싯 몸 상'을 지명받은 것이었다. 더할 나위 없는 데뷔전, 반스가 이뤄 낸 것이었다. 이미 프로의 타석에 오를 자격이 충분했다. 단지 써도 되는지 몰랐을 뿐이었다. 전광판에는 먼지가 수북이 쌓여 있었고 그 아래로 반스의 이름이 무려 8년 전부터 번쩍이고 있었다. 반스는 먼지를 그대로 두었고, 팻은 적극적으로 털어 냈다. 그것은 결정적인 차이였다. 뿌연 먼지 사이로 원석을 바라볼 줄 아는 팻의 눈, 그것으로 반스는 소설가의 자리에 옮겨 앉을 수 있었다.

소설가가 된 반스는 본격적으로 작품 활동을 이어 나갔다. 팻 역시 문학 에이전트로서 활발히 활동했다. 두 사람은 각자의 작업실에서 주로 활동했고 주말이면 문인들을 위한 살롱을 자처했다. 두 사람의 집을 찾은 문인들은 대부분 팻이 가진 능력과 문학을 대하는 태도에 반한 이들이었다. 반스는 그녀를 통해 다양한 문인들과 함께 이야기를 나눌 수 있었다. 그들을 위한 파티 음식까지 기꺼이 제공했다. 팻을 만난 뒤 반스의 시간은 그야말로 오롯이 문학으로 가득 차 있었다. 그 덕분에 반스는 문학에 정진할 수 있었다. 그것 외에 필요한 것은 전부

팻이 도와주었다. 확신을 포함한 모든 것을 말이다. 그런 두 사람의 호흡은 오래지 않아 일을 내기 시작했다. 『메트로랜드』를 출간한 지 4년이 지난 어느 날, 반스가 『플로베르의 앵무새』를 발표한 것이다. 이 작품은 부커상 후보에 올랐을 뿐 아니라 프랑스를 비롯한 해외 문학상까지 다수 수상했다. 이 작품은 소설가로서의 반스를 고양시켜 주었다. 물론 달라진 것은 높이뿐이었고 반스가 해야 할 일은 정해져 있었다. 팻과 함께 소설을 쓰는 것, 그뿐이었다.

"내가 무엇을 하건, 무엇을 하지 않건 아내가 그립습니다."

2008년 10월 21일. 반스는 가장 높은 곳에서 팻이 지하로 내려가는 모습을 지켜봐야 했다. 아주 빠른 속도였다. 겨우 37일. 팻은 뇌종양 판정을 받은 지 37일 만에 반스를 남겨 두고 지하 깊숙이 사라져 버렸다. 반스는 갑자기 자신의 자리가 어색해졌다. 1979년 결혼을 하고, 1980년 『메트로랜드』로 데뷔하고, 1984년 『플로베르의 앵무새』를 쓰고, 작가들을 만나고, 작품을 쓰고, 또 작품을 쓰며 자연스레 오른 이곳. 이제는 익숙해진 높이의 자리가 한순간에 어색해져 버렸다. 팻이 사라짐으로써 모든 것이 변해 버렸다. 반스는 어찌할 줄 몰랐다. 하염없이 팻이 사라진 지하를 바라보는 일도 해 보았고, 평평한 지상을 걸으며 의미 없는 위로 편지를 뜯어 읽기도 했다. 그리고 밤이면 팻을 만나기 위해 지하 끝까지 달려갔고 아침이면 다시 높은 곳에서 그녀를 그리워했다. 그것밖에는 할 수 있는 것이 없었다. 글을 쓰는 것도 무의미했다. 앞으로 쓰일 모든 작품은 팻과 함께 쓴 작품이 아니었고, 팻이 읽을 수 있는 작품도 아니었다. 그러한 작품을 남기면 남길수록 허망해질 뿐이었다. 더 솔직히 말하면 팻 없이는 글을 쓸 어떠한 자신도 가질 수 없었다.

"아내는 죽었어요."라는 말을 영어와 프랑스어로 하는 것이 언어생활의 전부였다. 세상 어떤 곳에서도 반스는 제외되어야 했다. 아이들이 하는 '외톨이 놀이'대로 라면 반스는 세상에서 퇴장해야 했다. 왜냐하면 아내가 죽었으니까.

"내 삶의 심장. 내 심장의 생명." 반스는 그녀를 만나고 지금까지 한 번도 이 생각을 고쳐 써 본 적이 없다. 그럴 필요가 없었으니까. 그렇기에 반스는 선택을 해야 했다. 심장이 떨어져 나가 의미 없는 몸만 남은 지금, 반스는 저 문장을 고칠지 아니면 문장을 남기고 몸을 지울지 선택해야 했다. 자살, 후자를 선택할 경우에 행할 방법이었다. 반스에게 층계는 중요하지 않았다. 그녀가 올려 준 이 높은 단상에 머물러 있을 필요는 없었다. 옆자리에 놓인 의자가 영원히 비어 있으리라는 사실을 안다면 더욱 그랬다. 차라리 지하 깊숙이, 아무도 보지 않고, 아무도 보이지 않는 곳으로, 그녀가 있는 그곳에서 몸을 누이고 싶었다. 그러기 위해서는 자살해야 했다. 실행은 그리 어렵지 않으리라.

"혹시 내 안을 가득 채우고 있는 그녀도 함께 소멸하는 것일까?"

당연했다. 기구를 띄운 열과 공기는 모험이 끝나고 나면 어디론가 흩어지기 마련이다. 반스 스스로의 죽음은 그의 모험만이 아닌, 팻과 함께한 모험의 종말을 의미하는 것이었다. 모험을 마친 열기구는 쪼그라든 채 바닥에 널브러질 것이고, 사람들은 그 여정을 가능하게 한 위대한 공기 따윈 잊어버릴 터였다.

"그러면 안 되지 않는가?"

반스는 늘어진 풍선처럼 아무렇게나 펼쳐진 이불 속으로 들어가며 되뇌었다. 그래선 안 되었다. 아직 자신이 탄 열기구에는 팻과 함께 달궈 놓은 공기가 가득했다. 그것을 함부로 없애 버려서는 안 되었다. 그것이 반드시 원하던 곳에 도착하지 않더라도. 에식스, 북해, 혹은 프랑스에 불시착하더라도 반스에겐 공기를 지킬 의무가 있었다.

그는 한 번 더 꿈을 꾸기로 한다. 한 번 더 오르페우스처럼 지하로 내달리려 한다. 목표는 에우리디케와 재회하는 것이 아니다. 거기에서 멈춰선 안 되었다. 반스는 지하로 내려갈 것이다. 그리고 첫 모험의 시작, 그때로 돌아갈 터다. 그때

그곳에서 두 사람은 떠오를 것이다. 함께이기에 닿을 수 있는
더 먼 곳으로, 함께이기에 바라볼 수 있는 더 선명한 세상으로
떠오를 것이다.

그리고 팻은 반스 곁에 있을 것이다.

**"세상이 변하는 것, 혹은 그러지 않는 것. 추락하거나
불타오르는 것, 혹은 최초의 광경을 만끽하는 것. 그 모든
것이 함께한 적 없었던 두 사람을 함께하게 했을 때 벌어지는
일입니다."**

반스는 팻을 기억하기로 했다. 그리고 그 기억을 최대한
높이 그리고 최대한 먼 곳까지 가져가기로 했다. 그는 팻이
권유했던 대로 작가가 되어야 했다. 반스는 다시 한 번 작가가
되어야만 했다. 그것을 위해 반스는 새로운 작품『예감은 틀리지
않는다』를 쓰기 시작했다. 인터뷰는 모두 거절했다. 사실을
무미건조하게 세상에 펼치는 것은 작가가 할 일이 아니었다.
팻도 이 점에서는 고개를 크게 끄덕일 터였다. 집에 틀어박혀
그저 집필하고 또 집필했다. 그렇게 완성된『예감은 틀리지
않는다』는 반스의 작가 활동을 새로이 알리는 신호탄이었다.
신호의 여파는 거대했다. 반스는 이 작품으로 부커상을 받았다.
그리고 팻이 떠난 후 반스를 동정하기만 하던 팬들도 다시금
반스를 소설가로서 바라보기 시작했다. 그것은 일찍이 팻이

그에게 선물해 준 시선이었다. 그리고 팻만이 줄 수 있는 선물이었다. 그때도 그랬고 지금도 마찬가지다. 그 사실을 정확히 알기에 반스는 기록해야 했다. 아내를 위해, 그리고 자신을 위해 기록해야 했다. 두 사람의 걸음이 내디뎠던 각각의 층위를, 함께 바라보았던 선명한 풍경을, 그리고 두 사람 사이로 달아올랐던 열과 공기를 기록해야 했다. 그런 이야기라면 팻도 좋아할 것 같았다. 그녀는 평생 문학을 사랑했으며 이야기하는 반스를 좋아했으니까. 이제 서로 떨어져 있지만, 그럼에도 그녀라면 반스의 이야기에 여전히 귀 기울이고 있을 테니까. 반스는 다시 빈 페이지를 열고 글을 쓰기 시작했다.

"사랑은 그렇게 끝나지 않는다."

그럴 것이었다. 팻이 지어 올린 작가라는 이름의 집, 그곳에 반스가 있다. 그는 서재 책상에 앉아 팻에게 전할 이야기를 쓰고 있다. 그렇게 사랑은 끝나지 않을 것이었다. 이야기 역시 끝나지 않으리라. 우리는 그저 바라보기만 하면 된다. 작가의 집, 그 아래에서. 지금껏 보지 못한 많은 것을 바라보기만 하면 된다. 그것이 위대한 건축가들의 마지막 임무다.

**반스의 집 앞에 선
당신에게**

아내가 죽은 뒤에도 많은 이들이 저에게 묻습니다.
여기 반스 하우스에 오신 여러분들도
제게 묻고 싶을 것입니다.
문학이 대체 무엇이냐고.

저는 그 질문에 대한 답으로
전에 쓴 책의 한 부분을 말씀드리고 싶습니다.

"그래도 나는 마지막 일들에 대해선 예리하게 기억한다.
아내가 마지막으로 읽은 책. 우리가 함께 본 연극.
그녀가 마지막으로 마신 와인, 그녀가 마지막으로 산 옷.
마지막으로 떠나 있었던 주말.
우리 집 침대는 아니었지만, 우리가 마지막으로 함께 잔 침대.
마지막 이것, 마지막 저것.

그녀가 마지막으로 읽고 마지막으로 웃은 내 글.
그녀가 마지막으로 쓴 글.
그녀가 마지막으로 자신의 이름을 서명한 때.
그녀가 집에 왔을 때 내가 틀어 준 마지막 음악.
그녀가 마지막으로 말한 온전한 문장.
그녀가 마지막으로 했던 말."

이것이 여러분의 질문에 응할 수 있는
저의 유일한 답장입니다.

작가적 경험은
없다

작가적 경험, 그런 건 없다는 것이 『작가를 짓다』를 팟캐스트 「책 읽는 라디오」를 통해 말하고, 그것을 책으로 쓰면서 알게 된 사실이다. 야구장에 가서 어떤 타자의 안타를 보고 작가가 되기로 결심한 무라카미 하루키의 경험을 예로 들어 보자. 그것은 매우 특별한 경험처럼 보인다. 작가와는 전혀 상관없어 보이는 야구 경기를 보고 불현듯 작가가 되기로 결심하다니, 작가가 되고 나서 꾸며 낸 말이 아닐까? 하고 되물어 볼 정도로 특별해 보인다. 하지만 조금 더 생각해 보면 그렇지 않다. 야구장에 가는 일은, 야구를 하지 않는 나라에서 살지 않는 이상 그다지 특별한 경험이 아니다. 말하자면 그저 일상적인 경험이라 말해도 무방할 터다. 그것을 작가가 되는 특별한 경험이라고 단정 짓는다면, 프로 야구 시즌에는 작가가 끝도 없이 태어나야 할 것이다. 하지만 당연하게도 실상은 그렇지 않다. 결국 아무리 특별해 보이는 작가적 경험이라 해도 그것은 결코 일상에서 벗어나지 않는다. 따라서 지금부터는 일상의 모든 것을 작가적 경험이라 말하고자 한다.

오늘 하루, 당신이 겪었던 모든 경험을 포함해서 말이다.

— 『새벽의 약속』 로맹 가리 / 심민화 옮김 / 문학과지성사

— 『유럽의 교육』 로맹 가리 / 한선예 옮김 / 책세상

— 『로맹 가리』 도미니크 보나 / 이상해 옮김 / 문학동네

— 『로맹 가리와 진 세버그의 숨 가쁜 사랑』 폴 세르주 카콩 / 백선희 옮김 / 마음산책

— 『레이먼드 카버: 어느 작가의 생』 캐롤 스클레니카 / 고영범 옮김 / 강

— 『작가란 무엇인가 1』 파리 리뷰, 레이먼드 카버 외 / 김진아, 권승혁 옮김 / 다른

— 『사랑을 말할 때 우리가 이야기하는 것』 레이먼드 카버 / 정영문 옮김 / 문학동네

— 『풋내기들』 레이먼드 카버 / 김우열 옮김 / 문학동네

— 『제임스 조이스 문학 읽기』 김종건 / 어문학사

— 『더블린 사람들』 제임스 조이스 / 이종일 옮김 / 민음사

— 『제임스 조이스』 김학동 / 건국대학교출판부

— 『제임스 조이스의 젊은 예술가의 초상 읽기』 박윤기 / 세창출판사

— 『율리시스』 제임스 조이스 / 김종건 옮김 / 어문학사

— 『셰익스피어 & 컴퍼니』 실비아 비치 / 박중서 옮김 / 뜨인돌

— 『유혹하는 글쓰기』 스티븐 킹 / 김진준 옮김 / 김영사

— 『캐리』 스티븐 킹 / 한기찬 옮김 / 황금가지

— 『안톤 체호프처럼 글쓰기』 안톤 체호프 / 피에로 브루넬로 엮음 / 김효정 옮김 / 청어람미디어

— 『체호프 희곡 전집』 안톤 체호프 / 김규종 옮김 / 시공사

— 『체호프 유머 단편집』 안톤 체호프 / 이영범 옮김 / 지만지

— 『반지의 제왕』 J. R. R. 톨킨 / 김번, 김보원, 이미애 옮김 / 씨앗을뿌리는사람

— 『호빗』 J. R. R. 톨킨 / 이미애 옮김 / 씨앗을뿌리는사람

— 『루이스와 톨킨』 콜린 듀리에즈 / 홍종락 옮김 / 홍성사

— 『판타지』 송태현 / 살림

— 『헤르만 헤세의 사랑』 베르벨 레츠 / 김이섭 옮김 / 자음과모음

— 『헤세가 사랑한 순간들』 헤르만 헤세 / 배수아 옮김 / 을유문화사

— 『정원에서 보내는 시간』 헤르만 헤세 / 두행숙 옮김 / 웅진지식하우스

— 『우리가 사랑한 헤세, 헤세가 사랑한 책들』 헤르만 헤세 / 안인희 엮고 옮김 / 김영사

— 『헤세의 여행』 헤르만 헤세 / 홍성광 옮김 / 연암서가

— 『그리고 아무도 없었다』 애거서 크리스티 / 김남주 옮김 / 황금가지

— 『애거서 크리스티 자서전』 애거서 크리스티 / 김시현 옮김 / 황금가지

— 『나는 왜 쓰는가』 조지 오웰 / 이한중 옮김 / 한겨레출판

— 『위건 부두로 가는 길』 조지 오웰 / 이한중 옮김 / 한겨레출판

— 『동물 농장·파리와 런던의 따라지 인생』 조지 오웰 / 김기혁 옮김 / 문학동네

— 『버마 시절』 조지 오웰 / 박경서 옮김 / 열린책들

— 『코끼리를 쏘다』 조지 오웰 / 박경서 옮김 / 실천문학사

— 『조지 오웰』 고세훈 / 한길사

— 『호밀밭의 파수꾼』 제롬 데이비드 샐린저 / 공경희 옮김 / 민음사

— 『J. D. 샐린저와 호밀밭의 파수꾼』 김성곤 / 살림

— 『J. D. 샐린저 생애와 작품』 심상욱 / 동인

— 『샐린저 평전』 케니스 슬라웬스키 / 김현우 옮김 / 민음사

— 『오에 겐자부로』 오에 겐자부로 / 박승애 옮김 / 현대문학

— 『읽는 인간』 오에 겐자부로 / 정수윤 옮김 / 위즈덤하우스

— 『아버지의 여행 가방』 오에 겐자부로 외 / 이영구 외 옮김 / 문학동네

— 『작가란 무엇인가 2』 파리 리뷰, 오에 겐자부로 외 / 김진아, 권승혁 옮김 / 다른

— 『회복하는 인간』 오에 겐자부로 / 서은혜 옮김 / 고즈윈

— 『오에 겐자부로, 작가 자신을 말하다』 오에 겐자부로 / 윤상인, 박이진 옮김 /
문학과지성사

— 『사랑은 그렇게 끝나지 않는다』 줄리언 반스, 팻 카바나 / 최세희 옮김 / 다산책방

— 『웃으면서 죽음을 이야기하는 방법』 줄리언 반스 / 최세희 옮김 / 다산책방

— 『작가란 무엇인가 3』 파리 리뷰, 줄리언 반스 외 / 김율희 옮김 / 다른

— 『메트로랜드』 줄리언 반스 / 신재실 옮김 / 열린책들

작가를
짓다

1판 1쇄 찍음   2018년 5월 18일
1판 1쇄 펴냄   2018년 5월 25일

지은이   최동민
발행인   박근섭, 박상준
펴낸곳   (주)민음사

출판등록   1966. 5. 19. (제16-490호)
주소   서울시 강남구 도산대로1길 62
          강남출판문화센터 5층 (06027)
대표전화   515-2000 팩시밀리 515-2007
www.minumsa.com

ISBN   978-89-374-3755-7 (03800)